U0908506

END OF STORY

特殊学生

〔美国〕彼得·亚伯拉罕斯 著
唐克胜 译

译林出版社

一

"你的小说创作进展如何？"德拉甘·卡洛多基克问道。

位于谢默霍恩大街上的魏尔伦酒吧餐厅打烊了，餐厅里除了洗碗工德拉甘和服务员艾维·塞德尔之外，再没别人。德拉甘在拖地，艾维·塞德尔在清理账单。

"还行吧。"艾维说。这个问题——她的小说创作进展如何——是她现在最重要的问题，一直萦绕在她的心头，而真正的答案她却不知道。她参加过布朗大学举办的创意写作硕士班，在本州北部的一个小说创作工作坊中度过了三个夏天，最后一个夏天有全额奖学金，写了两部长篇小说，但都没有写完；六十一篇短篇小说，这些短篇小说长短不一，短的一页，长的则有五十八页，还有一抽屉退稿信。所有的经历就是这些。

"我对小说倒是有些想法。"德拉甘说。

"你从来没提过啊。"艾维说，把小费从收银机中装现金的浅盒子下面拿出来，揣进衣袋。

"你也从来没问啊。"德拉甘说。她再次注意到他时，他已经放下抹布坐到了吧台对面。艾维喜欢德拉甘，不喜欢都难——他来美国才六个月时间，开怀大笑时露出满口东欧人特有的歪牙，眼睛睁得大大的，对多数纽约人连注意都不会注意的东西充满了浓厚的兴趣——但是现在两点多，她想回家了。

"为手机传送信号的那个东西叫什么来着？"德拉甘问道，他用双手做了个扩展的手势，看起来像个不断扩大的圆圈。

"叫塔吗？"

"对，塔。"德拉甘说道，"蜂窝塔。"接着他讲了个又长又晦涩的故事：

蜂窝塔从世界的阴暗区获取信号，所有灭绝的穴居人尼安得特尔人[1]的灵魂就是在这些阴暗区密谋复仇的。

“所以，”德拉甘像只小狗一样歪着脑袋说道，“我想搞清楚是怎么回事——对此你怎么看？”

艾维是走路回家的。这是个9月的夜晚，暖和得如同夏天一般，但又有点不同。可到底有什么不同呢？搞清楚这些问题很重要，要找到合适的字眼。然而，一直到了自己的楼前，爬上前门的台阶，艾维都没有找到合适的字眼。

她用钥匙打开五号邮箱，发现里面只有一封信。是《纽约客》杂志寄来的。她撕开信封。是封退稿信。一封正式退稿信，《纽约客》这样的退稿信她已经收到过三封——用的是非常厚的纸，如果仅仅从感觉判断，还以为是时髦的请柬呢——不过这一次有个签名，字迹很模糊，信的下面有一句话。艾维把信斜拿着，对着街灯看。

关于犹他州的那部分非常不错。

犹他州的那部分？什么犹他州的那部分？她寄给他们的不是八页纸的故事“热门娱乐节目”吗？这个故事不是都发生在新泽西的一个卡车司机服务站吗？不过这时艾维想起来了，她简短地提到过阿尔塔的一次事故，滑雪板出了问题。有多简短呢？三行，甚至还没有三行。

艾维用钥匙打开前门，爬到位于五楼的公寓，楼梯有点向右倾斜，实际上整栋楼都有点倾斜，而且，所有的东西都坏了，从来没有维修过，但租金并没有因此而降低。艾维的那套公寓由阁楼改建而成，有点斜，四百八十五平方英尺，每月租金一千一百美元。她进门后，把插锁锁上，在咖啡桌旁坐下来，这张咖啡桌是她在史密斯街一家倒闭的餐馆里免费弄来的。艾维打开手提电脑，找到了“热门娱乐节目”中有关“犹他州”的那一段。

---

① 旧石器时代欧洲的猿人。

他倒了，飞了起来，落在一棵树顶上。此时唯一的声音来自那个被他撞倒的孩子，孩子在上面的滑道上哭。远处，大盐湖波光粼粼，同时又呈现出莫名其妙的棕褐色。

这部分非常不错？比其他部分好很多，怎么会呢？艾维把整篇小说翻来覆去读了好几遍，不明白好在哪里。她决定相信《纽约客》的说法。她是可以“非常不错”的，她把“非常不错”理解成可以在《纽约客》上发表，随后一切就会自然到来。

现在差不多凌晨3点，艾维反而不觉得累了。她给自己沏了茶，然后站在桌子上，把活板门拉下来，活板门上有折叠楼梯。她爬到楼顶。这里是五号公寓唯一一个看得过去的地方，而就因为这一点，纵然她付不起房租，也要签这份租约。

艾维站在屋顶，向西眺望。越过屋顶，穿过小河，那边是曼哈顿。她无法用言语描述眼前的景色。或许电影总能比较好地完成这种事情，但是电影没有捕捉到——至少艾维知道的电影中没有一部能捕捉到——它的脆弱。而她现在看见了，非常清楚——整个地平线可能会消失，就像现在一样，谁都看得出来，可是任何摄像机都表现不出来。它充满了悲剧性的富丽堂皇，甚至徒劳无用，就像……奥西曼提斯[①]。等一等。雪莱已经在诗中警告过了。或许她错了，或许一个真正优秀的作家还可以——

在那一瞬间，天空映衬下的灯火辉煌的曼哈顿看起来是双重的，事实上，水中的倒影朦胧而模糊。9月夜晚的微风轻轻吹在她的皮肤上，柔和而又温暖，但这种温暖有一种临时甚至脆弱的性质。对了，就是这种性质，实际上，对9月夜晚和地平线这些问题的回答完全是一样的，它们并不是永恒的——在那一瞬间，艾维想到了一个全新的故事。

---

① 公元前13世纪埃及王雷米西斯二世。雪莱曾以其名为题写过一首十四行诗。诗中表达了对权势的嘲弄，同时也反映了艺术和美的难以永存。

这个故事是关于一个移民的，所谓移民，用史汀的话来说，就是纽约合法的局外人，但是这个人发现自己变成了穴居的尼安得特尔人。故事是从德拉甘那里偷来的吗？不是。要说的话，比较像是从德拉甘那里偷来的。这就是艺术运作的方式。她突然意识到，这有点残酷，非常残酷，在那些伟大的艺术家们身上，如毕加索、白兰度[①]和海明威，这种残酷性常常就表现得更加明显。她想起在布朗大学的研讨班上斯玛莲安教授临别时说的话。斯玛莲安教授是高级班的老师，出版过三本小说，其中一本一直是《纽约时报》重点推荐的书，非常有名，其中有一句话：要成为一个好作家，你不一定得是个好人——历史证明，你最好不是个好人——但你得明白自己的劣行。

艾维从楼顶下来回到公寓，坐在桌旁，把想到的第一句话打下来。*弗拉德克觉得强而有力。*她以前从来没有写过这样的故事，故事中带有魔法。或许她应该写的，因为这个人——“穴居人”飞了起来，凭借自己的魔力疾驰起来。她有时候几乎都跟不上——就像巧克力传送带走得太快，露西·鲍尔跟不上一样[②]——她搜肠刮肚地寻找词汇塞在合适的位置。

艾维终于写完了最后一句话，这句话在她动笔写这个故事之前就在她的脑海里了——*那个外科医生开了个玩笑，可弗拉德克不明白是什么意思*——她抬起头来发现已是早晨，银色的晨曦从两扇小窗户里泻进来，她有点蠢蠢欲动，同时又有点筋疲力尽；还闻到身上散发着汗味。她又把整个故事读了一遍，调整了几个地方，然后开始兴奋起来。这是一篇相当不错的小说。

难道不是吗？

---

① 美国演员，在《欲望号街车》（1951 年）中饰演斯坦利·科瓦尔斯基。

② 美国著名女演员，在其主演的情景喜剧《我爱露西》中有这样的情节：露西的男朋友里奇希望露西能够出去工作，于是露西就和女友一起在糖果店找了一份工作。但是她们几乎不会做事，包装巧克力的时候，完全跟不上传送带的进度。于是她们自作聪明，就把巧克力全数塞进了自己的嘴里、裙子里和帽子里。最终她们被老板发现炒了鱿鱼。

这是个需要认真对待的问题：你是从不知道答案的。你需要听听别人的意见。斯玛莲安教授曾经说过，找个聪明正直的人看看，最好是个知名作家——不过，在这些达到顶点的知名作家中不可能找到一个既聪明又正直的作家。艾维很幸运。她有约尔·卡特勒。他虽然不是什么知名作家，但他聪明、正直。

艾维和约尔的交往可以追溯到在威廉姆斯大学上一年级的时候。他们在“艾夫斯女子”新生橄榄球队相识，当时艾维是守门员，约尔是球队经理，他们合作了一首组诗，获得了一次去牛津的机会，最后两个人合作编辑文学杂志。多年来他们一直把自己的作品念给对方听，如今住的地方也只相隔几个街区，他们现在正在考虑合写一个电影剧本。艾维打印了一份“穴居人”之后就出了门。

约尔的公寓很大，在一幢非常漂亮的战前建成的大楼里，大楼正好位于人行道边，俯瞰小河。这栋大楼是约尔的父亲的，他父亲在布鲁克林高地、帕克坡和卡罗斯花园买了很多楼。过去一年来，安迪一直和约尔生活在一起，这时他搬着一台旧电视机从大门出来。

“你好，艾维，”他说，“要电视机吗？”

他把电视机放在人行道旁的一大堆杂物旁边——这里已经有一把松松垮垮的扶手椅，两盏落地灯和几幅装在框子里的宣传“同性恋大游行”的招贴画。

“在重新装修呢？”艾维问道。

安迪扫了她一眼。“没有。”他说。他的发型变了，几绺头发染成了别的颜色，非常耀眼。她的发型虽然也变了，可是他的更好，更精致。如果她更喜欢他一点的话，她就会问他的头发是在哪里做的。

“约尔在家吗？”她问道。

安迪在满是灰尘的电视机屏幕上写道：免费。“在。”他说。

约尔这时正在客厅里把几件叠得整整齐齐的衬衣朝手提箱里放。艾维进来时他停下来，手里拿着一件乳白色的宽角领衬衣。“艾维，”他说，“我正要给你打电话呢。”

艾维扫视四周，看见书架上空空的，书籍和CD放在了几只箱子里，她越过厨房门，看见敞开的冰箱，里面也是空的。

“怎么回事？”艾维说。此情此景跟她以前见过的被赶走的租户差不多，可这不合理啊。

“我正要打电话跟你说呢。”约尔说。他的脸变成了粉红色，好像因为什么事正兴奋不已，或者窘迫不已。“事情发展得太快了。”

“什么事情？”

约尔把那件乳白色衬衣小心翼翼地放进手提箱里。“说来有些老套了。”他说，“但真的像一场梦。”

艾维期待着下文。

“我——我们打算去洛杉矶，”约尔说。说完大笑起来，笑声短促、尖锐，他的笑声很快就止住了。这时一颗袖扣从茶几边上掉下来。“L. A.”约尔说，“洛杉矶。”他说这个词时带着夸张的西班牙口音。

“去度假吗？”她问道。这也不合情理啊——他刚刚和安迪在他在长岛买的分时共享的公寓里度过了8月份的最后两个星期。约尔讨厌洛杉矶，觉得它浅薄，甚至还写过一篇关于洛杉矶的小说，这篇小说是他所有小说中最糟糕的一篇。

“是这样的，”约尔说道，然后无助地举起双手。“或许我以前就应该告诉你的。不，算了吧——我应该告诉你，可我不知道怎么说。”

“告诉我什么？”艾维说。

“可什么都还没有敲定。”

“什么？”

“我是说，没有敲定的意思就是没有最终确定。”约尔的脸这时更红了，毫无疑问，是因为兴奋。

艾维等待着。

他直起腰来，迎着她的目光，凝视了片刻。“我写了个电影剧本。”他说。

艾维不明白。“我们谈过的那个剧本吗？”她问。“关于摩洛哥的那个故事？”

“不是，不是，不是，当然不是。”约尔说，“我绝不会干那样的事。那是我们一起的——坦白地说，主要是你的。这个故事完全不同，它实际上发生在斯科茨代尔[1]减肥中心。”

“你是什么时候——”

“是我们离家在外的这段时间写的。花了我四天时间，艾维。我大部分时间都处于半醉半醒之中。但这篇东西好歹——卖掉了！”

“你的意思是……”

“亚当·桑德勒想用。”

“亚当·桑德勒想把你的剧本拍成电影？”

“达蒙·韦恩斯今天早上已经签了。好像约尔·舒马赫打算做导演。”

“反映新墨西哥州的一个减肥中心。”

“是亚利桑那州。斯科茨代尔在亚利桑那州。”

停顿了一下。约尔把那件乳白色的衬衣拿起来，重新叠起来。这时电话响了。

“这一切是怎么……”艾维说。

约尔摇了摇头。“安迪在海滩上遇见了一个从‘美国创新艺人经纪公司’来的人。实际上刚开始也没遇见他，只是无意中听见他在对别人说亚当正在找新剧本。当天晚上我就产生了这个想法。”

已经跟亚当见面了？“你已经见到他了？”

“‘美国创新艺人经纪公司’的那个人吗？当然。他已经读了——”

“我是指亚当·桑德勒。”

“只在电话里说过话。但我们明天中午要在一起吃饭。”他看了一眼手表。这一眼很快，不易被觉察，况且艾维当时已经感觉到，他们的关系已经发生变化。她不理解这种变化，只知道确实发生了变化。

---

① 美国亚利桑那州中南部的一座城市，菲尼克斯的一个郊区，著名的旅游胜地和休养地。

“在洛杉矶？”她问。

他点点头。他张开嘴好像要说什么——艾维知道他要说的是餐馆的名字；但他停住了，没有说。他把衬衣放回手提箱里，说：“我——呃——不知道你觉得怎么样。”

“我真的替你高兴。”

“是吗？”

“是的。”虽然约尔的兴趣是写一部让全世界着迷的美国史诗，虽然她认识他那么久了他从没对她提起过亚当·桑德勒，但她还是替他高兴。

“太好了。”他走过去抱了她一下。他们拥抱在一起。他的皮肤热热的。“那是什么？”他说，朝她手里的几页纸点了点头。

“没什么。”艾维说。

这时安迪进来了。“都没听见电话吗？”他拿起电话，说，“你的。”把电话递给约尔。

“喂？”约尔说。“教授？……瑞克？当然，如果你愿意的话，是瑞克……谢谢。梦工厂。非常感谢。好。太好了。”他挂断电话。“是斯玛莲安教授。”

“你一直跟他有联系？”艾维问。

“三年没联系了，”约尔说，“他是从《好莱坞报道》上得知的。”

艾维竭力想象斯玛莲安教授阅读《好莱坞报道》的情形，可想象不出来。正如约尔所言，事情发展得太快了。她想坐下来，可除了那个茶几之外，什么家具都没有。

“他很可能是要你把他介绍给贾斯汀。”安迪说。

“贾斯汀是谁？”艾维问。

“‘美国创新艺人经纪公司’的那个人。”约尔说。

他陪她下楼来到大街上。

“我在想问你一点什么事情。”他说。

“什么事情？”

“我希望你不要误解。”

“什么？”

“是关于丹尼摩拉的，”约尔说。他在本州北部的一座州立监狱里教写作课。“我教不下去了，打算打个电话取消，除非……”

“除非什么？”

“除非你愿意接下来。”

艾维盯着约尔的脸。这天风和日丽，进入9月的纽约都是这么风和日丽，天空中没有一丝云彩，不知怎么，空气也让人满怀憧憬。在那一瞬间，她觉得自己看到了他光明的未来。

“那段路走起来虽然很枯燥很长，”他说，“但这个活并不是一点意思都没有。每节课一百块，还有油补。”

二

“太棒了。”布鲁斯·魏尔伦说。他是魏尔伦酒吧餐厅的老板。

“我还没有拿定主意。”艾维说，她正替丹尼·温伯格把一杯“灰雁”马提尼酒摇匀，丹尼·温伯格是个投资银行家，年龄跟她相仿，每周下班后都要来这里一两次。

“拿定主意做什么？”丹尼问。

“有人提议让艾维去北部的监狱教书。”布鲁斯说。

“是教写作吗？”丹尼问。丹尼曾经要求读读艾维的东西，而她觉得不好意思给他看，这对于一个想发表作品的人来说有点愚蠢。

艾维点点头，把酒从吧台上推给他。

“北部什么地方？”

“丹尼摩拉。”

丹尼的手在杯脚上停住了。艾维第一次注意到他紧张兮兮的样子。“那个地方很可怕。”他说。

“咄，”布鲁斯说。他的马尾辫一跳一跳的，他说挖苦话的时候就会这样，他经常说挖苦话。布鲁斯不适合做生意，而他却懵懂不知，也没人告诉他。“看在上帝的分上，那个地方是最安全的。”

“我知道，”丹尼说，“我去过那里。”

“在里面待过？”艾维问。

“丹尼以前犯法的时候待过，”布鲁斯说，“他杀过人。”这时两个土里土气的妇女拿着垃圾袋走了进来，布鲁斯迎过去，他的下巴虽然软弱无力，但歪成一定角度时仍然具有挑衅性。

“为了把他赶走，我在考虑把这个地方买下来。”丹尼说。

艾维大笑起来。

“我说的是真的。”就因为这类事情，她无法从心底喜欢上丹尼。他啜了一口酒。“我去年上那里去过，去看以前的一个客户，他叫菲利克斯·巴拉班。”

“他犯了什么罪？”

“偷了六千万。”丹尼说，“大概这个数。”

“犯了这种罪的人都送到丹尼摩拉吗？”

“起初他在一个乡村俱乐部，可犯了错误。”

“怎么回事？”

“细节我不知道。菲利克斯是个好斗的家伙，常常为所欲为。这种做法是行不通的。”

“现在呢？”艾维说。

“现在什么？”

“你见到他时他是个什么样子了？”

“完全变了一个人。”丹尼说。他隔着吧台看着她。他的脸虽然不是很对称，但各个部位综合起来看还是让人觉得比较愉快的。“你为什么要去教书？”

“我说过我还没有拿定主意。”

“什么因素在影响你拿主意？”

“什么因素？”

“在你拿主意的过程中。”

丹尼在这样的事情上有明确的过程吗？他脑子里有个小机器在接收各种因素，然后吐出各种主意吗？艾维没有这样的机器，近似的也没有。“我不知道。”她说。

“从好的一面来说，比如说，他们给你薪水吗？”丹尼问。

“给一点点，但那是——”

“如果你缺钱，我可以——”

“我不缺钱。”

她的语气很重，她大概没打算说这么重。丹尼低下头，转着杯中的酒。“那个地方不好，艾维，”他说，“什么也没有，只有些让人毛骨悚然的人，囚犯，狱警，所有的人，都让人讨厌。说邪恶都不过分。”

“你说服我去干这个活了。”艾维说。这是艾维做决策的风格。后来——睡觉前刷牙的时候——她想到了这个决定背后的根本原因：她的作品里缺的不就是邪恶吗？

正如约尔所说，这段路很长，但一点也不费力。艾维开着那辆小巧的租来的车向北行驶时，情况越来越好，当她进入阿迪朗达克时，呈现在眼前的是一片秋天的景色，壮观至极。怎样描述眼前的景色，怎样用语言表达出来？完全是不可能的，至少对她来说不可能；仿佛上帝在卡米尔·皮萨罗①的影响下坠入了凡尘一样。她离开向北的大道转向向西的较小的路时，情况更好了。

进入丹尼摩拉。首先经过的是一座农场，农场里有几头奶牛，还有一个人，穿着格子花呢衬衣，正守着一堆浓烟滚滚的火。接下来经过的是一家古董店，店外的广告上说此处销售正宗的阿迪朗达克家具。有些家具展示在前面的院子里。接着经过了几栋活动房屋，不大，都需要重新粉刷了。然后是一个有四向停车标志的路口。艾维旁边的座位上放着一张从电子地图网站上打印下来的有关这个镇子的地图，她正准备看地图时却见监狱就在正前方。

要想看不见监狱很难，跟周围的建筑物比起来，它显得特别大，这在别的情况下可能会很滑稽，就像小孩子第一次画狗一样，两只耳朵一直垂到了地上。墙壁是白色的，有三十英尺高，可能比这还高，一直向前延伸到了人行道前，哨塔伸到了大街上。艾维行驶在这些建筑物的阴影里，感觉这是个很长很长的街区。快到尽头的时候，墙壁转了一个九十度的弯，形成了一个凹进去的区域，这个区域两边是墙，中间是门。艾维把车停在

---

① 19世纪法国著名画家。

街上，朝门口走去。门是黑色的，长方形，门上的油漆很厚，她搞不清门是木头的还是金属的，门很大，看起来就像电影中的巨怪一般。门上没有窗户，也没有任何标志，只有州历史文物协会在这里贴的一块小牌子：**丹尼摩拉监狱，建于 1845 年。**

必须敲门吗？

艾维环顾四周。街对面有一间酒吧，门上写着“露露酒吧”。或许——

“喂！”

艾维抬起头来看了一眼。一个身着蓝色制服的看守正从塔楼上探出身子，他手里拿着步枪，也可能是滑膛枪——艾维对枪不太了解——但枪口没有对着她。

“我是来这里教写作课的，”艾维对着上面喊道。“这个班以前是约尔·卡特勒教的——我来替他。我有监狱办公室的证明书。”她把手伸进衣袋拿证明，忽然想起很多电影里的一幕，于是僵住了。“我把手伸进口袋里可以吗？”

“嗯？”那个看守很吃惊。

“给你看我的证明文件啊。”

那个看守向下斜视着她。“去行政楼。”说完就消失不见了。

“在哪里？”艾维朝上面喊。

高处出现了一只蓝色的手臂，示意在转角的地方。

艾维走到监狱转角的地方，上了相邻的那条街，街右边是一条长长的和缓的山坡和墙壁，墙壁挡住了阳光。虽然此时天气并不热，她的状态也相当好，可当她来到后面的围墙时，汗珠还是从上唇上渗了出来。一栋石头砌成的楼房伫立在监狱后墙的边上。这就是行政楼吧。艾维走进去，在前台做了自我介绍。一个帽子下面梳着很紧的玉米辫的看守带着她，沿着过道，走进一间办公室，办公室的门上写着：监狱课程部。

“这位是新来的教写作课的老师。”那个看守说。

坐在桌子后面的那个人抬起头来。他留着斑白的小胡子，衣袖上有三条杠，聚苯乙烯泡沫塑料咖啡杯在他毛茸茸的手里几乎看不见了。他桌上的牌子上写着：托柯警官。

“你好，”艾维说，“我是艾维·塞德尔。”

“有证明吗？”

她把证明递给他。他仔细看了看。

“你是那个人的朋友，他叫什么来着？”

“是约尔吗？”

“对，”托柯警官说，“约尔。”从他说这个名字的样子来看，艾维可以断定他不喜欢约尔。“有人在跟他谈拍电影的事，是真的吗？”

“是真的。”

他瞟了一眼那个看守。“塔尼莎，我们在他成名前就认识他了，是不是？”

“是那个说话口吃的秃子吗？”塔尼莎说。

“另外一个。”托柯警官说。

“就是……”

“对了。”

“什么电影？”塔尼莎问。

托柯警官耸了耸肩。“问——”他看了一下那份证明——“问艾维吧，她在这里呢。”

“亚当·桑德勒的一部电影，”艾维说，“细节我不知道。”

“亚当·桑德勒，”托柯警官说，“你觉得他的电影有意思吗，塔尼莎？”

“是啊，”塔尼莎说，“但喜剧的主观性非常强。”

“什么意思？”托柯警官问。

塔尼莎咬着嘴唇。

托柯警官转向艾维。

“以前来过监狱吗？”他问。

“没有。”

他点点头，好像这是他期待的答案似的。“有什么问题吗？”他问。

“如果我知道一点学生的情况或许会对我有所帮助。”艾维说。

“什么学生？”托柯警官问。

“她指的是犯人。”塔尼莎说。

“他们是人渣，”托柯警官说，“你想看看他们的履历吗？”

“履历？”

“就是他们的档案，”警官说，“他们来这里的原因。他们每个人，所有的人都说自己是无辜的，都是被陷害的。”

“这些以后再了解吧，”艾维说，“我现在想知道的是，有多少人，他们姓甚名谁，从哪里来。”

“想形成自己的印象是吧？”警官说，“作家一定都这样，塔尼莎。他们没有一个人想看他们的档案。想看的话也是一两个月以后了。”

“假如他们能待那么久的话。”塔尼莎说。

那个警官点点头。他打开抽屉，翻了一会，扯出一张皱巴巴的纸来。“你教的是莫里斯、伯金斯、埃尔—哈桑和巴拉班。四个人。”

“从C区来的丁斯莫尔呢？”塔尼莎问。

“被单独拘禁起来了，”那个警官说，“埃切维利亚如果活着的话，将来是不会干多少脑力劳动的。至于他们从哪里来嘛——都是从本州南部来的，百分之九十九点九的人都是我们的常客。”

这时他的电话响了。

“还有别的事吗？”

“埃切维利亚怎么了？”艾维说。

“塔尼莎会在回去的路上告诉你的。”他拿起电话。“有个小提示。就是你的习惯，你喜欢盯着人家的眼睛看，是不是？在这里是不能接受的。”

艾维跟着塔尼莎，走过一段明亮的走廊，然后下了几级台阶。“埃切维利亚怎么了？”艾维问。

塔尼莎一挥手。“你不想听这种事情的。”

她们来到一扇铁门前。塔尼莎在铁门上敲了敲。“教写作课的老师来了。”她说道。

门开了。门里有两个看守，还有摄像机和一个金属探测仪。

“驾照和车钥匙，老师。”一个看守说。

艾维把驾照和车钥匙递过去。第二个看守在她手背上盖了一个章。

“你出去的时候，如果这个还亮的话，这些东西会还给你的。”说着，用红外线手电筒在她手背上照了一照。这时手背上出现了一个深蓝色的词：来访者。“如果没有——哐当。”他被自己这个笑话逗得大笑起来。笑声波及到他人身上。艾维也笑了笑，因为在笑，没有立即注意到第一个看守把手伸了出来。

她把手提包递给他。他把包里的东西倒在桌子上，有螺旋形活页簿、两支“比克”牌圆珠笔、手机和《菲利普·拉金诗集》。他把笔和电话放进盘子里，和驾照、钥匙放在一起，把其余的东西放回包里。

“笔不能给我吗？”艾维问。

“B 区有个犯人用笔戳别人——是什么时候发生的事？”塔尼莎问。

“劳动节那天，”第一个看守说，“一个犯人的眼睛被戳了一下。我之所以知道是因为那天我当班。”

“那我们用什么写字呢？”艾维问。

“7 月 4 日和阵亡将士纪念日两天也发生了这样的事情。”第一个看守说。

片刻不自在的沉默之后，塔尼莎说：“进去吧，我们要走了。”

艾维迈步通过金属探测仪。她摘掉耳环试了一次，又把耳环和腰带取下来试了一次，最后取掉耳环、腰带和鞋子试了一次，总算通过了。

“祝你第一次的课顺利。”第二个看守说。

三

一个名叫莫菲特的看守坐在图书馆外面。艾维觉得他呼出来的气体中散发着酒味，这当然是不可能的。

“我可以进去吗？”她问。

莫菲特抬起头来看着她。他留着星星点点的小胡子。到现在为止，她在这里见到的所有男看守都留着小胡子。这到底是怎么回事呢?

“他们没危险。”莫菲特说。

艾维穿过门走了进去。

“但也难说。”他低声补充道，大概是在自言自语，但艾维听见了。

“一个小时后回来。”塔尼莎在她后面喊。

图书馆虽小却非常明亮：荧光灯，水泥砖砌成的墙壁，水泥地面，铁制书架，破旧的书籍占去了书架的一半，多数是平装书。房间中间有一张长方形铁桌，固定在地上。四个人坐在那种跟桌子相配的椅子上，穿的都是连衣裤工作服，一个坐在最远的那一头，一个坐在左边，两个坐在右边，都尽可能地远离对方。

“你们好，”艾维说，“我是艾维，新来的写作课老师。”

他们看着她；但都没有盯着她的眼睛。盯着别人的眼睛看在这里是忌讳的。

艾维在桌子这头的一把椅子上坐下来。

“你们都做一下自我介绍吧，或许有所帮助。”她说。

他们都不作声。

后来左边的那个人——他的皮肤呈红棕色，手臂上刺有花纹，油光发亮的头发平整地向后梳着——说：“介绍？太遗憾了，这些家伙我都认识。”

坐在右边的其中一个人——他是个大块头，黑人，牙齿间有很大的缝隙——大笑起来。坐在他旁边的那个人——白人，瘦小、秃头——朝四周瞥了一眼，窃笑起来。怎么这么快就出了问题？

坐在桌子那头的那个人也是个黑人，瘦削的脸，剪得短短的灰色山羊胡。他坐得笔直的，怔怔地盯着艾维的前额。他说："埃尔—哈桑。"

"很高兴认识你，"艾维说，"你叫什么名字？"

埃尔—哈桑摇摇头，这个动作是克制的、不慌不忙的；甚至有点凛然的意味。"在这里没必要知道名字。"他说。

左边那个手臂上有文身的人身体前倾。他的前臂粗大，一条条肌肉凸了出来。"你现在进入了一个只有姓没有名的区域。"

"我姓塞德尔，"艾维说，"你呢？"

他眨着眼睛。"莫里斯。"他说。

"伯金斯。"那个大块头说。他的声音低沉、浑厚。

"巴拉班。"那个瘦小的白人说。他的声音有些尖。

"但你可以叫他菲利克斯。"莫里斯说。

巴拉班低下头，几乎是垂着了。

"例外能反证规律。"埃尔—哈桑说。

"这句话到底是什么 意思？"莫里斯说，"讲不通。"

"问塞德尔小姐吧。"埃尔—哈桑说。

这句话到底是什么意思？她第一次给犯人上课就不顺利，正要形成这个坏印象时——她突然意识到，她实际上可以拿这个问题来做点文章，她心里非常激动。接着，就像奇迹似的，她想起了很久以前某个弃她而去的男朋友，这位男朋友很有学问。

"这是一句古话，"艾维说，"反证在这里的意思是'检验'。这句话的意思是说，例外能检验规律，恰恰是难以对付的事情能告诉你这个规律是正确的还是错误的。"

大家一片沉默。他们都看着她，不过没有一个人盯着她的眼睛看。接着伯金斯大笑起来，声音低沉、浑厚。"这个例外就是菲利克斯。"他说。

“他是个难以对付的人。”莫里斯说。

然后他们都大笑起来，艾维也大笑起来；除了菲利克斯之外大家都在笑，但是就连他也面带笑容。这是她来监狱后第二次和犯人们一起放声大笑。这让她感到非常吃惊。

看守莫菲特在转角处欠着身子朝房间里看。埃尔—哈桑停住不笑了。很快，其他人受到影响也不笑了。

一片沉默。

“证明的意思是‘检验’。”埃尔—哈桑说。

“你知道这个吗，菲利克斯？”莫里斯说。

菲利克斯摇摇头。

“讨厌，”莫里斯说，“伙计，你应该得到偿还。”

“偿还？”菲利克斯问道。

“从你的大学学位上，”莫里斯说，他转向艾维，“这位菲利克斯上过哈佛—大—学呢。”

“我没上过。”菲利克斯说。

莫里斯右臂上的一根血管颤动了一下，文身“拉丁王”中的“拉”被扭曲了。“你说我在撒谎，菲利克斯？”他的语调很轻，还算友好。

“噢，没有，没有，没有，没有，”菲利克斯说，“确实是康奈尔大学。”

“我是不说谎的，”莫里斯说，“是不是，菲利克斯？”

菲利克斯点点头。

“这位菲利克斯上过哈佛—大—学。”莫里斯说。

长时间的沉默。然后菲利克斯又点了点头，虽然很轻，但明确无误。

“很多伟大的作家根本没上过大学。”艾维说。这句评论不一定切题，因为她想改变话题而一时又想不出别的话来。

“比如说？”埃尔—哈桑说。

“莎士比亚。”艾维说。

“是真的吗？”莫里斯说，“莎士比亚什么学校也没上吗？”

艾维点点头。

“你熟悉莎士比亚？”伯金斯说。

“比较熟悉。”艾维说。

“说来听听。”伯金斯说。

“你的意思是熟记他的作品？”艾维问。

“对，”伯金斯说，“熟悉嘛。”

熟记莎士比亚的作品。虽然她曾经上过一门有关莎士比亚的课程，但那还是一年级的时候，而且每次上课都是上午 8 点 30 分，起都起不来，所以——

“‘明天’。”她突然说道。

> ……明天，再一个明天。
> 一天接着一天地蹑步前进，①

哦，上帝啊，还有比这段更糟的吗？

> 直到最后一秒钟的时间；
> 我们所有的昨天不过替傻子们照亮了
> 到死亡土壤中去的路。②

此时房间里非常安静，安静得艾维可以听见莫菲特在门外面打饱嗝。

伯金斯向后靠在椅子上。“妈的。”他说。

“这个家伙也一定坐过牢。”莫里斯说。

“我觉得他们对他的生平知道得不太多。”艾维说。

“确实坐过，相信我没错。”莫里斯说，“希特勒呢？”

“希特勒？”艾维说。

“他写过书，”莫里斯说，“我读过他的书。都写在书里呢。”

---

①② 见莎士比亚名著《麦克白》第 5 场。

“他发动了第二次世界大战，”埃尔—哈桑说，“死了一亿人。”

“那又怎么样？”莫里斯说，“是谁的错呢？”

又一阵沉默。莫里斯手臂上的血管又颤了一下。

“‘到死亡土壤中去的路’之后是什么？”伯金斯问。

“下面一行吗？”艾维说，“我忘了。”事实上她没忘。下面的部分是一个愚人讲述的故事，充满了喧哗和骚动，没什么意义。太阴沉了。“不管怎么说，我们不应该写点东西吗？”

“你有纸和铅笔吗？”莫里斯说。

“纸和铅笔？”

“你应该带的，”莫里斯说，“否则我们怎么写？”

没有钢笔。该死的约尔。“我的错。”艾维说着，站起身来。

“喂，”莫里斯说，“你去哪里？”

“我看莫菲特先生能不能帮忙解决。”

伯金斯又爆发出一阵浑厚的笑声。“莫菲特先生？”

埃尔—哈桑把手伸进衣袋里，掏出一支钢笔和一支圆珠笔，圆珠笔的牌子跟艾维被没收的两支圆珠笔的牌子一样，都是“比克”牌。“我们可以用这支笔轮流写。”他说。

艾维坐下来。埃尔—哈桑有一支钢笔。钢笔是禁止带进来的。因此？她是不是应该叫莫菲特进来呢？他进来之后她的课还上得下去吗？肯定上不下去了。她这个活就不能善终了。不就是一支钢笔吗？又没有削尖，也没有把它当武器。埃尔—哈桑身上有这样一种沉着镇定的气质，跟一个精神领袖差不多。她发现他们都在看着自己。“纸呢？”

莫里斯站起来，从书架上随意拿起一本书，把书后的空白衬页撕了一张下来。

“我们来诗歌接龙吧。”埃尔—哈桑说。

“诗歌接龙？”艾维说。

“约尔让我们搞过诗歌接龙，”埃尔—哈桑说，“你认识约尔吗？”

艾维点点头。

“他是个同性恋，对吗？”莫里斯问。

这个词除非出自艾维小说中某个另类人物之口，否则她是永远不会用的。她有很多朋友是同性恋，每年都要去参加同性恋大游行，她也相信同性恋婚姻。

“对。”她说完，立即觉得自己像个罪犯一样。这还不太糟糕。

埃尔—哈桑把钢笔和纸推到伯金斯面前。“从你开始。”他说。

伯金斯趴在那张白纸上，把舌头从双唇之间伸出来。那支钢笔——握在他的巨手里像一把牙刷——先是在纸上方盘旋，然后落下来，迅速地移动起来。他一两分钟就写完了，然后把纸推给桌子对面的莫里斯。艾维心想，为什么没给菲利克斯呢？菲利克斯就在他旁边。

莫里斯甚至连读都没有读伯金斯写的东西。他紧闭双眼，紧握钢笔，静静地坐着，只有眼皮子偶尔动一下。此时没有人显得不耐烦：埃尔—哈桑也闭着双眼，一动不动；伯金斯目光呆滞；只有菲利克斯·巴拉班似乎是醒着的，他的视线在房间四周飞快地移动。当他的目光与艾维的目光相遇时就立刻移开，然后又移回来。她是不是应该说她知道他是谁呢，是不是应该提示一下丹尼·温伯格？

这时，只听见莫里斯咕哝了一声，他睁开眼睛，开始写起来。他写得比伯金斯慢，字也比他的大。他越写身体越活跃，脚下在轻轻地敲，头在来回地摇，前臂上的那根血管在拼命地奔突。

“稍微掌握一下时间。”菲利克斯说。

莫里斯的笔戛然而止。埃尔—哈桑睁开眼睛，伯金斯的目光不那么呆滞了。

莫里斯直直地盯着菲利克斯。“你说什么，朋友？”

菲利克斯低下头，咕哝了几句艾维没掌握好时间的话。

“我没听清。”莫里斯说。

“没什么，”菲利克斯说，“什么也没有。对不起。”

“对不起？”莫里斯说。

菲利克斯点点头。

莫里斯瞥了一眼埃尔—哈桑和伯金斯。“他对不起。”

“算了，”艾维说，“咱们继续写吧。”

伯金斯想笑又不敢笑。埃尔—哈桑看了她一眼，一边的眉毛优雅地扬了一下。“好吧。”他说。

莫里斯低头盯着那张纸。“妈的集中不了注意力了。”他说，把纸递给了埃尔—哈桑。埃尔—哈桑又把纸递给了菲利克斯。

“我今天真的没什么可写。”菲利克斯说。

“菲利克斯今天没什么可写。”莫里斯说。

那张纸又回到了埃尔—哈桑面前。他读了纸上写的东西之后，就开始写起来。中间有不少停顿，很多地方被划去了。

“如果我写不下去了，那将是非常糟糟糟糟糟糟糟糕的事情。”莫里斯说。

“我相信不是这样。”菲利克斯说。

埃尔—哈桑不停地写着。艾维想起自己曾经看过的一个资料，是关于柏柏尔人的，柏柏尔人是西撒哈拉和中撒哈拉的蓝色人种。埃尔—哈桑的双手使她想起那些人。眨眼的工夫，他们就到了别处，来到了撒哈拉的一个泥泞的村子里或者一个大篷车的车站。这时，莫菲特出现在门口。

“时间到了。”他说。

艾维瞥了一眼埃尔—哈桑。他的钢笔不见了。

他们站起来，鱼贯而出，莫里斯、伯金斯、菲利克斯，埃尔—哈桑在最后。他把纸递给艾维。“要加个题目。”他说。

“下周吧。”艾维说，“再见。”

埃尔—哈桑正要说什么，莫菲特抢着说道：“除非他们都赦免了。”

塔尼莎领着她出来，走过一条宽敞的走廊，又穿过一片开阔的空地，来到大门口。大门口执勤的看守已经换了。他们用红外线手电筒在她手背上照了照。手背上出现了“来访者”几个绿色的字，他们把驾照、钥匙、圆珠笔和手机还给她。

“还回来吗？”塔尼莎问。

“当然。”艾维吃惊地回答道。

“很多人都没有回来。”塔尼莎说。

艾维摸索着走出行政楼，外面阳光普照。突然，她感到自己力大无比，身心轻松，干劲十足，对生活充满了期待。她穿过大街，爬到那座小山，来到一座小公园。她向下眺望，看见了那座监狱和一片开阔的金黄色平地，还有远处闪着绿光的张伯伦湖。看见湖，她想起了自己从来没见过的大盐湖以及《纽约客》喜欢的那几行。

艾维靠在一棵树上，读着诗歌接龙，他们的拼写都不太好，埃尔—哈桑的拼写最差。莫里斯的很多字母写反了，伯金斯有些也写反了，而且还有很多大写。

把拼写错误和写反的字母改过来之后，伯金斯的诗歌如下：

明天，明天，再一个明天
一天接着一天地蹑步前进
直到最后一秒钟的时间
我们所有的昨天不过替傻子们照亮了
到死亡土壤中去的路。

他不知用什么办法只听她念了一遍就把整段背下来了。

莫里斯写的是：

我有一辆车！鲜橙色的卡马罗！它像一颗装上427引擎的火焰炸弹！是我和我女朋友从特伦顿的一个犹太人那里偷来的！嗡！我带着两个妓女去野餐！一个叫卡门，一个胸脯很大！回家的路上那个胸脯很大的妓女让我为所欲为！哦！我们没有顺利到家！在七十九号出口，我们撞上了一辆十八轮的大卡车！

他签上了自己的名字：赫克托·路易斯·莫里斯，字很大，龙飞凤舞，除了写反的那些字母外，跟约翰·汉考克的诗并没有什么不同。

埃尔—哈桑写的是：

昨晚有个人梦见抽屉里有把刀
非常锋利在磨石上磨了又磨
略有弧度的十二英寸的刀片和一个
由贝壳构成的刀柄
锋利的刀子捅进肉里未遇任何阻力
没有任何摩擦的声响
昨晚抽屉里有把刀
非常非常非常锋利的刀
这就是一个人的梦

艾维开车回家。到了 87 号州际公路——北方公路上，她才不再害怕得浑身发抖了。

四

星期五晚上，魏尔伦酒吧餐厅，人头攒动，热闹非凡。

“这些白痴是谁？”布鲁斯·魏尔伦说，“其中有一半我见都没见过。”

“掏钱喝酒的客人。”艾维说。

布鲁斯鼻子里呼哧有声，把一些从没见过的人安排在最差的桌子上，这些桌子在自动数字点唱机和通往洗手间的潮湿的走道上。而他们却对他千恩万谢，好像他们这样做他就会给他们安排好位子似的。

丹尼·温伯格跟一个女人走进来，点了凯歌皇牌香槟酒。“这位是欧荷伊，”他说，至少发音像是“欧荷伊”，“这位是艾维。”

“你好。”艾维说，把杯子倒满酒。

欧荷伊轻轻点了点头。她非常迷人。

“干杯，”丹尼说。他们把酒喝了。“艾维是个作家。”丹尼说。

“是嘛，”欧荷伊说着，不悦地把酒杯放在吧台上，环顾四周，正好看见布鲁斯把自动数字点唱机的插座从墙上拔下来。这个动作表明有人点了一首歌，而布鲁斯觉得这首歌他听得太多了。

“她现在在北部的一座监狱里教书。”丹尼说。

“我的头痛得厉害。”欧荷伊说。

丹尼似乎很诧异。“是吗？”他说。

“头晕目眩。”欧荷伊说。

是不是中风了？艾维心想。“你想服用一点布洛芬吗？”

“布洛芬？”欧荷伊说，好像艾维提议的是什么低级的东西似的，她朝外面走，丹尼跟在后面。

大约一个小时后他一个人回来了，换掉了刚才的套装，换上了牛仔裤和T恤衫，他点了一杯啤酒。“她最近压力很大。”他说。

“她是干什么的？”艾维问。

“他们撞在马提尼克岛[1]的一个珊瑚角上，差点淹死了。”丹尼说。

“我是说她的工作。”艾维说。

“从无停歇的时候，”丹尼说，“参加慈善事业，开幕式，到处露面。她几乎每周都上《纽约时报》的‘周日时尚’版。”

布鲁斯从丹尼旁边走过时，把账单放在他面前。

“介意把账结了吗？”

虽然丹尼结账是不定期的，大概每隔几个星期结一次，但他是个不错的顾客，就在附近住，小费也给得多。他快速地翻着账单，眼睑低垂，然后掏出一张白金卡。

“我是不会涉足这个乱七八糟的地方的，如果不是……”他喝完啤酒，又要了一杯。“你的课上得怎么样？”

“你的朋友也来了。”

“菲利克斯吗？”

艾维点点头。

“我们实际上不是朋友。他只是个顾客而已。他的写作水平怎么样？”

“他那天实际上什么也没写。”

“我不感到吃惊，”丹尼说，“菲利克斯在数字方面很有天赋，绝对是用左脑思维的。非常杰出的金融天才。他发明了一种场外交易的衍生工具，在这个世界上大概只有三个人能够理解。”

“他坐牢是不是因为这个？”

“不是直接因为这个，而是因为一些临时的近海期权安排，具有讽刺意义的是，这个小小的阴谋只不过是保护投资者的一种保险方式。可是陪审团却愚蠢之极，没有看出来。”

“那些投资者是谁？”

---

① 西印度群岛中向风群岛的一座岛屿，是法国的海外省。

丹尼耸了耸肩。“没有投资者，用的是养老金。”他说。

“那笔养老金怎么样了？”

“养老金？”丹尼说。“哦，那笔养老金有六千万美元。如果你有兴趣，吃晚餐的时候我可以告诉你。”他的手在吧台上移动着，虽然离她的手很近，却没碰着。

丹尼的手非常漂亮，只是指甲有被咬过的痕迹。丹尼人也不错；虽然到处乱扔钱，但本质上不坏，而且喜欢她。再说，她对菲利克斯·巴拉班所犯罪行也很感兴趣。所以，跟丹尼共进晚餐：又能糟到哪里去呢？在那一瞬间，她突然有个想法，这个想法的出现有点奇怪：丹尼的手远没有埃尔—哈桑的漂亮。紧接着又冒出了另一个想法：丹尼的手臂虽然精瘦有力，但如果放在赫克托·路易斯·莫里斯的旁边，他的手臂看上去就像婴儿的一样。什么意思？艾维不知道。

“你什么时候下班？”丹尼问。

他们——埃尔—哈桑和莫里斯——比丹尼更有男人味吗？多么疯狂的想法啊！太疯狂了，虽然丹尼基本上也是不错的，但是艾维却回答道：“要到两点。”她说了一个谎。

12 点 30 分，她一个人离开了，德拉甘给她把着门。

“我很快就可以给你看我那本小说了。”他说。

“那么快。”艾维说。

“哦，是很快，”德拉甘说，“写作这种事情比洗盘子容易多了，从开球到最后哨声响起可以写五六十页。”

“你写作的时候看踢球吗？”

“美国职业橄榄球联赛的每场球我都录下来了。”德拉甘说。“太棒了。你也是个橄榄球爱好者吗？”

“不是。”

德拉甘看起来非常吃惊。“我是个真正的美国人。”他说。

“恭喜你。”艾维说。

他笑了笑，笑声有点捉摸不定。艾维动身离开。

“我准备给小说命名为‘所有美国女人’,”他在她后面喊。“在正式场合，这个女人是不是应该换成女孩呢？”

艾维爬上她五楼的房间，T. S. 艾略特站着写作，埃德加 · 艾伦 · 坡借助鸦片写作，德拉甘依靠联赛来写作。

手机上的灯光在黑暗中闪烁着，有短信来了。

“我是丹尼摩拉的托柯警官。还有一个犯人具备参加这班的资格，名叫哈罗。我们总是要先问问老师的意见。如果可以再增加一个的话，给我打个电话。”

再增加一个,为什么不可以？艾维在她的语音信箱里留了一条信息:“可以。”

她坐到手提电脑前，又看了一遍“穴居人”。弗拉德克觉得强而有力。她虽然这样写了,但当她通读全文的时候,发现并没什么东西让他强而有力，尤其是不能让穴居人强而有力。实际上，弗拉德克更像个典型的21世纪的农民，平庸。更糟糕的是，有点儿死气沉沉，没有生气。艾维又急匆匆地强迫自己仔细读了一遍。她看见的只不过是自己渗透于小说中的那份努力。正如贺拉斯[①]所说，所谓艺术，就是把艺术隐藏起来，不过，许多当代作家的看法恰恰相反。“穴居人”写出来了无生气。而德拉甘的小说中既有“蜂窝塔”，又有尼安德特人的集体无意识，大概更好。如果不行的话，他休息的时候就可以再写一篇。

“见鬼。”她说。她描写的正是她自己呢，住在这个狭小的盒子里，下面还有四个稍大一点的盒子，她这个盒子被更大的盒子包围着，这样的盒子太多了，装着孤独的人，只有思绪在奔流。把待在这样的地方跟丹尼·温伯格一起共进晚餐相比，到底哪一种更好呢？她脑海里像闪电一般浮现出一幅图像，速度极快，仿佛潜意识里的信息：漂亮的郊区，宽大的房子，舒适而又惬意。她萎靡地趴在桌子上。

---

① 罗马抒情诗人,他的《颂歌》和《讽刺作品》对英国诗歌产生过重要影响。

过了一会，艾维发现自己在想赫克托·莫里斯的手臂——粗大、有力、起伏不平，文身永远没有静止的时候，还有向后梳着的平整的头发。

她坐起来，打开手提电脑，打开一个新文件：穴居人，第二稿。她打出的第一句话是：弗拉德克给自己身体上涂上了油。

太阳升起来的时候艾维还在写。太棒了。难道不是吗？她把最后一句话"那个外科医生开了个玩笑，弗拉德克不明白是什么意思"改成了"'一点都不会疼的。'那个外科医生说。"接着，她趁还没有犹豫之前，给《纽约客》写了一封信，感谢他们就"热门娱乐节目"说的那些好话，就把信折起来，连同刚写好的"穴居人"放进信封，下楼，来到最近的那个邮筒。

艾维又租了一辆超小型汽车——这一次租金便宜一点，但对她来说仍然很贵——开着去丹尼摩拉上第二次课。她把车停在那座比行政楼还高的山顶上。天气虽然冷了一点，但空气比以前更加清新，各种细小的东西都清晰地跃然于眼前：小镇那边墓园中的红色、白色和蓝色布条清晰可见；塔楼上的看守端起水杯伸到嘴边时，一道银光闪了一下；在她四周是一片红色、黄色和金色的海洋，平静但不乏生气。

艾维拿起手提包，下山向行政楼走去。门开处，十几个看守走了出来，其中一些人拿着午餐盒。艾维闪到一边。看守们看起来都很疲惫，身上散发着汗臭味。这时候才下班说明他们一直在干活，大部分——

"喂！"走在队尾的塔尼莎停下来。"怎么了？"

"我告诉过你我会再来的。"艾维说。

"今天不上课，你搞错了。"

天啊。搞错了吗？"不是星期二吗？这次课——"

"是星期二，"塔尼莎说，"难道没有人告诉你吗？"

"告诉我什么？"

"哎呀，见鬼，"塔尼莎说，"你直接开车过来的？"

"什么？"

"现在是一级防范禁闭期。从星期天晚上就开始了。"

“什么意思？”

“意思是不接待来宾，不上课，犯人们除了吃饭之外都待在监舍里。”

“禁闭期有多久？”

“难说。”

“今天晚些时候有没有可能结束？”

“有可能，”塔尼莎说，“但明天才能接待来宾，课也要到明天才能上。”

艾维抬头望了一眼行政楼那边的墙壁，它就像古代用来拒绝别人的石碑一样。

“喂，”塔尼莎说，“我去给你买杯啤酒吧。”

艾维在一天当中的这个时候从来不喝酒，她本来就不怎么喝酒；魏尔伦酒吧餐厅给她提供了观察许多酗酒者的机会。“听起来不错。”她说。

在大门旁的“露露酒吧”里，已经有五六个看守在那里了。镜子上有个手写的告示：**不接受州外的支票，不接受州内的支票，不接受信用卡。要赊欠，找露露。找露露也不赊欠。**艾维和塔尼莎在靠近镖靶的地方找了一张桌子坐下。窗外的风景除了监狱的墙壁还是监狱的墙壁。

塔尼莎把艾维的酒杯碰得叮当响。“祝贺你不用在监狱干活了。”她说。塔尼莎看起来大约三十岁。她点燃一支烟，深吸一口，吐出来，啜了一口啤酒，说道：“啊。”

“喂，塔尼莎，”一个看守喊道。“这里不准抽烟。”可他也在抽；他们多数人都在抽，包括那个男服务员。大家哄堂大笑。

“从那么远的地方过来，白跑一趟，很失望吧。”塔尼莎说。

“没关系，”艾维说，“这里非常漂亮。”

“啊？”

“我是说风景。”

“风景？”

“你大概习以为常了。”

“那你得去普拉茨堡干这个活，”塔尼莎说，“普拉茨堡。”

“你从哪里来？”

“昆斯区[1]。我首先选的是‘新新监狱’。听说过有不选‘新新监狱’的人吗？”她喝干杯子里的酒，向男服务员抬起手。

“这杯我付钱。”艾维说。

“一个人连‘新新’都不能进说明了什么？”

“我不知道。”艾维说。

塔尼莎又使劲吸了一口烟。“别听我瞎说。我现在心情不好，就这么回事。都是安立奎搞的。”

“安立奎是谁？”

“A 区的，”塔尼莎说，“喜欢在女狱警面前手淫。在你没有任何防备的情况下给你来一下，仿佛这是个游戏似的。”

“你们就为这个进入禁闭期？”

塔尼莎大笑起来，喷出几滴啤酒来。“我们就为这样的小事进入一级防范禁闭期，我们会永远这样。”接着又说，“为些小事。”说完大笑起来。

艾维也大笑起来。“你们为什么进入一级防范禁闭期？”她问。

“为些常事。”塔尼莎说。“B 区的一个犯人喉咙被割了。”

“他死了？”

“伤口从一只耳朵延伸到另一只耳朵。”塔尼莎说。“被发现时血都流干了。”她掐掉香烟，停了一下。“他实际上应该在你班上的。”

“哦，天啊！”艾维说。“谁呀？”

“喂，厄尼，”塔尼莎喊道。“B 区的那个家伙是谁啊？”

刚才跟她开玩笑的那个看守说：“不是菲利克斯那个小花花公子吗？”

“菲利克斯·巴拉班？”艾维说。

看守们窃窃私语了一番，一致认为那个死掉的犯人是菲利克斯·巴拉班。

“发生了什么事？”艾维问。“谁干的？”

塔尼莎耸耸肩。“就为这个进入一级防范禁闭期，还没搞清楚是怎么回事。”

---

① 美国纽约市一独立自治区。

“他是那么温和，”艾维说，“是金融诈骗吧。”

“是吗？”塔尼莎说。“他写的东西还过得去吗？”

“为什么会有人伤害他那样的人？”艾维问。

“大概他打喷嚏打得不对。”塔尼莎说。

“我不明白。”

“再不就是他吹的口哨有人不喜欢，或者桌子坐错了，或者没按顺序洗澡。你必须理解你正在应付的这些事情，艾维。”

按照托柯警官的说法，这些都是人渣。可伯金斯被莎士比亚的诗歌打动了，只听了一遍就几乎能背下来，莫里斯和埃尔—哈桑写的诗也有点诗的味道。

“抽烟吗？”塔尼莎问。

“不抽，谢谢。”

塔尼莎又倒了些啤酒。“下周还来吗？”

外面，尽管是午后刚过，可墙上已经没有了太阳，大门旁的“露露酒吧”也暗了下来。

五

“对，”艾维说着，翻身去看时间。“我听着呢。”

电话是丹尼打来的。现在才早上6点钟，可他已经上班了：艾维听见有人在他那头谈论联邦调查局的事。

“太可怕了，”丹尼说，“似乎没有人知道出了什么事。”

“有人把他杀了。”

“是谁？”

“他们正在调查。”

“他们是谁？”丹尼说。“北部地区的一些暴徒吗？”

“他们并不都是暴徒。”艾维说。

丹尼的声音高起来。“不是吗？法官是暴徒，陪审员是暴徒，地方法院的检察官是暴徒，在五年半的时间里他们让他干些枯燥乏味的办公室工作，而这些工作是非常合理合法的，而现在——”只听见他猛地一拳砸在桌子上。

“但那六千万。”艾维说。

“六千万怎么了？”

“是他偷来的还是怎么的？”

“这是个什么问题？”丹尼说。“不是你这个层次的人问的，艾维。”

艾维不说话了。她有一种感觉，他们这种并没有真正开始的关系，什么都还没有发生就会结束，这种事情对她来说还是第一次。

“关键是他无端地死了。”丹尼说。他哽咽了。

“对不起，”艾维说，“我想你跟他很熟。”

“我告诉过你，不熟。”丹尼深吸了一口气。“他只是个客户而已。实际上是我老板的一个客户。但我在跟他交往，一起出去过几次。”

“一起出去？”

“我们带着他到百慕大去了一周，诸如此类的。”

“后来你去北部看过他。”

“我为他感到遗憾。”

艾维想起莫里斯强迫——或许不是强迫，是要——菲利克斯说自己毕业于哈佛大学而不是康奈尔大学的情形。接着她又想到丹尼也是哈佛大学毕业的，获得过工商学院的工商管理硕士。她这种想法很古怪。

“菲利克斯的这个主意，”她说，“这个让他陷入麻烦的主意——是你给他出的吗？”

“是我老板出的，”丹尼说，“笼统地说了一下。”

“场外交易衍生工具之类的。”

“没错。”丹尼说。

这个主意非常不错，这个世界上大概只有三个人明白。

“给我说说。”艾维说。

“说这个主意吗？为什么？”

“我好奇。”

“你了解什么叫一揽子债务吗？”丹尼说。“跟规避类似——”他滔滔不绝地讲了一两分钟，但是对一揽子债务和规避一无所知的艾维还是一头雾水。

“谁先想到的这个主意？”她问。

“我告诉过你，是菲利克斯。”

“我说的是最开始的时候。”她说。

他不说话了。后来，丹尼说：“我得走了。”声音难以置信的冷漠。

“再见。”

“再见。”

星期一，艾维给托柯警官打了个电话。

“还在一级防范禁闭期吗？”她问。

“还在。”

“发现是谁干的了吗？”

“没有。”

“还要上课吗？”

“要。”

“你打算每周都租车去吗？”布鲁斯·魏尔伦问。

“从港务局应该有公共汽车去那里。”艾维说。

“当然有。”布鲁斯说。“如果没有的话，你可以走路去嘛。”布鲁斯的眼睛眯成了一条缝，当他看见一个葡萄酒推销员进来时眼睛眯得更小了。“艾维，我跟你说。我把那辆萨博[1]卖给你吧。”

布鲁斯那辆破烂不堪的红色萨博大概用了二十年了。“多少钱？”艾维问。

“标价五百。”

艾维账户上有七百三十二美元，浴室水池边上的抽屉里还有大约两百美元。

“我放在哪里呢？”她问。

“我认识一个人，他有地方可放。”布鲁斯说。

布鲁斯以前从来没干过这种事情。他大概看见了她脸上的某种反应，于是说道：“只在‘致谢词’中提一下我就行了。”

“致谢词？”

“你第一本书上的‘致谢词’，”布鲁斯说，“去丹尼摩拉是为了收集素材，对不对？”

那个推销员走过来，匆忙打开一瓶桃红色的葡萄酒——布鲁斯讨厌桃红色的葡萄酒——脸上充满了自信的笑容。

---

① 瑞典的名车。

这辆红色的萨博是艾维的第二辆车。第一辆是她父亲在她满十七岁时买的，本田思域，当时她父亲刚离婚几个月。她父亲离开辛辛那提去了西雅图，当年就再婚了。艾维由于成绩优异，学术能力测试分数很高，又擅长橄榄球，次年进入威廉姆斯大学学习。她大三时，母亲再婚了，继父以前当过商会会长，他们才见面五分钟，艾维就忍受不了他了。而她母亲呢，从来没有这么高兴过。她大四时，那辆思域着火烧毁了，当时她男朋友把车借去滑雪，尽管她跟他说了无数次汽车漏油，但他还是忘了检查油箱。

无论从什么方面来说，这辆红色的萨博都比那辆车好。首先，是用自己的钱买的。不漏油：布鲁斯在汽车保养方面是个一丝不苟的人，他在任何事情上都是个一丝不苟的人。尽管这个星期二要凉爽多了，艾维还是让车窗开着，任凭阴沉的天空和树叶从顶部滑过，鲜艳的色彩就像用电视机的旋钮调暗了似的。她打开收音机，跟着唱起来。

塔尼莎是行政楼和监狱之间那扇大门的看守，这扇门在地下，这里的看守有两个，她是其中之一。“她是个守信用的人。”她说。

“嗯？”另一个看守说。

“艾维又来了。那个教写作的老师。她又来了。”

“发表过什么东西吗？”另一个看守说，把盘子伸过来。

“没有。”艾维说，把驾照和钥匙存起来。她这次没带笔，手机也留在车里了。

“我的堂兄卖一张漫画，人家杂志社给他付一百五十美元。”那个看守说。

“什么杂志？”艾维问。

“不记得了。”那个看守说。“一本模仿《好色客》风格的杂志吧。”

塔尼莎在艾维手背上盖了一个无形的“来访者”，她走到金属检测仪下——她今天没有系皮带，脚上穿的是运动鞋——一切顺利。在远处那个巨大的穹顶下，除了一个推着洗衣篮的犯人之外，什么也没有。艾维穿过这片宽敞的地方，沿着对面宽阔的走道，向图书馆走去。莫菲特坐在椅子上。

“你好。”艾维说。

他点点头。

她走了进去。

桌子周围坐着三个人，都在原来的位置上。莫里斯在左边，埃尔—哈桑在尽头，伯金斯在右边。

“大家好。”她说。

他们都抬起头来，表情冷漠。

艾维在桌子这头坐下，正要把文件夹打开时，她停住了。

“听到菲利克斯的消息时，我感到很震惊。”她说，情绪有点失常，好像在向他的家人表示慰问似的。

或许这个选择是正确的，因为伯金斯喉咙里咕哝了一声，不知道是不是友好的表示，埃尔—哈桑点了点头，神情有点沉重。莫里斯脸上的表情没有什么变化。

“我百思不得其解，为什么有人会对他做……做那样的事情，”艾维说，“他看起来是那么温和。”

“可能是他自己干的。”莫里斯说。

伯金斯大笑起来，声音像母鸡的叫声，咯咯的，很低沉。

“不可能，是不是？”艾维问。

“哦，不，”埃尔—哈桑说，“很有可能。”

“但这次不是，”艾维说，“否则他们不会进入一级防范禁闭期。”

谁都不说话了。莫里斯手臂上的血管痉挛了一下；由于某种原因，这个动作让艾维想起了在子宫里踢打的婴儿。

她翻开文件夹时，手有点颤抖，她突然明白了一件事，这件事从一开始就应该明白的，是个显而易见的事实：他们是多么高大——尤其是伯金斯和莫里斯——而她是多么渺小。但是现在就出现了一个悖论：或许这种不对称有助于使她的这份教学工作变得合情合理。

“这里有些铅笔，”她说，“我把你们写的诗打了出来。”她把复印件发下去，手不再颤抖了。

他们仔细地看着自己的作品。

“看起来不错，都打出来了，”伯金斯说，“很专业。”

莫里斯拍着桌子。“鲜橙色的卡马罗！”他说道，声音里满是喜悦，好像第一次读到这样的诗句似的。他默默地念着，表情专注，嘴唇翕动。

“这是你的题目吗？”埃尔—哈桑问。

“只是个想法而已。”艾维说。在顶部，她写了这样几个字：因与果。

“‘因与果’？”伯金斯说。

莫里斯抬起头来。“什么意思？”

“我想与那首诗有关。”艾维说。

“因？”莫里斯说，“果？”

“不过我们肯定能想到更好的题目，”艾维说，“有什么建议？”

“‘鲜橙色的卡马罗。’”莫里斯说。

“莎士比亚那首诗呢？”伯金斯问。

“见鬼，”莫里斯说，“那不是自己写的。”

“没必要——”艾维刚开口，就听见身后有脚步声。她转过身来，看见一个犯人正从门里进来，托柯警官跟在后面。

“这位是哈罗，”托柯警官说，“我提到过的那个新学生。”

“我叫艾维·塞德尔，”艾维说着，站起来，伸出手。“欢迎来上课。”

哈罗握了握她的手，匆促冷漠、软弱无力。他没有伯金斯和莫里斯高，块头也不大；虽然不高，块头也不大，但看起来很健康，看样子是攀岩或登山的。

“随便坐。”艾维说。

哈罗环视四周。伯金斯旁边有个座位——菲利克斯原来坐的位子——莫里斯旁边也有个座位，可哈罗两个都没坐。埃尔—哈桑站起来坐到了莫里斯旁边。哈罗坐到了埃尔—哈桑刚才坐的位子上。

托柯警官还没有离开。他弯下身子，拿起莫里斯的诗歌接龙复印件。

“‘因与果，’”他说，缓缓地环顾图书馆四周。然后默默地读起来；其他人静静地坐着。

“我姐夫曾经买过一辆卡马罗 427，”托柯警官说，视线从纸上移到莫里斯身上。“很酷的车。”

“对。”莫里斯说。

“可你为什么遗漏了事故中那两个女孩的遭遇？当你在七十九号出口被那辆十八轮大卡车撞飞的时候？”

莫里斯一声不吭了。

那个警官低头瞟了一眼那张纸。“‘卡门和那个大胸脯’，她们怎么了？”

莫里斯盯着他，艾维能感觉到，他在狠狠地、使劲地盯着他，虽然没有对准什么地方。

托柯警官松开那张纸。纸滑落到莫里斯面前。

“题目不错，”托柯警官说，“写得好，先生们。”说完离开了房间。

房间里寂静无声。艾维对今天的课认真设计过，可是现在，她对这堂课的信心越来越弱。她把铅笔发下去，又给每个人发了一张白纸。莫里斯把白纸捏成一个球。艾维几乎退缩了，或许她只退缩了一点点。

“我觉得，”她说，“我们可以找点东西写写，然后每个人再把自己写的东西大声读出来。怎么样？”

大家长时间沉默。莫里斯和埃尔一哈桑仍然纹丝不动地坐着，埃尔一哈桑紧闭双眼，莫里斯紧握双拳。伯金斯正用铅笔戳着指甲里面的污垢。

哈罗开口了。声音虽轻，却一点也不柔和。“写车祸吧。”他说。

莫里斯猛地转过头来。“你说什么？”

“她问写什么好？”哈罗说，声音仍然很轻。“车祸这个题目不错。”

艾维听见莫里斯的双脚在桌子下动。有那么一瞬间，她以为他会跳起来。

“除非有人有更好的主意。”哈罗说。

大家不吭声了。

“没时间了。”埃尔一哈桑说。他身体前倾，在那张纸的顶部用大写的字母写道：车祸。

“大家同意吗？”艾维问。

没人应答。

“有不同意的吗？”

大家一言不发。

“那就写车祸吧。”她说。她也拿出一支铅笔和一张纸。

“喂，”伯金斯说，“你也写吗？”

“当然，”艾维说，“约尔不写吗？”

“不写。”埃尔—哈桑说。

“哦。”

“我们都把他忘了。”埃尔—哈桑说。

“是份吃力的工作。”莫里斯说，他指的当然是约尔，不过眼睛看的是哈罗。

艾维心想，写车祸这个想法真是不错。假定，你和某个人去过什么地方，关于这个人你要作出一项重大决定，在紧要关头，你们发生了可怕的车祸，于是决定出来了。有两种情况。车祸破坏了你们之间的关系，或者，车祸揭示了这种关系的必要性。艾维知道她的叙述必须简洁，这样才能在课堂上完成，要展开的话那是以后的事了。她朝四周扫了一眼。除了莫里斯之外，其他人都趴在纸上，伯金斯已经开始写了。

伴娘们都有点醉了。艾维写道。新婚夫妇乘飞机去墨西哥的坎昆，大部分客人——艾维抬起头来。只见莫里斯站起来，向哈罗身后的书架走去。其他人都在写。莫里斯看着她笑了笑。

“查个词，”他轻声说道，伸手去拿一本词典，词典很大。尽管他肌肉发达，身体笨重，走起路来仍然非常平稳。

艾维点点头，算是鼓励，又回头写起来。

——大部分客人都回家了。在车祸中死去的是其中一个客人吗？怎么死的呢？刚写到第二句，她原来的想法就发生了改变，整个故事朝着另外一个方向发展，让她非常恼火。呃，为什么不试试呢？新娘的母亲也有点醉了。她坐进车里，脱掉鞋子，等着丈夫。当她的丈夫穿过停车场时，她看见其中一个伴娘，这个伴娘很漂亮——

不知什么东西使她抬头看了一眼。不是声音，不是动作，而是比声音和动作隐蔽得多的东西，仿佛大气压的变化似的。艾维虽然看见了，但一时还难以接受，因为首先，迄今为止她从没见过这样的事情；其次，事情发生得太突然了；第三，因为莫里斯脸上的表情，这种表情生动、形象地表明了一点：非常危险。

莫里斯不再在书架旁了，而是正好站到了哈罗的身后。他高高地举着那本厚厚的词典——艾维注意到，是一本《韦氏第3版国际英语足本词典》——在哈罗的头上。哈罗还在写，铅笔飞快地扭动，一页几乎写满了，他对身后的事情一无所知。这时莫里斯把词典猛力向下一扣，由于用力太大，他的胸大肌都膨胀起来了。可这时，哈罗移开了。他一定是移开了，因为词典扣在了桌上，发出一声巨响，仿佛使劲地扇某人的耳光似的，哈罗不在椅子上了。他和莫里斯莫名其妙地到了地板上，消失在人们的视线之外。接着传来“啪”的一声，这一声使艾维想起感恩节时劈断的鸡胸叉骨，又好像放光盘时把音量开到了最大一样，此时，莫里斯发出来的声音根本不是他自己的了，而像是女人在高声尖叫，叫的是什么内容，她没听懂，是西班牙语。紧接着，哈罗回到了自己的座位上，把松开的一颗扣子扣上。没过多久，莫菲特冲了进来，与此同时，伸手去摸腰带上的家伙。

“到底发生了什么事？”他问。

除了莫里斯之外，大家都在自己的位子上，手里拿着铅笔。伯金斯居然还在写。艾维合上了嘴巴。

哈罗低头看着莫里斯。“我看莫里斯是自己把自己弄伤了。”他说。

莫菲特绕着桌子转着。“怎么伤的？”他问。

“他正在查一个词。”哈罗说。“一定是跌倒了。”

埃尔—哈桑站起来，从地上捡起词典，弄平，放在桌上。“那么重。”他说。

“你告诉我这本词典让他跌倒了？”莫菲特问。

埃尔—哈桑摇摇头。“我没看见。这么重，一定是让他吃了一惊，从书架上掉了下来。”

莫里斯在地板上呻吟。

“一本书，重吗？”莫菲特说。“莫里斯？他能躺着举起四百磅。”

正在写字的伯金斯这时抬起头来。“角度有很大的影响。应该把字典放在比较低的架子上。”

“那么重的书。”埃尔—哈桑说。

莫里斯站起来，脸色苍白，右手垂着。左手轻轻地护着右胳膊肘，仿佛那是容易受伤的婴儿的胳膊。

“你的胳膊怎么了？”莫菲特问。

“跌倒时扭了。”埃尔—哈桑说。

“没问你，”莫菲特说。“你跌倒时扭了吗，莫里斯？”

莫里斯一动不动地站着，似乎站了很长时间；也不是完全不动，他有点轻微的颤抖。后来他点了点头。

莫菲特的视线从莫里斯扫过房间里所有的人，然后回到莫里斯身上。

“你在查什么？”他问。

莫里斯不语。因为流汗，他的皮肤闪闪发亮，而文身此时显得无精打采，忽隐忽现，仿佛鱼鳞一般。他的胳膊脱臼了；艾维看见球形接头顶在了他的浅棕色衬衣袖子上。

哈罗还在写。他盯着自己写的东西，说：“内燃。”

“他正在查内燃？”莫菲特问。

哈罗点点头。“这样他就能够多写一点有关卡马罗的东西。”

“去他妈的卡马罗，”莫菲特说。他转向艾维。“你看见什么了？”

这时从监狱的某个地方传来一阵笑声，声音很尖，笑个没完。

“事情发生得太快了，”艾维说，“我真的还没弄明白。”说到最后时她的声音抖了起来，很不稳定。

六

塔尼莎和一个看守把莫里斯送到医务室。这时下课的时间快到了，来不及读他们写的东西了。艾维回到家看了一遍他们写的“车祸”。

伯金斯写道：

到死亡土壤中去的路
我们所有的昨天不过替傻子们照亮了
直到最后一秒钟的时间
一天接着一天地蹑步前进
明天，明天，再一个明天

——把他之前背下来的那几行诗恰好颠倒了过来。它是不是跟车祸没什么关系呢？艾维不知道。在这里，“蹑步”是个动词还是个形容词呢？她也不知道。

埃尔—哈桑的诗——艾维改正了几个拼写错误——题目中的错误她没管——写道：

车祸

一辆小车在小巷里等着
雨刷啪啪地刷着黑色的小车
车灯是熄的
耐心地等着

世上一切的时间
都在引擎的转动中等着，日复一日，年复一年
如此耐心
黑色的小车转啊转啊
引擎怒号
等着白色的小车出现

哈罗写道：

杀死我女儿的那场冰暴有两点很古怪。第一点是她是多么喜欢各种各样的天气啊。第二点是我总有一种感觉，她会夭折。一个聪明的人可能会综合这两点想办法来保护她，可我不是这样的人。到处打听打听就知道。

见过冰暴吗？就像整个世界放在了一块玻璃下面保护了起来，不是过去那种玻璃，而是一种用钻石吹出来的特殊的玻璃。当然，结果证明它是一种漂亮的赝品。有人也许会说那就是生活——漂亮的赝品——但是告诉我：最有利的方面在哪里？还是回到冰暴吧，说它是赝品，是因为亮晶晶的冰暴融化了，最终变得死气沉沉，不再漂亮。正如你亲眼所见。

撇开冰暴的结局不说，这场冰暴无论从什么方面来说都是很典型的。或许对它进行描述你会觉得枯燥，那我就跳过，从我开车回家的地方说起吧。有些地方我不喜欢住，这里是其中之一，在兰塞姆路尽头的山谷里。我喜欢住得高高的。那是以前——现在我毫不在乎了。你可能会说，我在开玩笑。可是，开玩笑的是你。

兰塞姆路很陡，尽头是个向下的长长的弯道。我女儿过去常常在房子正面的窗户里观望，我一回家她就跑出来。她浓密的金色鬈发在阳光下跳跃。

还有一件乏味的事情，但如果要让这个故事有点意义的话，我不

能不提，就是我的车胎的状况。我的车胎都是旧的，有些是翻新的，还算光滑。外表看起来很光滑，就像磨损的传动轴一样。你明白我要去的地方吧，到处都像玻璃一样。我的车子是绝对通不过检查的，如果我没有——

以下是空白。是哈罗时间不够了停了下来还是别的原因停了下来？又一个不知道。

艾维又读了一遍哈罗的东西，然后又读了一遍。感觉越来越好。首先，这么多美好的东西跃然纸上，你能毫不费力地看见画面，你能牢牢地记住那些细节，还有比比皆是的新观点——而随处可见的新观点正好位于斯玛莲安教授所列的最佳作品各要素之首。

还有什么呢？自信，艾维在那一瞬间意识到，自己作品中缺乏的就是这种自信。她又想起了斯玛莲安教授关于好与坏的论断：要成为一个好作家，你不一定得是个好人——历史证明，你最好不是个好人——但你得明白自己的劣行。艾维读过斯玛莲安教授的三本小说，而且不止一遍。他的写作也是自信的，非常自信。可是——这是她第一次承认——有些段落，相当多的段落，她得逼着自己才能看下去，仿佛上山一样。而读哈罗的作品却完全没有上山的感觉。这篇很短，是的，甚至都没有写完，但是：生动形象。

“血浆[1]？”布鲁斯·魏尔伦问。

“第三代，”那个电视机推销员说，没有意识到布鲁斯只知道“plasma”这个词是“血浆”的意思，也不知道他一贯鄙视电视，尤其鄙视在魏尔伦酒吧餐厅看电视的提议。推销员把一本闪着光泽的小册子和一堆插页摊在吧台上。“这台六十四英寸的宝贝放在那个地方看起来棒极了。”

“放在我挂达利的画的位置？”布鲁斯问道。

① 原文plasma有“血浆”和“等离子（体）”之意。

"洋娃娃[1]?"那个电视机推销员说。他盯着挂在吧台后面的那幅油画，那是真正的萨尔瓦多·达利[2]的作品，是多年前人家为抵一笔巨额酒钱送给他的。里面可看的东西可多了——一碗水果，水果上面有一条蛇，闪闪发亮的向日葵，甚至还有一座弯曲的时钟——但是没有洋娃娃，或者类似的东西。布鲁斯的眼皮子跳起来，这是个明确无误的危险的信号。艾维移到吧台的另一头。

这个下午过得很慢。这给了她时间打开手提电脑做点事情，不过这个事情只会给她带来伤害。打开电脑又有什么用呢？"穴居人"第二稿，这一稿的开头是弗拉德克往身体上涂油，结尾是外科医生说——哦，真是讽刺！——一点都不会疼的，不过它已经寄到《纽约客》去了。无疑是没人看的，但也无法挽回了。不过，或许真的不会再伤害她了，或许从第一句话开始就会大受欢迎呢，毕竟既生动又形象嘛。

艾维站在魏尔伦酒吧餐厅的吧台后面，读着"穴居人"，秋天微弱的阳光照进来，发出银色的光芒。生动形象？无论是从第一句开始还是从别的句子开始都没有这种感觉。在纸上毫无生气，画面也很难见到，细节在脑海里蠕动，却无法固定。至于观点嘛：或许有一些，可并不是比比皆是。整篇东西读起来很费劲。

难道哈罗——这个……犯人——比她写得还好？她写过那么多东西，还是个艺术专业硕士，获得过小说创作工作坊的奖学金，比她还写得好？怎么可能？

她了解他什么呢？什么也不了解。他的故事大概是偷来的——实际上只是个片段而已——就像伯金斯一样，把在哪里见过的一段背了下来而已。丹尼摩拉的犯人们知道什么是抄袭吗？

艾维强迫自己不要往下想了。这些想法简直是造谣中伤，多么污秽肮

---

① 电视机推销员把上句中的 Dali 听成了 Dolly（洋娃娃）。

② 西班牙超现实主义画家和版画家，以探索潜意识的意象著称，与毕加索、马蒂斯一起被认为是20世纪最有代表性的三位画家。1904年5月11日生于西班牙菲格拉斯，1989年1月23日逝世。

脏啊，根本不是她的做派，但愿不是。这个东西是哈罗写的，她不怀疑，凭借本能，她知道这一点。她最好的课程是——

“你在想什么，艾维？”布鲁斯问。

她转过身来，看见他从吧台的另一头看着她。“没有。”她说着，合上电脑，伸手去拿一个用过的杯子。

布鲁斯举起手。“别洗了，”他说，“反正现在没人，妈的。”他朝窗外看了一眼，突然惊起，取出几颗阿司匹林，迅速用苏打水吞下去。“一本小说能挣多少钱？”他问。

“不知道，”艾维说，“如果是畅销书的话，能挣很多。”

“多少是很多？”

“大概几十万？”

“你拿多少？”

“我？”

“就是作者，”布鲁斯说，“每本拿多少？”

“我不知道。”

“百分之五十？四十？还是二十？”

“比例可能比较小。”艾维说。“反正我现在的主要精力在短篇上面。”

“给你多少？”

“要看什么杂志。”

“举个例子？”

她举不出来。

“你需要制定业务规划。”布鲁斯说。

他又看着窗外。“大家都在今天下午参加戒酒互助协会去了？”他说。“人们总得要喝酒是不是？这是理所当然的。”

“这就是你的业务规划？”艾维问。

布鲁斯似乎有些恼火。“多数人比较愿意干什么？”他问。“是读书还是喝得烂醉如泥？”

“我想增加工资。”艾维说。

布鲁斯的表情几经变换。“好吧。”

过了一会，酒吧里忙碌起来，证明了布鲁斯规划的正确性。丹尼·温伯格进来了，他下班了。因为上次那次谈话，艾维看见他感觉有点吃惊。跟他一起来的还有一个人，那个人胡子拉碴，戴着一副小眼镜，面如死灰。

“艾维，这位是我在大学里认识的老朋友，惠特。惠特，这位是艾维。”丹尼说。

“你好。”艾维说。“你喝点什么？”

“单一纯麦芽威士忌，”惠特说，“你们有些什么？”

艾维把酒单给他——长长的一个酒单——布鲁斯对单一纯麦芽威士忌的质量可是非常挑剔的。

惠特快速浏览着，他看东西的速度很快。“我没有看到十八年的格兰杰单一麦芽威士忌啊。”他说。

布鲁斯虽然在吧台的另一头干活，但他的愤怒通过他的背影从那么远的距离传了过来。“对不起，没有。”艾维说。

“那就来杯百威啤酒吧。”惠特说。

“一样。”丹尼说。“记在我账上。”艾维把啤酒给他们。“惠特在《纽约客》工作。”丹尼说。

“是吗？”艾维说。

“否认也没有用。”惠特说。

她有过这么快就讨厌一个人的情形吗？“你在那里做什么？”艾维一边说，一边想，无非是拉拉广告，接接电话，打打推销电话吧。

“小说编辑。”惠特说。

“哦。”艾维说。

“惠特是小说‘紫红’的编辑。”丹尼说。“他出了一本书，是在——再问一遍，是哪个出版社来着——”

“诺普夫。”惠特说。

“你是这么拼的吗？”丹尼说。

“是本小说吗？”艾维说。

“我希望是本小说，”惠特说，“可它更像本传记。”

艾维和丹尼年龄相仿；惠特上哈佛时一直和丹尼在一起。所以：写传记还太早了点，不是吗？

“谁的传记？”

惠特和善地对她笑笑。“那得读了才知道。”他说。

我还不如先把自己吊死呢，艾维心想，可她却说：“我对它充满了期待。”

“我告诉惠特你也是个作家。”丹尼说。

“我不——”

“你曾经给《纽约客》投过一两篇东西吧。”丹尼补充道。

“那算不上什么东西，我——”

“代理是谁？”惠特说。

“没有代理。”艾维说。“我没有发表过东西。”

“暂时没有。”

这句话虽短，却是他对她说的听起来最自然的一句话，最漂亮的一句话。也许这句话给了她鼓励，她接着说道：“不过我刚刚往那里投了篇东西。”

“那里是哪里？”惠特问。

“你办公室。”

“我想你要等很长很长的时间才能有消息。”惠特说。

“我没有指望很快，”艾维说，“我明白要花很长——”

“写的是什么？”惠特说。

“那个故事吗？”艾维问。

“对。”惠特说。

“把那个故事给他说一下。”丹尼说。

丹尼的话听起来有点像一个犹太老奶奶在跟不会推销自己的孙子说话一样，急不可耐。他是对的：这个千载难逢的机会突然意外地出现了。这时她又产生了另外一个想法，并且对这个想法充满了信心：如果惠特就是读过“热门娱乐节目”这个故事的编辑，退稿信底下那段潦草的鼓励之词会不会就是他写的呢？

“你去过犹他州吗？”她问。

“没有。”惠特说。“那个故事发生在那里吗？”

“不是。”艾维说。

“那为什么——”

出师就不利。她应该把关于犹他州的那部分非常不错解释一下吗？她没有解释，而是把谈话引向另外一个话题，她说得太快了，刹都刹不住。

“故事发生在这里——纽约。题目是——‘穴居人’。讲的是一个移民，兴致勃勃地来，可什么事都不顺——事实上是越来越差——而结果呢期望更高。”

“喂！”丹尼说。“听起来不错。”他转向惠特。

惠特啜了一口啤酒。“把霍雷肖·阿尔杰[①]的故事倒了过来。”他说。“纳撒尼尔·韦斯特[②]的小说的主题，只是嫁接了移民的视角。”

“呃，”艾维说，“我不——”可他说得对，说得完全对，或者说差不多完全对。“他变成了穴居人这一点我省去了。”

“有意思。”惠特说。

“哦，谢谢。”

“这里有稿子吗？”

“我已经投到——”

“另外一份。”惠特说。

“这样你就可以亲手给他。”丹尼说，说的时候特别小心，好像在跟一个白痴说一样。“比如说，现在。”

“我——我的手提电脑在这里，”艾维说，“或许我可以用一下办公室

---

① 美国19世纪末最受欢迎的作家之一。1868年出版第一本小说《衣衫褴褛的狄克》，轰动一时。终身致力于青少年文学创作，塑造了许多白手起家走向成功的杰出人物形象。其作品销售量以千万计，深受广大青少年朋友的喜爱。

② 美国20世纪30年代最杰出作家之一。

的打印机。”

“我去把线接上。”布鲁斯突然出现在她身后，说道。

她跟布鲁斯一起回到后面的办公室。他把手提电脑接到打印机上。她一个人干不了这个活，她的手抖得厉害。

“那个鸟人总算救了自己一命。”布鲁斯说，把打好的小说递给她。

“你是什么意思？”

“在他看来，我的单一麦芽威士忌一样都不好，”布鲁斯说，“点啤酒。这就是一个人为什么会走进死胡同的原因。”

她回到酒吧，把打印出的故事给惠特。她以为他会折起来放进衣袋里，或者诸如此类的。可他一声不吭地扫了一眼第一句话——弗拉德克给自己身体上涂上了油——就开始读起来。

他在读吗？当着她的面？所有那些投过作品的作者，无论是过去的还是现在的，从来不知道是不是有一个活生生的人会读他们写的东西：而这里就有一个活生生的人几乎一经请求就读起了她的；好像莎士比亚面带笑容，拿着自己写好的东西进了这个酒吧一样。

艾维密切地注视着惠特，企图透过他的小镜片，穿过他同样小的眼睛，一直看到他大脑里做出的判断，她以前这么密切地注视过一个人吗？她突然想到，惠特的整个脑袋都是用来评价别人的作品的。但是有一件事是肯定的：他着迷了。不是吗？或许“穴居人”还是不错的，跟她预期的一样。

直到读完第一页惠特才抬起头；虽然见面时间不长，但她已经看出来了，他的阅读速度很快。“迫不及待地要一睹为快了，”他说，把“穴居人”对折起来，插进夹克里面的口袋里。“尽快跟你联系。”

毫无疑问，非常不错，是不是？“哦，谢谢，”艾维说，“不着急。”这句话是她近些年来说的最可笑的一句话。

惠特站起来。他们出门时丹尼偷偷地向她竖起大拇指。当然：这样的事情根本不是突如其来的。有时候她是多么迟钝啊。

那天晚上，艾维无法入眠。她激动得难以自持，翻来覆去地回忆着，用各种方式进行解读，回忆惠特说的每一句话，掠过他毫无血色的脸庞的每一个表情，直到夜深，她想得太累了，思绪才漫游到哈罗和那个女孩身上，那个女孩在山脚下等着，鬈发在冰暴中跳跃。

七

第二天，惠特没来电话。第三天也没来电话，第四天还没来电话。丹尼也没来电话。这是什么意思呢？是好事还是坏事呢？艾维思前想后了一会——肯定是坏事。不过，也可能是好事，比如说，惠特对丹尼说他喜欢这个故事，但他要秘而不宣，直到他跟布拉德·皮特联系上并让他扮演弗拉德克之后才公开，也有这种可能。她最终还是忍不住给丹尼办公室打了电话。

“维伯格先生在香港。我可以给你接通他的语音信箱。”

惠特说过“尽快”。尽快到底是什么意思？她甚至去字典里查了这个词。

星期二早上仍然杳无音讯。艾维收起学生们写的“车祸”——都打印好放进夹子里了——然后向北开去。车子进了阿迪朗达克，收音机里没有什么好听的节目，她玩起了一种有时候自己跟自己玩的游戏：把在各处看到的一些小景物，用独创新颖的方式描述出来。比如：树叶是如何退去它们那丰富新鲜的颜色的，仿佛某种兴奋劲过去了似的；雾霭是如何低悬于树枝上的，仿佛一条裹尸布一样。有没有一种奇特、新颖的方式来描述，从而创造出一个新的东西来呢？艾维想啊想，使劲想也没有想出来，结果从二十二号公路上下来时走错了，拐上了一条土路，来到了一个湖边，前方无路可走了。

湖边有几栋小屋。第一栋小屋的门上有块标牌：**荒野中的湖边小屋：可日租、周租，或租用更长时间。垂询请进。**

艾维把车停在一辆小型货车旁边，向第一栋小屋走去。屋旁停着一辆破旧的敞篷小货车，车主把车身涂成了紫色；只听小屋背后有劈柴的声音。

艾维循声走去。只见小屋后面一位精瘦的老太太正在劈柴，老太太头发花白，身穿红黑相间的格子衬衣。老太太看见她，斧头高高地停在空中。

“我有点迷路了。”艾维说。

“一定是迷路了，”老太太说。她的眼睛跟她身后湖水的颜色一模一样。“你要去哪里？”

“丹尼摩拉。”

老太太的斧头劈下来，墩子上的木头被劈开了，干净利落。“你知道近路怎么走吗？你想走近路吗？”

“不知道。”

“只有一段路复杂一点，但可以节省一个小时的时间。”

一个小时？艾维看了看表。她没有一个小时的时间了。“近路怎么走？”

老太太走上前，用斧头的刀刃在地上画了一幅小地图。“沿着这条老路往回走两英里——这条路是很久以前猎人去山里的小屋走的，现在很难辨认了——你看见右边出现了一条小溪时就要慢一点了。左边的这个地方有一块大石头，石头的表面是平的——过了这个地方，还要走大约一百码。然后向上走半英里，再向下走半英里，最后一段是柏油路。走右边这条路，走五分钟，你就到了三百七十四号公路，到了那里，再走十分钟就到了丹尼摩拉。”

“谢谢。”艾维说，最后看了一眼地上的划痕。

“祝你好运。”老太太说，转身向柴堆走去。

艾维把计程器归零，沿来时的路返回。走了一英里半之后，只见一条小溪从森林里流出来，小溪不宽，泡沫翻滚，沿着路边流淌；她把窗户摇下来，听见了流水声。过了几秒钟，她见到了那块表面很平的大石头——在这么光滑的石头上，你总能看见一些涂鸦，可这里没有。石头那边的树林里杂草丛生，藤萝密布，树林中有一片小小的开阔地。是这条路吗？艾维以步行的速度开了进去。

只要她有一点点想象力，她就能看清前方有两条有车轮印的小路呈弧线延伸进了森林。她一路颠簸，树枝刮擦着车子，此时尽管还是早上，头顶却暮色沉沉。这条路与其说是一条小道，还不如说是一条隧道，走在里面非常枯燥。正如那位头发花白的老太太所说，开始上坡了，坡很陡。接着她转了两三个急转弯——轮胎在长满青苔的树根上老是打滑——终于到了顶上。这时在她右边出现了一小块空地，在空地的边缘正在上演一场流血事件，非常恐怖。一个彪形大汉正趴在一个被撕开的人身上，她最初以为他要把那个人活生生地吃掉。接着那个彪形大汉听见了汽车声，抬起头来，目光警惕。一股恐怖的电流传遍她的全身，她从未有过这种恐怖的感觉。后来现场变得清晰起来，原来是一头熊，不是人，那个牺牲品的脑袋以一种不可思议的角度耷拉着，是一只鹿。不知怎么地——是熊而不是人——反倒让她不那么害怕了。艾维不由自主地把车子停下来。

她还从来没有在动物园以外的地方见过熊——也没见过鹿。现在杀戮部分已经结束，熊可以不慌不忙了。它把长长的口鼻伸进鹿的体内，掏出一团紫色的鹿肉——像个美食家一样吃得津津有味。在那一瞬间，艾维明白了“穴居人”这个故事的毛病出在哪里。为什么弗拉德克一定会掌握不了基本的残暴手段呢——

大概熊不喜欢人家看。它像突然忘记了鹿似的，站起来，向她的方向走来，起初还一摇一摆的，像个水手一样，接着就跑了起来，步幅大得惊人。艾维对此没有防备，或者说对它眼中明显可见的信号没有防备。她一脚踏在油门上。

汽车却没有动。她又踩了一脚。什么反应都没有，只有引擎加速时发出的轰鸣声。哦，天啊。为什么没有——？原来现在挂的是“停车”挡，于是她赶紧挂到“前进”挡，汽车蹿了出去，刚好从一棵树边擦身而过。她从后视镜里看见熊正抬起后腿，脑袋歪向一边。二十分钟后她走进了丹尼摩拉图书馆，刚好到上课时间。

三个学生坐在长长的铁桌旁：伯金斯在右边，埃尔—哈桑在左边莫里斯原来坐的位置，哈罗在端头上。

“大家好。”艾维说。

“你好。”

埃尔—哈桑朝她微微点了点头。

哈罗问道:“路上怎么样?”

那头熊的脑袋歪向一边:哈罗的头此时就跟那头熊一样。“还好。”她说,把文件夹、白纸和铅笔发给大家。

“从哪里开车过来的?”伯金斯问。

“城里。”

“什么交通工具?”伯金斯问。

“交通工具?”艾维说。

“你的车,”埃尔—哈桑说,“什么牌子的。”

“萨博。”

“萨—萨—萨—萨—萨博,”埃尔—哈桑说,仿佛它是个生僻的外国词似的。当然这是个外国词。

“很旧了。”

“哪年的?”伯金斯问。

“不知道。”

“你不知道你的萨—萨—萨—萨—萨博是哪年的?”埃尔—哈桑问。

“非常旧了,”艾维说,飞快地看了埃尔—哈桑一眼。他情绪不好吗?“我刚买的。”

“多少钱?”伯金斯问。

“五百美元。”

“走了多少英里?”

“不知道。”

“萨—萨—萨—萨—萨博。”埃尔—哈桑说,声音拖得很长,像蛇一样,嘶嘶作响。他平静的外表已经很难与他的诗歌一致起来,可今天,这种外表又有点扭曲了。

沉默。后来哈罗说:“车子是我们这堂课讨论的唯一话题吗?”

“讨论车不好吗？”伯金斯问。

“不好，”哈罗说，“没意思。”

“你说车没意思？”伯金斯问。

“你终于明白了。”哈罗说。

两个男人互相看着，刹那间两个人的视线就对上了，胶着在一起。气氛顿时变了，仿佛两段通电的电线碰在了一起。

“从写作的角度来看，”艾维说，“什么都应该有意思。取决于你怎么把握它。”

“你是说车子很有意思。”哈罗问。

“当然。”艾维说。

伯金斯得意地将宽大的手掌拍在桌上。

“你自己对那些旧车胎的描述就证明了这一点。”艾维飞快地补充道。

“什么车胎？”伯金斯问。

“哈罗写的故事。”艾维说。

“写的故事？”伯金斯说。“我认为我们应该写诗。”

“也可以写故事。”艾维说。

“你从来没说过。”伯金斯说。

“对不起，”艾维说，“哈罗读一下他的故事怎么样？”

“大声读出来吗？”哈罗问。

“要不把你的故事传给大家看看。”艾维说。

埃尔一哈桑笔直地坐着，闭着眼睛，说：“那样时间太长了。”

又一阵沉默。伯金斯清了清嗓子，仿佛地震时发出的隆隆声。

“好吧。”哈罗。

他翻开夹子，拿出艾维打印得整整齐齐的稿子。“‘车祸，’”他读道。“‘杀死我女儿的那场冰暴有两点很古怪。第一点是她是多么喜欢各种各样的天气啊。第二点是……’”哈罗开始读时声音本来就很平淡，现在越来越平淡了，要说有什么不同的话，就是不知怎么的，这种平铺直叙的力量在不断增强，仿佛一部强大的引擎正在节流减速。从第一句话开始，房间里的每个人都在全神贯注地听；艾维能感觉到有一种和谐，就像在教堂一样。他们可能都去过教堂，或者别的这样的地方，真实的世界褪去了，取而代之的是故事营造的世界——兰塞姆路，跳跃的鬈发，冰暴。哈罗朗读的时候艾维研究着他的表情，试图通过听到的东西联想起某些东西。她想到了才智、力量、沉着，甚至某种超然的东西，却没有想到他试图联想的任何东西。

哈罗读到了结尾处："你明白我要去的地方吧，到处都像玻璃一样。我的车子是绝对通不过检查的，如果我没有——"

艾维有一份复印件，她一边跟着哈罗的节奏看着稿子，一边暗自思忖，剩下的时间是让他们按照各自的思路把这个故事续下去呢，还是让他们讨论，看看故事该如何发展？难道伯金斯和埃尔一哈桑不应该读读他们写的诗吗？她拿不定主意。

不过，没关系了，因为哈罗读到那句没写完的句子——*我的车子是绝对通不过检查的，如果我没有*——时，他还在往下读，当读到"没有"时他连停都没有停就以同样平淡的语调读了下去；不过，"读"这个词用在这里绝对不恰当，因为下面都是空白。

"……丢给那个机修工一个五美元的毒品小包的话。对机修工来说，这一直是个保险的办法——最好的机修工都吸毒，帮助他们把注意力放在那些复杂的小零件上。"

伯金斯说："见鬼。这个还从来不知道呢。"声音很轻，艾维几乎没有听见。

埃尔—哈桑的眼睛虽然仍然闭着，但是表情又恢复了平静，他点了点头。

"另外还有一个有趣的背景，"哈罗继续读道。"既然提到了背景，那这个背景与烟草有关。不是那个机修工得到的烟草，而是在那之前，有一天我回家，发现我的女朋友正让我的小女儿吸食含有毒品的烟草。你知道有时候你眼睛里看见的东西脑袋里并不愿意相信的情况吗？当然，你得斗争才能把一切理顺，我那时自己也不过是个孩子而已。

"'她喜欢。'我女朋友说。

"她的判断真差，我女朋友。那次我的女朋友付出了两颗牙齿的代价。我打开窗户。烟雾盘旋着出去了，一切平静下来。"

伯金斯咕哝了一声。埃尔—哈桑脸上露出了一丝微笑。艾维以前从来没见他笑过，看起来就像个可爱的老头。

“好了，背景就说到这里，这是这个故事的意义所在。”哈罗接着说。“他们说生活都是互相联系的，这是件好事。可当脑袋里想的和眼睛看的对比起来的时候，你知道两者是不同的。我在冰暴中开车沿兰塞姆路走的时候我的眼睛看见了什么呢，到处都是玻璃？”

屋子里的人听得越来越入迷；哈罗的眼神似乎也很入迷，好像他自己也是个听众一样。艾维渐渐明白原因所在了。

“世界变成了透明的，到处是小小的彩虹，而天空是冰冷冰冷的。加宽活动房屋的门开了，我女儿走了出来，她穿着粉红色的睡衣和印有‘高飞’狗[①]的靴子。她使劲挥着手，咧着嘴笑。我按了一两次喇叭——她喜欢喇叭的声音。接着我踩了刹车，放慢速度，顺着那条通向私人车道的长长的弯道而下。可到处都是玻璃，对不对？我的车就像桨片被射下来的直升机一样旋转着。我女儿——我明白她心里怎么想的——以为爸爸在跟她开玩笑，竟然兴奋地拍着小手。你们知道孩子吧。”

哈罗停住，抬起头来。

沉默。房间里越来越静，让人无法忍受。

“然后呢？”伯金斯问。

“没有了。”哈罗说。

埃尔—哈桑睁开眼睛。“故事结束了？”

哈罗点点头。

“可后来怎么样了呢？”伯金斯问道。

“故事结束了。”哈罗说，眼神中痴迷的成分消失不见了。

“你为什么选择在这里结束呢？”艾维问。

哈罗转向她。“有问题吗？”

---

① 一条心地善良但脑瓜不大灵活的狗，是迪士尼经典动画人物之一，首次出现于1932年《米奇的时事讽刺剧》一片中，它发出的刺耳笑声令它在观众中显得有点鹤立鸡群。

关于结尾，斯玛莲安教授说什么来着？总是给读者留悬念。

“不是，”艾维说，“我只是想问问你是怎么做出这个决定的。”

哈罗耸耸肩。

“到底发生了什么事，伙计？”伯金斯问。

哈罗合上夹子。“故事结束后还有什么事？”他说。

“说得对。”伯金斯说。

“故事结束后什么也没发生。”哈罗说。

“快点，伙计，”伯金斯说，“那个小女孩怎么了？”

哈罗一言不发。伯金斯的脸绷紧了。

“大概什么也没发生。”埃尔—哈桑说。

“你说什么？”伯金斯说。“你在听没有？他妈的车子都打转了，到处都是玻璃。”

埃尔—哈桑朝后坐了坐。“我在听，伯金斯。”他说，说到他的名字时，他表现出切切实实的厌恶。

伯金斯站起来，尽管动作不快，但力量很大，仿佛火山爆发似的。

埃尔—哈桑把手伸进衬衣里。

在那一瞬间，艾维愕然了。她向前探出身子，碰了碰伯金斯的手，说：“我想，埃尔—哈桑说的意思是，这个故事可能是虚构的。”

长时间沉默。艾维感到伯金斯的手背上有一条蚯蚓粗的血管在跳动。

“你们只剩下三个了，”她说，“如果你们把对方杀死了，我就失业了。”

他们都转向她。哈罗开始笑起来。埃尔—哈桑把手从衬衣里拿出来。伯金斯坐了下来。

“是这样吗，伙计？”伯金斯问。“是虚构的吗？”

哈罗不笑了。眼里噙着泪水。“有什么区别吗？”

“区别大了，”伯金斯说。他转向艾维，“难道不是吗？”

“这是个非常重要的问题，”她说，“我——”

莫菲特把头伸进来。“时间到了。”他说。

几个男人都站起来。“对不起，我们还没来得及读诗。”艾维说。“下周吧。”

他们鱼贯而出，先是埃尔—哈桑，然后是伯金斯，哈罗从桌子那头过来，在最后。他走过的时候，艾维说："你写了很多东西吗？"

"没有。"

"写过什么吗？"

"没有。"他把脑袋稍稍偏向一边，看着她。"为什么？"

"因为你的故事不错，"她说，"非常不错。"

"是吗？"他说，继续往前走。

在出去的路上，艾维顺便去了一趟托柯警官的办公室。"你说起过的那些记录，"她说，"就是犯人的履历。"

"你是说档案吗？"托柯警官说。

"我想看看哈罗的。"

"知道你快要找我了，"他说。他揉着下巴，手指刮着胡子茬。"你们作家都这样。"

"如果有违规定就算了。"艾维说。

"什么规定？"

"我不知道，"艾维说，"侵犯隐私？"

托柯警官笑起来，笑声短促、刺耳。"他们是重罪犯。没有隐私。"他在键盘上敲了一会。附近的一台打印机呼呼转了起来。托柯指着从打印机里出来的纸。"好好享受吧。"他说。

八

艾维把车开出了丹尼摩拉。旁边的文件夹里放着还没有来得及读的哈罗的档案。如果是在卡通画上的话，上面就会有一些曲曲折折的提醒你注意的红线，好像里面有放射性物质一样。她从来没有问过他们中间任何一个人——埃尔一哈桑、伯金斯、莫里斯和哈罗——犯过什么罪，这不是很愚昧吗？可为什么要问呢？跟她有什么关系呢？她是个教写作的老师，就这么回事。

艾维在思想上同这一切进行斗争的同时，脑子里分管开车的这一部分也有自己的想法。它似乎不想沿那条正常的路线回家，而是选择了那条近路。三百七十四号公路花了她十分钟，那条狭窄的柏油路花了她五分钟，然后来到了那条有车辙的小道，爬了半英里的上坡——坡顶上既没有熊也没有鹿的踪迹——又下了半英里的坡。到了山坡底部，艾维向右转向那条土路，经过那块表面平滑、空无一物的大石头时，她想着在上面写点什么东西好，却没有想出来，几分钟后，她来到了路尽头的“荒野中的小屋”。

艾维从车里出来，在第一栋小屋的门上敲了敲。那位头发花白的老太太把门打开。她的头发现在扎成了一个马尾辫，她年轻时一定非常漂亮。她闻到了杜松子酒的味道；她是在酒吧工作的，一闻就知道哪怕是最难以区分的酒是什么酒，比如苏格兰威士忌和波旁酒的味道。纯的杜松子酒是非常容易辨别的。

那个老太太一时没有把她认出来。后来才认出来。“没找到吗？”

“哦，找到了。”艾维说。“我找到了，谢谢。你的指引非常清楚。我回来了。”

在那位老太太的身后，石头砌成的壁炉里炉火熊熊地烧着。音乐放的是歌剧，对于歌剧，艾维一无所知。

“你现在想去哪里？”那个老太太说。

艾维笑起来。“不去哪里。我想租栋小屋过夜。”

“这个季节租屋？”那位老太太问。

“关门了吗？”艾维问。

“没有正式关，”那个老太太说，“我得收你的费。”

艾维早就想到了这一点，当然要收费。难道她喝醉了吗？

艾维是非常精于识别酒醉到了什么程度的，可这一次没有识别出来。她识别出来的只是那个老太太的目光，比早上更暗淡了。可是，透过小屋的窗户，湖水也暗淡了下来，这就意味着他们的颜色还是一样的。

“多少钱？”艾维问。

“要看你要不要开发电机？”老太太说。

小屋的一个角落里竖着一把来复枪——不是，是一把双筒猎枪。“我不知道。”她说。

“你晚上没电行吗？”

为什么不行？她的手提电脑已经充满了电，布鲁斯在萨博的手套箱里放了一只手电筒。“当然行。”

“你要让火一直烧着吗？”

“是的。”

“在你走之前厕所只冲一次，记住了吗？”

“记住了。”

“如果不需要发电，十美元。”老太太说。

艾维把钱递给她。“我叫艾维·塞德尔。”她说。

“我叫吉恩·萨瓦德。”老太太说。

她们握了握手。吉恩的手潮湿、冰冷。

“在那条近路的山坡顶上，我见到了一头熊。”

“哦。”吉恩说。“祝你在这里住得愉快。”她递给艾维一把钥匙，上面写着一个“4”。

四号小屋是最后一栋，离办公室最远。艾维打开门，进去。里面虽冷，却感觉棒极了：多节松木地板，铜床，干净洁白的枕套，玫瑰色的羽绒被，窗边有一张简易桌子和椅子，透过窗户可俯瞰湖景。还有一个壁炉，也是由石头砌成的，跟吉恩木屋里的一模一样，木柴和引火柴堆在一边。艾维打开烟洞，在火钳架旁找到火柴，很快就燃起了一堆熊熊大火。湖的中间不知为何泛起了涟漪。

艾维坐在桌旁，把哈罗的档案从文件夹里拿出来。在第一页的顶部，在“姓名”一栏里写着他的全名：埃文·万斯·哈罗。

接下来是指印，双手的指印，包括拇指在内的所有手指的指印。艾维感觉自己检查得很仔细，好像指印能说明什么问题似的。在那些黑色的旋涡中有一种美，使她想起自己曾在纽约昆斯区的现代艺术博物馆里见过的一张展示阴影和沙丘的照片。据说大凡在这个星球上来过一遭的人在这些细小的斑纹上都有些共同点，这难道不是件令人感动的事情吗？打住。有时候她就是白痴一个：指印的关键在于其相异性，而不是一致性。那哈罗的指印有什么不同吗？当然肉眼是看不出来的，至少她的肉眼是看不出来的。

在指印下面是两张黑白照片，一张是面部特写，另一张是侧面像，均带有警察所拍照片的风格。在脖子周围甚至还有一个数字——RG17859。照片上的哈罗看起来非常不一样。首先，年轻一些，他的脸上——现在两眼之间有点凹——当时还没有一丝皱纹。头发很散乱，比现在要长不少，而且留着山羊胡。他现在比以前好看多了，这有点违反直觉，因为他过去——她的目光向下漫游——七年来都在坐牢。有哪一个被囚禁起来的人会变得比过去更好看？

> 埃文·万斯·哈罗。出生于纽约市，三十二岁。十七岁时因人身伤害罪被拘，没有起诉；十八岁因偷车缓刑六个月；二十岁因拥有盗窃工具，判处一年，缓期执行；二十三岁因二级谋杀和持械抢劫判处二十五年。

她翻阅了几张葱皮纸，上面的东西不多。

在丹尼摩拉：第一周因打架遭到传唤；第二周打架；第三周打架。第四周到现在：无罪。

心理学家的报告：没有诊断出疾病。囚犯已经适应了监狱生活。

只字没提判断力差的女朋友，鬈发飞扬的女儿，遍地的玻璃。艾维又看了一遍哈罗的档案，让她觉得奇怪的是，她对他的了解比以前更少了。她试图从他的目光中读出点什么，可他在相机面前却没有任何的恐惧、焦虑、愤怒、赞同、蔑视或者其他任何你希望看到的东西。他在想什么呢？在想她料想不到的事情：从他写的东西来看这一点已经非常清楚了。

外面起风了，吹皱了湖水。有点像鹅在扑腾似的，好像湖水变冷了似的。艾维拿出手机，给托柯警官打了个电话。

“我正在看哈罗的‘封套’。”

“啊哈。”

“顺便问一句，为什么把档案叫做‘封套’？”

“这可把我难住了。”

“上面说他因二级谋杀和持械抢劫判处二十五年，现在正在服刑。”

“对。”

“但没有细节。”

“细节？”

“到底发生了什么事，何地何时之类的。”

“有什么要紧呢？”

“可以帮助我更好地理解他写的东西。”

“他写的东西很难理解吗？”

“在某种程度上，是的。”

“他喜欢使用深奥的词？”

“不是，”艾维说。窗外，吉恩·萨瓦德穿着睡衣，正向湖边走去，她把一只空瓶子扔进湖里。“他的罪行与车祸有关吗？是不是把一个小女孩撞倒了？”

“不是，”托柯警官说，“可每个被抓到的罪犯肯定还犯过三四种其他的罪行，只是还没有破获而已。”

“他犯了什么罪？”

“喂，”托柯警官说，“我去搜点东西出来，下次告诉你。”

要等一个星期。“我实际上还在这里。”艾维说。

“啊哈。”

吉恩看着湖面。睡裤在风中鼓动着。“如果不太麻烦的话，”艾维说，“我或许可以拐过来。”

“拐过来？”

“来拿你搜的东西。我半个小时就可以到。”

“不好。”托柯警官说。“我二十分钟后就下班了。”

“你要帮我这个大忙。”

“我帮不了。”

“明天怎么样？”

“我休息。”

“或许你可以把它放在桌上。”

停顿。接着托柯警官笑了起来，笑声短促、刺耳。“作家都是这样吗？”他说，“不把否定答案当作答案？”

“是的。”艾维说。她说这话的时候才想到确实是这么回事。

“作家真是麻烦，”托柯警官说，“这是我从这次写作课上学到的东西。不烦到屋子里来一下吧。”

“监狱吗？”艾维问，心想，监狱也是一栋大屋子嘛。

“见鬼，不是。”托柯警官说。“你以为我会在这里多待一秒钟吗？我说的是我家。”他把怎么去他家给她说了。“一小时后见。”

艾维看着窗外。吉恩不见了。艾维愚蠢地想：她掉进湖里了。接着她听见了吉恩的声音：“洛基！”一只看门狗跳着跑过来，好像吃的已经在碗里等着它一样。

托柯警官住在小镇北部边缘，离监狱大约三英里。他有一栋小房子，刚刚漆成了白色，框架装饰是青豆色，实用的尖桩篱笆，也是白色的，尽管邻居的草坪上，街道上到处都是树叶，而他的草坪上却一片树叶也没有。他们也没有尖桩篱笆，什么篱笆也没有。

“给你弄点东西喝吧？”托柯警官说，现在他已脱下制服。穿着T恤衫和牛仔裤的他成了截然不同的一个人。

“不用。”

他们坐在前面的房间里，房间小巧、干净。壁炉架上有一篮上过漆的印度玉米耳穗，在靠近这篮耳穗的地方放着一张照片，照片上是个白发老太太。

“我喜欢你的房子。”艾维说。

“去年买的，”托柯警官说，“那天我满三十。”

她大吃一惊，不是因为他拥有这栋房子的自豪感，而是因为他看起来要比实际年龄大十岁，甚至更大。

“你的房子怎么样？”他问。

艾维告诉了他。

“买的还是租的？”

“当然是租的。那个地方是布鲁克林最贵的地方之一。”

“你喜欢住在市里？”

“对。”

“作家不是都喜欢住在乡下吗？”

“当然。”

“我从来没去过那里。”

“哪里？”

“纽约。”

“这辈子都没去过？”

“没有。”

“你从哪里来？”

“祖籍吗？”托柯警官说。“史肯涅克特[1]，但我是在普拉茨堡长大的。”

普拉茨堡——塔尼莎得不到“新新监狱”那份工作后被迫离开的地方就是那里。“那个地方怎么样？”艾维问。

“在湖边，”托柯警官说，“小时候每天去钓鱼。”

他从侧面瞟了她一眼，这一眼与犯人的课程、档案和他们职业上的关系毫不相干，这让她有些意外。艾维与他的目光相遇时，他把目光移开了。她注意到他刮掉了胡子茬。

“我从网上弄来的。”他说，把打印好的东西递给她。

是《奥尔巴尼市民》上的一篇文章，发表日期到现在恰好七年。

赌场的杀人者获罪

作者：托尼·布拉斯

埃文·万斯·哈罗，二十四岁，曾住西拉奎特，因犯二级谋杀罪和其他指控，近日获罪。去年冬天，在拉奎特附近摩和克保护区的金尘赌场发生了一起抢劫案。赌场保安杰里米·雷德弗里泽在枪战中负伤牺牲。哈罗的两个同伙马文·约瑟夫·拉斯科和西缅·卡特也被枪击致死。通过对子弹进行检测，击中雷德弗里泽先生的子弹来自于卡特的枪。

哈罗抢劫时戴着滑雪帽，枪击案发生后逃匿，是第四个同伙弗兰克·曼德雷尔指认出来的。抢劫时曼德雷尔不在现场，他在这之前的一次审判中因与人合谋犯罪判了缓刑。警察正在寻找哈罗的妻子贝蒂·安·普里斯。人们普遍认为，哈罗从赌场抢走的钱大概有三四十万，这笔钱至今没有找到。在审判后的一个简短的声明中，哈罗的律师米奇·邓恩否认他的当事人知道这笔钱的下落，断言他是无

① 纽约东部一城市。

辜的。

哈罗明天就要宣判了。按照联邦法律，他要面临至少二十五年的刑期，而且不准假释。

艾维抬起头来，托柯警官正看着她，这时他又恢复了职业性的目光。

“你需要的是这个吗？”他问。

“我不知道，”艾维说，“不是需要不需要的问题……”她的目光又回到了那篇文章上，对她来说，太奇怪了，太复杂了。

“那个赌场离这里只有一两个小时的路程，”托柯警官说，“我记得这个案子。”

“哦？”艾维说。

他耸耸肩。“没什么新玩意。几个家伙自以为聪明，就跟好莱坞电影中那些抢劫犯似的。但事实总是证明他们是傻瓜。”他迎着她的目光。“他们本来就是傻瓜。”

艾维揣摩着托柯警官的决断，试图深入他的内心，形成自己的看法。“他这位妻子”——她在那篇文章里查了一下——“贝蒂·安·普里斯抓到了吗？”

“还没有。”

“钱呢？”

“也没有找到。”

“所以，或许有人不是傻瓜。”艾维说。

“死了一个人。”托柯警官说。

艾维感觉自己脸红了，她是个不容易脸红的人。“对不起。”她说。

“没什么对不起的。”托柯警官说。“你并没有做错什么。”他发现椅子的扶手上有个斑点，把它擦掉了。

“这里说他实际上并没有开枪。”艾维说。

“按照法律，没什么区别。”

“这似乎不公平。”

“你完全错了。”

“没有提到他有个女儿。”

“为什么要提到有个女儿？”

艾维掏出哈罗的“车祸”故事，就是那篇只写了一半的故事，递给托柯警官。他读了起来。

“那又怎么样？他或许有个女儿。像他那样的家伙有一群孩子。”他看不上哈罗的故事。“你竟然认为这是篇好东西？”

“是的。”

他把故事还给她。“你才是作家。”

白天变得越来越短。外面，夜幕已经降临。

九

艾维睁开眼睛，在铜床上坐起来，从窗户里看着荒野中的这个湖泊。在湖里大约中间的位置有一座小岛。她之前没有注意到——观察力还很有待提高啊——可她觉得它的比例很奇怪，仿佛德国中世纪油画背景上的一个怪诞的细节。小岛的形状看起来像个小脚印，山很陡峭，高约四五百英尺，山顶全是石头，最高处有个黑色的十字架。

艾维穿好衣服，出来。吉恩正提着一只手提箱从小货车的侧门上去，洛基在前面的座位上等着。

“早上好。睡得好吗？”吉恩问。

“很好。”艾维说。“我在考虑再多住一天。”实际上这个想法是她说这话时才有的。

“我要去普拉茨堡，周末回来。”吉恩说。“之后，就要关门谢客了。”

“哦。”

洛基的尾巴在座位上扫来扫去。

吉恩盯着她。“不过，你看起来很诚实。”她说。

“我擅长给人留下这种印象。”艾维说。

吉恩大笑起来。“听我说。你走的时候能记得把小屋的门锁上吗？”

“当然记得。”

“能把钥匙放在门垫下面吗？”

“肯定，”艾维说，“还有，我欠你一天的钱。”

“哦，不用了——”

但艾维还是把这天的钱付了。

十五分钟后，荒野中的这个小湖就她一个人了。她沿着湖边走着，感觉微风吹在脸上，凉凉的，她用手蘸了蘸水，冰冷刺骨。那排小屋前面有一片沙滩，沙滩上面有一只倒放着的划艇。只见船尾写着一个名字：卡普丽斯。她把划艇翻过来。在座板，或者随便你叫什么的下面放着桨；为什么她对这么多术语的了解如此肤浅？在那一刻，艾维下决心每天掌握一个专业术语，甚至两个。她一边下决心，一边把卡普丽斯拖进水里，上船，离开岸边，把桨锁住，划了起来。

小船在湖面上游走。划桨的感觉真好。东边，太阳从一片高高的云杉顶上升起来，白天变得多姿多彩起来。湖边的小屋越来越小，融入了大自然之中。桨片划出的乳白色旋涡一直钻进水里，然后消失无踪。艾维做了一个卫星定位式的观察：纽约在下面，丹尼摩拉在那边，她自己在这里。有一群人的地方就有磁力，这群人越多，磁力就越大。她感到自己正处于尘世与自然的边缘,再划一两桨就会摆脱他们的牵制,进入一个崭新的世界。可这时船头撞到了小岛，差点把她从座板上撞下来。

艾维把卡普丽斯拖到一个碎石遍地的岸边，把桨在船上放好。然后绕过一些多刺的灌木丛，走进树林里，树林的地上全是干燥易碎的树叶。一进树林就开始爬坡。她找到了一条有几分像路的小道——有些地方有石头，有些地方树根纵横交错——是绕着小岛开凿出来的，不断向上延伸。山上的树木越来越小，这座以石头为主的小岛现在露出了真面目。有一两次艾维不得不在地上爬着走，当她来到顶点下的一个平台时，她已经累得气喘吁吁了。

她看了看四周的景观，除了三样东西之外，全是野性十足的大自然。这三样东西是：耸立于山顶最高处峭壁之上的十字架，就在她的头顶上方；吉恩·萨瓦德的小屋和一小片红色的东西，大概是停在树林里的萨博。还有就是她自己，艾维·塞德尔，这座小山的女王。

然而她还没有爬到山顶，更没有到极顶。她爬过一块大石头，找到一个立脚的地方，扭动着爬上一面峭壁，站起来。顶点的地方不大，只能容下两件东西：十字架和她。大概是由于脚下的地方太小，站的地方又太高，太阳照在湖上发出的刺目的光芒使她有点晕眩。她伸手去摸十字架。

"哎哟。"

她感到一阵像被咬了一口的痛：那根竖着的锈迹斑斑的铁棒边缘呈锯齿状，当她伸手去抓时，手掌被扎了一下。艾维把血舔掉。只是一条口子而已，不深，没什么大不了的。她爬着回到山顶平台上。

这时她注意到岩石上有个洞，隐藏在峭壁的裂缝之中。这个不容易被人发现的洞很大，一个人弯着腰可以轻而易举地走进去。艾维弯着腰走了进去。

里面很暗，比她住过的布鲁克林的一些公寓，包括她现在的这间都小不了多少。洞里散发着尘土的味道，又有点像旧书的味道，可是四周没有书，什么东西都没有。只有这个一端是红色的东西，差不多就在她的脚下。艾维伸手把它拿起来，暗自思忖，是口红吧。但不是，不是口红。是弹药，猎枪的弹壳，黄铜的。

艾维环顾四周，再没发现弹壳，甚至连满是灰尘的地上一个脚印都没有发现，但是不难想象猎人在这里躲避暴风雨之类的情形。她出来，来到太阳底下。一个山洞，她发现了一个山洞，好像自己变成了小时候喜爱的冒险故事中的人物一样。艾维穿过山顶平台，使尽全身力气把弹壳扔了出去。弹壳穿过树顶，旋转着向下落去，发出微弱的光芒，随后消失在水中，溅起的水花太小了，她没看见。总体上还让人满意。艾维蹲着从平台上下来，下山时她吮了一两次手掌上渗出来的血。也许是心情烦躁，她走了几英里之后才想起要留下四号小屋的钥匙。她把钥匙塞进手套箱里。

回家的路上，她在奥尔巴尼停了一下——根本没有绕——去了一趟《奥尔巴尼市民》报的办公室。

"我找一下托尼·布拉斯。"她对前台服务员说。

前台服务员嚼着口香糖。"我说是谁找呢？"她问。

"就说跟他写的一篇报道有关。"

那个服务员对着耳机说："这里有位客人想要了解你写的一篇报道。"她听了片刻，看着艾维。"他问什么报道？"

“金尘赌场的抢劫案。”艾维说。

“她说金尘赌场的抢劫案。”那个服务员说。她又听着。“他说进去吧。后面最后一间。”

她“嗡”的一声给艾维打开了玻璃门。艾维走过一排房间，其中有个男的在飞快地打字，还有一间房里有个女的在讲电话：“拼一下。”最后一间房里是个男的，穿着黄色的短袖衫，打着大红的领带，正把一根肥肥的手指伸进装着乐家杏仁糖的罐子里。他抬起头来。

“你是托尼·布拉斯吗？”艾维问。

“托尼·B，我就是。”说着，递给她一张卡片，上面印着他的一张漫画，比他本人好看，上面有一句话：托尼·B看世界——见周一、周三和周五的《市民报》。

“我叫艾维·塞德尔。”艾维说。

他把她的名字写在一个记事本上。“有情况提供给我？”

“有情况提供给你？”

“关于那个金尘的报道。”托尼·B从罐子里扯出一块形状像大英帝国的乐家杏仁糖扔进嘴里；小胡子上粘了一小块酥糖他也没有觉察。“关于金尘的报道过去很久了——自我发稿以来至少有六年了。所以我猜测，你有新情况。”

“对不起，”艾维说，“我没有什么新情况。”她举起托柯警官给她的“赌场的杀人者获罪”的打印稿。“我希望你能给我提供一些情况。”

“什么情况？”

“整个故事的经过。”

“为什么？”托尼·B问。

“我想有些细节可能你没有写进去。”

“哦，是的，”托尼·B说，“确实。我怀疑还有很多。但我的问题是”——他低头扫了一眼记事本——“艾维·塞德尔，这跟你有什么关系？”

“一言难尽。”艾维说。

托尼·B舔了舔手指，又伸进罐子里。“你说说看。”他说。

“呃，”艾维开始说道。“我一直在教写作——”

“哟，”托尼·B说，“你是个作家。”

又来了，这是个无法回答“是”或者“不是”的问题，如果真要回答的话，那就是不是。“不完全是，”艾维说，“但我正在教——”

他把手举起来。“‘不完全是’是什么意思？”

“我想成为作家，”艾维说，他让她这么大声地把这个想法说出来，她觉得很烦。“但是眼下我正在丹尼摩拉教犯人的写作课。”

“他们把哈罗也弄到那里去了？”

“对。”

“我明白了。”

“什么意思？”

“我已经知道你在干什么了，”托尼·B说，“你以为你能解决金尘的案子，以此来让自己出名。”

“让自己出名？”

“通过写一部畅销书，”托尼·B说，“真正的犯罪小说，让自己出名。”

艾维故意停了片刻：她意识到她并不喜欢托尼·B，最不喜欢的是他总是打断她说话。“我的兴趣在小说，布拉斯先生。哈罗写了一个故事，在我看来很有才华。我想多了解一点他的情况。”

托尼·B有一双水汪汪的大眼睛。他上下打量了她一番。“哈罗写了一个故事？”他问。

艾维点点头。

“你的兴趣在小说？”

她又点了点头。

他把手伸向装着乐家杏仁糖的罐子，哗哗哗地摇着，和蔼可亲地把里面的糖果冲着她。

她摇了摇头。

托尼·B自己取了糖，仔细考虑着，说：“你想了解什么？”

“他的背景，他最初是干什么的。”艾维说。

“哈罗吗？他是个废物。”

艾维立即拒绝了这一点：没有废物能写出那样的东西。“他一定受过一些教育。”她说。

“上过西拉奎特高中。”托尼·B转向电脑屏幕，戴上眼镜，在键盘上敲了几下。在他衬衫背后两肩之间的宽大松弛的区域有块汗渍，奇怪的是，正是这块汗渍证实了艾维的判断：他才梦想写出一部关于金尘赌场的畅销书呢。“我的笔记中没有任何他受教育的情况。”托尼·B说。

“他是在西拉奎特长大的吗？”

“是的。”

“那是个什么地方？”

“垃圾遍地。”

“他父母之类的情况呢？”艾维问。

“没有任何情况，”托尼·B说，“从他的家人来看，没人拿过那笔钱。我都查过了。”

“是抢来的那笔钱吗？”

“我们在说别的吗？”

他还是没得要领。“实际上我们是在说别的，”艾维说，“哈罗有个女儿吗？”

“我记得是没有。”托尼·B滚动着屏幕，摇了摇头。

“但有妻子。”艾维说。

“是的。”托尼·B说。“叫贝蒂·安·普里斯。想看看照片吗？至少知道她七年前长什么样子。”

艾维凑近了一点。她闻到了托尼·B身上的汗味，同时也闻到了除臭剂的味道。屏幕上出现了一张照片。

“她是印第安人吗？”艾维问。

托尼·B摇了摇头。“赌场规定——所有发牌的人都要穿部落的衣服。”

“她在游乐场工作？”

“这个情况与本案是有关联的，”托尼·B说，“无论地方检察官承认与否，这都是一个通过内应作的案。”

艾维有些茫然。她凝视着哈罗妻子的照片，她年轻、漂亮，笔直的金色短发，姣好的面容。“如果你有时间，我想从头到尾了解一下整个过程。”

托尼·B看了看表。“请我吃午饭？”

“当然可以。”艾维说。吃了那么多乐家杏仁糖，应该不会觉得饿吧。

可他却饿了。他们去了附近一家爱尔兰酒吧——这里有绿色的遮阳篷，爱尔兰的国花三叶草，爱尔兰传说中帮主妇做事的勤奋的小妖精，还有黄油的味道。托尼·B要了蒸贻贝，半生熟的牛里脊，还有洋葱卷。“是要麦芽酒还是窖藏啤酒？”他问。

“我不太——”

他要了一大壶麦芽酒。

艾维点了韭菜汤。

“干杯。”托尼·B说。

“干杯。”

托尼·B用餐巾拭着嘴巴，揩去了大部分溢出物，然后朝后坐了坐。“从头到尾，”他说，“了解北方吗？圣劳伦斯河一带？”

“不了解。”

“印第安人在那里有一大块地，在河流的两岸，在美国和加拿大都有。他们不承认白人的边境。你要是从那里经过的话，会发现汽油和香烟都很便宜。”他又给自己倒了一些麦芽酒。“还有赌场。在这个案子里，尤其是把它和拉斯维加斯和大西洋城比起来，赌场这个词是……”他寻找着合适的词汇。

“误称？”艾维说。

“对。”他喝了一大口。“金尘是最好的，可它是个陷阱。你猜猜一天要进去多少钱吧。”

“不知道。”

“十五万。每天。周末或许还要翻倍。那还是七年前的情况。当时是个什么情况，大量的现金躺在后面办公室的保险箱里，等着运钞车早上8

点钟来取走。抢劫案发生前两个月，贝蒂·安·普里斯一直在那里负责二十一点，对这里的整个情况都很熟悉。对当地的一小撮恶棍来说，这里太诱人了。这撮恶棍是：马文·拉斯科、西缅·卡特、弗兰克·曼德雷尔——出谋划策者——和哈罗。”

“你的记忆力真不错。”艾维说。

“我跟那些卑鄙的家伙在一起待了六个月。”托尼·B说。

“我不明白。”

“我花了六个月写了一部有关这件案子的书。”

“所以有书了？”

“如果你指的是已经出版了，不是。”托尼·B说。“我一直在对我的代理人说，这个故事非常不错——但是还没有结尾，没有找到贝蒂·安·普里斯和那笔钱就没有结尾。”

“你的代理人是谁？”

托尼·B说了代理人的名字，艾维以前听说过这个人。“他妈的，”他说，“警察都找不到贝蒂·安，我怎么能找到她？”

“你的代理人希望你找到她吗？”艾维问。

“简直难以置信，”托尼·B说，“纽约的那些出版社生活在他妈的梦幻之中。”他切下一大片牛里脊，塞进嘴里，继续说着，她刚开始没听明白这些话，因为他说话的同时嘴里在不停地咀嚼。“……尽管抢劫成功了，可他们的干法太蠢了——滑雪帽，烟雾弹，枪管锯短的猎枪。可这位保安杰里米·雷德弗里泽认出了西缅·卡特。如果你就是那个地方的人，身高六尺六，体重三百五十磅，滑雪帽是没有多大用处的，所以雷德弗里泽在烟雾中大声喊道：‘卡特，你这个杂种。’就在这时，卡特开枪了，雷德弗里泽开枪还击，卡特、拉斯科和雷德弗里泽都因流血过多，一两秒钟之后就死了，骚乱中哈罗带着大约三十五万逃走了，由于赌场存在瞒报赢利的行为，所以确切的数目从来没有得到过证实。与此同时，曼德雷尔在河边的一条船上等着——他们原计划逃往加拿大，曼德雷尔有表亲在那里——可哈罗一直没有出现。边境的巡警发现了曼德雷尔，以为他是个走私犯，把他抓了起来。大约一个小时后，曼德雷尔与警方达成协议，把哈罗供了出来。这之后不久，他们在他家里将其抓获——这都是抢劫案当晚发生的事情——但贝蒂·安却不见了，那笔钱也不见了。警方提出过对哈罗非常有利的条件——如果提供贝蒂·安的下落的话会判得轻一点。他拒绝了，意思是他们真的相爱。到目前为止，情况就是这样。有什么问题吗？"

艾维试图想清楚这一切。抢劫发生时情势急转之下：真是个疯狂的故事。部分是喜剧，部分——严格说来也不是悲剧，除了发生在杰里米·雷德弗里泽身上的事之外——不管是什么呢，只要适合表现这种野蛮、贪婪和愚昧的词语就行。"你觉得这些条件还有效吗？"她问。

"你的意思是，如果哈罗现在把她供出来还能不能减刑？"托尼问道。

"对。"

"如果能的话，"托尼·B说，"他可能已经把她供出来了。他现在为什么要改变主意？"

艾维想：因为他有这种写作才能；这个想法缺乏逻辑，或许吧，她没有把这个想法说出来。

"可以想象，时至今日，他还掌握着一些实质性的东西。"托尼·B补充道，"帮我吃点洋葱卷吧。"

可他没需要任何帮助：洋葱卷几乎吃光了。

"哈罗和弗兰克·曼德雷尔是什么关系？"艾维问。

"什么关系？"托尼·B说。"曼德雷尔大概比他大十岁，我说过，他是出谋划策的人。他是在监狱跟拉斯科认识的，而拉斯科和哈罗又有联系。你可以说他们是受了他的影响——曼德雷尔身材魁梧，相貌堂堂，开着宝马，我感觉是宝马。"

"他把哈罗出卖了，难道他心里不感到不安吗？"

托尼·B大笑起来。"他感到不安？我们在这里说的这些人都是一些弱肉强食的人。"

"他是这么说的？"

"谁？"

“弗兰克·曼德雷尔，”艾维说，“当你采访他的时候。”

“我从来没有真正采访过他。”托尼·B说。

难道她都搞错了？“他不是被释放了吗？”

“当然被释放了，”托尼·B说，“协议的部分内容是，他必须改变身份。这是为了保护证人。一宣判完毕他就消失得无影无踪了。”

这时服务员出现了。“要甜点吗？”

“好吧。”托尼·B说。

十

“你喜欢那份跟罪犯打交道的活吗？”德拉甘问。

在魏尔伦酒吧餐厅的地下室里，艾维正把一只啤酒桶挂起来，德拉甘正往袋子里装垃圾。“喜欢。”艾维说。

袋子破了，一团湿乎乎的东西流到地上。德拉甘弯下腰，一声不吭地把地板擦干净。“是什么那么有吸引力？”他说。

“吸引力？”

“吸引力？”德拉甘说。“这个词不正确吗？”

“词倒是正确，”艾维说，“我只是不知道你想说什么。”

“想说，”德拉甘说，“这是个多么基本的美国词汇啊！我想说，对你来说，教犯人有什么好处？”

艾维站起来。“有报酬啊。”她说。

“我完全明白你的意思了，”德拉甘说，“有钱能使鬼推磨——这句话自我来美国的第一天我就学会了。但是罪犯怎么能写出好东西？”

“能。”艾维说。“甚至能写出非常好的东西。”

德拉甘把全部袋子在最下面的石阶旁排成一排，这些石阶通向人行道边的铁门。“我要请你帮个大忙。”他说。

“什么忙？”

“读读我的小说。”

“写完了吗？”

“修改了两遍，最后润色了一遍。”德拉甘说。“我当然会付给你钱。”

“别说傻话了，德拉甘。”艾维说。

“你不愿读吗？”德拉甘说。“我非常理解。”

"我不愿要你的钱。"艾维说。

德拉甘笑了笑，笑得非常难看。"这么说，你愿意读？"

"愿意。只要记住我的意见不说明任何问题就行了。"

他在围裙上把手擦干，伸出来。他们握了握手。德拉甘没有立即把手松开。"你是美国女人。"他说。

"不错。"艾维说。

"上学时，我的朋友们和我，我们多次讨论过美国女人。"

"结论是什么？"艾维说，把手抽出来。

德拉甘深吸了一口气，仿佛什么重要的事要发生似的。正在这时，只听见布鲁斯朝石阶下面喊："到底怎么回事啊？我快饿死了。"

丹尼·温伯格坐在酒吧的尽头，这里是艾维服务的区域，但她得先照顾几个大学生。

"我得看看身份证。"

几个人把驾照掏出来，发证的几个州离这里很远。证件看起来都是真的。她把证件还给他们。

"我从来没去过阿拉巴马州。"她对那个拿阿拉巴马驾照的男孩说。

"你应该去那里查一查。"他说话的口音跟布鲁斯非常像，布鲁斯是在布鲁克林出生长大的。

"走吧。"艾维说。

"啊？"他说。其中一个学生狂笑起来。那个来自阿拉巴马的男孩脸红了。艾维还是给他们上酒了：布鲁斯不想对身份证作任何仔细地分析。正如他常说的，他是个商人，不是中情局的职员。

艾维来到丹尼跟前。他的西装挂在椅背上：艾维读着上面的标签——休·格里芬，绅士们的裁缝，伦敦。

"你好。"

"你好，艾维。最近怎么样？"

"很好。你呢？"

“我有两个好消息。”丹尼说。

她感觉心脏兴奋得跳了起来，越来越快。

“惠特喜欢你的小说。”丹尼说。

她的心跳更快了。“不是吧。他喜欢吗？”

“喜欢。”丹尼说。他笑起来，虽然不像德拉甘笑得那么欢，但他的一口完美无缺的牙齿还是露了出来。

“真的吗？”

“真的。”

“你肯定？”

“‘她给现代生活披上了一层诡秘、奇妙的色彩。’”丹尼说。

“这是他说的？”

“我这句话用了引号。”

“诡秘、奇妙的色彩？”

“一字不差。”

“是好还是不好？”

“好。”

“说不定是贬义呢。”

“不是贬义。”

“你怎么知道？”

“我了解他。”

“诡秘，”艾维说，“就像30年代的老电影一样。”

“是吗？”

“知道《育婴奇谭》[①]吧。”

“不知道。”丹尼说。

“所以也许……”艾维说到这里停下来。所以，也许丹尼不知道诡秘的这层含义，完全误解了惠特的意思。她直视着丹尼的眼睛，试图搞清楚

① 20世纪30年代最成功的荒诞喜剧之一，由霍华德·霍克斯执导。

自己该不该相信他的解释。

“干吗那样看着我？”丹尼说。“别吓我。”

“你们是在哪里说这些话的？”艾维问。

“什么话？”

“拜托，就是跟惠特说的这些话。”

“实际上是在壁球场。我们——”

这时，门砰的一声开了，一群来自波厄兰姆小丘、戴着圆顶硬礼帽的同性恋者走了进来，他们大约有十几个人，都穿着统一的粉红色绸衣。魏尔伦酒吧餐厅里突然忙碌起来，酒吧里这么忙的时候不多。那个来自阿拉巴马的男孩头顶上正顶着一只空瓶子，这是兄弟会的一个有趣的信号：再来一打酒。布鲁斯一边恶狠狠地摇着两瓶马提尼酒，一边瞟着她。

“我得走了。”艾维说。

“你什么时候下班？”丹尼问。

“还有一个小时。”

“晚餐怎么办？”

艾维踌躇了。

“难道你不想把你那些问题问完？”丹尼说。

艾维大笑起来。

他们在雷福尔咖啡馆见面了，坐在靠窗边的一张桌子上。一只驳船正轻轻滑过，除了引水员的脸之外，其余都是一个黑色的轮廓，引水员的脸在仪器灯光的反射下泛着绿光，船尾的一个船员正在用手电筒看书。

“以前来过这里吗？”丹尼说。

“这里的价格在我的支付能力之外，”艾维说，“我不知道你打壁球。”

香槟上来了。软木塞砰的一声打开，像小型爆炸似的。艾维点了当天的特价菜，鸭。

“非常好的选择。”餐厅服务员对她说。

“谢谢。”艾维说。

这种感觉很好。今晚她心潮澎湃，充满渴望，希望提前翻到她生命中的那一页，最畅销小说作家。她尽可能控制住自己的想象。

“我争取每周去一次壁球馆。”丹尼说。

“跟惠特吗？”

“上次是我们第一次去，”丹尼说，“他打得不多——根本没碰过。”

“你们是怎么说到‘穴居人’的？”

“‘穴居人’？”

“‘穴居人’是那篇小说的题目。”

“哦，明白了。”丹尼说，他的杯子已经空了，这时把杯子加满。“我问他读过没有。”

“然后呢？”

“我已经告诉你了，”丹尼说，“说了些诡秘、奇妙之类的话。”

“他还说了什么别的吗？”艾维问。

“就这些。”

“没说什么时候联系？”

“我认为会很快。”丹尼说。“放松点吧。”

艾维放松下来。对啊，为什么不放松点？放松的感觉这么美妙。

丹尼讲了最近去台北时飞机上发生的一件趣事，商务舱里有一只自由自在的大狼蛛宠物，把乘务员吓得不轻。那只鸭子——是的，一个极好的选择——吃光了。又一瓶香槟也喝完了。

“你想过写长篇小说吗？”丹尼问。

“当然。”

“有什么想法了吗？”

“有一个。”艾维说。

“愿闻其详。”丹尼说，又倒了一点酒。

“还没成形。”

“我不会告诉别人。”

这个想法艾维从来没有对别人说过,甚至对约尔都没有说过。但是……如果真的要写的话,为什么不能告诉他？为什么要隐瞒？她舔了舔嘴唇。“是关于一个测量员的。你知道，那些人——”

“我知道。”

“总之——”她喝了一大口酒，真的是不错的香槟，这种香槟不管你喝多少，你越喝味道越好——“这位测量员渐渐发现，什么都量得不对。”

“我不明白。”丹尼说。

“起初只是些小事情，比如，建筑物的实际尺寸与建筑师设计的尺寸不太相符。可接着到处都是这样了，很快她——”

“她？”

“为什么不能是女的？”艾维说。

“没有理由，”丹尼说，“对不起。非常吸引人。”

“是吗？”

“还有吧。”丹尼说。

“没多少了，”艾维说，“她到了什么都量的地步——摩天大厦、教堂、桥梁——都有点出入。”

“整个世界都乱套了？”丹尼问。

“一点不错。”

“天啊。”

“是这样吗？”艾维问。

“天啊。”丹尼说。

桌子下面，艾维感觉到他的脚碰到了她的脚。她置之未理。

“后来呢？”丹尼问。

账单送上来了。丹尼付账的时候，艾维望着河对面天空映衬下的灯火辉煌的曼哈顿，这时的曼哈顿总是让她出神。可是这次与以往有所不同，她生平第一次有这样的感觉：虽然说不上拥有这个地方，可至少属于这个地方。

后来他们出去散步，这夜无风，空气凉爽。“后来呢？”丹尼又问了一遍，同时抓起她的胳膊。艾维没有理会。

“呃，”她说，“所有这些都与她生活中发生的其他事情有关。”

“比如？”

“小说就是靠这些推进的。”

此时除了鞋底在人行道上发出的咔咔声之外，再没别的声响；艾维发出来的是女性高跟鞋的声音，断断续续的，丹尼的声音比较沉闷。

“我知道你是会写出一些东西来的，”他说，“非常奇妙的那类东西。”

艾维笑起来。也许她真的能写出一些非常奇妙的东西；也许这些东西已经在她的心里了。丹尼紧紧抓住她的胳膊。她也紧紧抓住他的胳膊。他们就这样充满想象地走过了一两个街区。后来，他们来到了他的住处外面。

“要不要上来坐一会？”丹尼问。“我会煮咖啡。”

艾维有些犹豫，有点摇摆不定。她感觉自己有些燥热，蠢蠢欲动。整个城市似乎都在催促她往前走。可城市与丹尼有多大关系呢？

“茶也行，”他说，“热巧克力我也会做。”

“听起来不错。”艾维说。

当火山岩的聚集与爆发，或者年代久远的水坝最终要决堤这些比喻听起来似乎是事实的时候，这种感觉太好了；他们有了第一次，按说，长年累月不做这种事情在某种程度上破坏了你的生态平衡，不可能很好，可简直是太棒了。

“天啊。”丹尼说。

这声感叹提醒了她，还有他的存在。

第二次：不太好。

虽然对丹尼来说，情况并非如此，因为他说了一声“天啊的平方”就把自己蜷缩了起来。他是个聪明的家伙，眼观六路，一看见她的地方很小就把自己缩了起来。他们躺在那张非常舒适的床上，她从来没有睡过这么舒服的床，卧室装修得非常漂亮，灯光低垂，墙上挂着艺术真品。

“你在想什么？”他问。

“没想什么，”艾维说，“不过是……感觉不错。”

“是啊。”丹尼说。

这时传来轮船的汽笛声，不知是进港还是出港。

“来点音乐吗？”丹尼问。

“如果你想听就来吧。”

“你喜欢什么音乐？”

“很多。你有什么音乐？”

“什么都有。”丹尼说。

“什么都有？”

“呃，”丹尼说，“最后一次数的时候，下载了二十七万首。听听质量如何。”

“听听埃尔维斯的怎么样？”艾维问。

“是普利斯里·埃尔维斯还是克斯特罗·埃尔维斯？”

“只有一个埃尔维斯。”艾维说。

丹尼翻身起来，轻快地打开手提电脑，敲了几个键。这时传来了“今晚你孤独吗？”——不错，声音非常美妙，就像埃尔维斯躺在他们的枕边一样。

“我喜欢他说话的那部分，不知是怎么弄的。”艾维说。

“是吗？”丹尼说。“不是拼接的吗？”

“我想也是。”

“拼接得很好，是不是？”丹尼说。“你想说的意思是这个吗？”

艾维不说话了。她不喜欢这种讨论。

“怎么了？”丹尼问。

他这么棒，她还能怎么了？可她还是担心，他对她那么殷勤周到，设法领会她的全部意图，这会让她疲乏不堪的。

“没什么，”她说，“没什么。”

他拍拍她的屁股，手开始向下滑，滑到她的两腿之间。

“另一个是什么？”艾维问。

“另一个？”丹尼说。

“你说你有两个消息。第二个是什么？”

他的手僵住了。“这件事有点蹊跷。”他说。

“说。”

“菲利克斯·巴拉班的妻子想跟你谈谈。”

艾维坐起来。“什么？”

“她的一个律师几天前来办公室。你能想象得到吧，有很多事情要解决。我碰巧提到我认识一个人，在监狱见过他。”

“是指我吧。”

“我做错什么了吗？”丹尼问。“我对这样做的后果一无所知。”

“她想跟我谈什么？”

“律师说她非常不安。她希望给她个结论。”

“跟我谈怎么可能给她这个？”

“谁知道呢？”丹尼说。“她可能是这么想的。她的丈夫不过是摆弄了几个数字——最坏也就是这样——结果就受到指控，被投进大牢，落得脑袋被割的下场，是哪个人或哪些人割的，大概永远不得而知了。”

“我只见过他一次，”艾维说，“确实没什么可说的。”

“她人不坏，”丹尼说，“当然，有几个孩子要抚养。”

“他有孩子？”

“两个女孩——一个八岁，一个十岁，我觉得是这样。”

“你知道就是这样，”艾维说，“你还知道她们的名字。”

丹尼笑起来。“凯西和塔玛拉。”

他的手又开始动了起来。

艾维离开时天还没亮。当时丹尼还没醒。她是步行回家的，她进楼后爬了五段楼梯。电话机上的留言灯在闪个不停。

是惠特？

你有一条新留言。

“喂。我有一个技术问题要问你。或许要换个时间了。”咔嚓。

为了弄明白是谁，艾维听了三遍，可她从第一个音节开始就知道是谁：哈罗。

她又放了一遍。然后又放了一遍。

十一

“我是娜塔莎·巴拉班。谢谢你的光临。”

艾维跟娜塔莎·巴拉班握了握手。她知道有巴拉班这样的地方存在，但是从来没有去过；它位于公园大道上，家具和地毯跟你在静悄悄的博物馆的偏房中见到的一模一样。或许是由于这些奢侈品的存在，这里的空气本身就不一样：平静、厚重，甚至肃穆。

“请坐。”娜塔莎说。

艾维在最近的一把小巧精致、镀金的椅子上坐下。椅子警告似的轻轻吱了一声。娜塔莎在她对面一张光滑的凳子上坐下来。她身穿黑色的绸衣；艾维穿的是牛仔裤和短皮夹克。

“喝咖啡吗？”娜塔莎说。

“我没事。”

“不麻烦。”

这时门开了，一个穿着制服的女服务员走进来。她端来的咖啡装在漂亮透明的瓷杯里。娜塔莎往咖啡里加了奶油和两勺糖，奶油和糖装在一个笨重的银质餐具里；艾维的咖啡没有加奶油和糖。这里的咖啡就像你在所有西班牙小杂货铺的酒吧喝的一样。

娜塔莎啜了一口，放下杯子，再没有碰杯子。“丹尼·温伯格告诉我你是个作家。”她说。

“想当个作家而已。”艾维说。可她心里在想：《纽约客》！说不定他们已经把一幅漂亮的小插图——比如门前台阶上的一个花盆——放进了她小说中的某个地方呢。

“他说你非常有才华。”娜塔莎说。

“我不知道。”

娜塔莎注视着她：目光有点轻视，这一点不是测量员也能看出来。

“哦，我相信丹尼是对的，”娜塔莎说，“他很精明。菲利克斯总这么说，他有高超的判断力。”她从一个银色的盒子里取出一支香烟，盒子也许是白金的，看起来很结实。那个女服务员拿着一只打火机走进来。娜塔莎深吸了一口，吐出烟雾，补充道：“诸如此类的吧。在其他方面，他的判断力不一定有这么好。这点谁都知道。”

艾维点点头。

娜塔莎又猛吸了一口。“他是个什么样子？”

“谁？”艾维问。

那个女服务员把艾维的杯子加满后退了出去。

“当然是说菲利克斯。”娜塔莎说。

娜塔莎在问自己的丈夫是个什么样子？

“在你那个写作班上是个什么样子。”娜塔莎说，因为急躁，音调有些提高。

“哦，”艾维说，“问题是，我只见过他一次。我刚刚替别人去给这个班上课，他就——就……”

娜塔莎的一只眼皮跳了一下。“对，”她说，“我知道结果了。”一截圆柱形的烟灰落在她的大腿上，她没有注意到。然后是一段时间的沉默，最后打破沉默的是娜塔莎。“在拉丁语中，菲利克斯是‘快乐’的意思。你知道吗？”

“知道。”艾维说。

“我不知道。”娜塔莎说。“我们结婚几年后我才知道——我们两个都是第一次结婚，如果这一点重要的话。”

“对。”

娜塔莎目光锐利地看了她一眼。“意思是你认为确实重要？”

“是的。”

娜塔莎又猛吸了一口，然后把香烟扔进那只可爱的杯子里；这个动作有点让人吃惊，仿佛是一种暴力行为，烟头发出的咝咝声似乎充斥于整个房间。“菲利克斯的意思是‘快乐’，”她说，“可我不知道。你是个跟文字打交道的人。告诉我——像这种有隐秘含义的词语有很多吗？”

“我不知道什么叫隐秘含义。”艾维说。

“也可以说隐藏的含义。”娜塔莎说。

“明白了，”艾维说，“至少部分含义是隐藏起来的。”

“我也这么想。”娜塔莎说。她站起来，从一扇巨大的窗户里往外看。克莱斯勒大楼的顶部似乎近在咫尺。“那你对菲利克斯的印象如何？”

有点胆小，监狱把他毁了，可为什么要告诉她实情呢？“正如我说过的，还没来得及形成什么印象，”艾维说，“加上我以前从来没有去过监狱——有点招架不住。”

“但作家是善于观察的。”娜塔莎说。

艾维什么也没说。

“呃，”娜塔莎说，“是这样吗？”

“他似乎……很少说话。”艾维说。

“菲利克斯不是个很少说话的人，”娜塔莎说，“他一定说过什么话。”

艾维回忆着。

你说我在撒谎，菲利克斯？

哦，没有，没有，没有，没有。确实是康奈尔大学。

以及：

你说什么，朋友？我没听清。

没什么。什么也没有。对不起。

对不起？他对不起。

“我什么也不记得了。”艾维说。

娜塔莎舌尖顶着牙齿，抽吸了一声，她不满意了。“他写得怎么样？你有保存吗？”

我今天真的没什么可写。

菲利克斯今天没什么可写。

“他实际上什么也没写。”艾维说。

娜塔莎吃惊地转过身来。“为什么没有？”

“我不知道。”艾维说。

“其他人写了吗？”娜塔莎说。“其他犯人？”

如果我写不下去了，那将是非常糟糟糟糟糟糟糟糕的事情。

我相信不是这样。

“他们写了。”艾维说。

这时门又开了，这次不再是那个女服务员，而是一个身穿三件套的银发苍苍的老人。“堵车，来晚了。”他说。

“你来得正好。”娜塔莎说。“艾维说菲利克斯在他们的第一节课上什么也没写。”

“是吗？”那个人说。

“她叫艾维·塞德尔，”娜塔莎说，“这位是赫尔曼·兰道，我的律师。”

“认识你很荣幸。”兰道说，握了握手。他的声音热情洪亮，握手时很轻，就是——考虑到他是那么受尊敬的一个人，这一点简直让人吃惊——目光不太友好。“我听到的关于你的都是好的。”

“从谁那里听到的？”艾维问。

“当然是丹尼·温伯格。”兰道说。“一个最终会有所成就的人。”他拉过来一把跟艾维坐的一样的椅子。在他后面的挂毯上，一个两眼挤在一块的骑士把剑举得高高的。“知道菲利克斯为什么什么都没写吗，艾维？”

“不知道。”

“他是个有条理的人。”兰道说。“对浪费时间深恶痛绝。这就是他自找麻烦地去上课而又不参与其中的原因。”

“我不知道。”艾维说。

兰道朝后坐了坐，把双腿交叉起来；他裤子的面料很高档，双腿交叉起来时沙沙作响。“其他犯人写了吗？”

“她说他们写了。”娜塔莎说。

“他们写了什么？”兰道问。

“诗歌。”

“诗歌？”娜塔莎说。

“诗。”艾维说。

“什么内容？”兰道问。

“各不相同。”艾维说。

“菲利克斯是这各不相同中的一种吗？”兰道问。

“我不明白你的意思。”艾维说。

娜塔莎又习惯性地吸了一口气。

“这些诗歌中有没有以菲利克斯为主题的？”兰道问。

“没有。”

“这些诗中有没有提到他？”

“没有。”

“间接提到他呢？”

“没有。”艾维说。这时，埃尔—哈桑的最后几行诗在她的脑海里浮现出来：抽屉里有把刀／非常非常非常锋利的刀／这就是一个人的梦。

兰道坐直了一点点。“你肯定吗？”

“肯定。”

他笑了起来：他的牙齿看起来比他身体上的其他部位年轻多了。“如果你还保留着这些诗的话，我想看一眼。”

艾维不置可否。

“你还保留着吗？”娜塔莎说。

“保留着。”

娜塔莎靠近了一点。“我们想看看。”她说。

“为什么？”艾维问。

“为什么？”娜塔莎问。“因为他们把他杀了，这就是为什么。”

“你是说在学写作的这几个人中有人把他杀了？”艾维问。

兰道的视线很快投向娜塔莎。“不是，”他说，“但我相信你能想象得到，对娜塔莎和孩子们来说——对所有认识和爱护菲利克斯的人来说，没有个结论是多么痛苦。”

“结论是不是就是指是谁干的？”艾维问。

“给个合理的答复就行。”

“可监狱不是还在调查吗？”艾维问。

“是在调查。”兰道说。

“他们是不会给什么屁结论的，”娜塔莎说，“因为他们要为此付出代价。”

兰道又飞快地看了娜塔莎一眼。

“你们打算起诉监狱吗？”艾维问。

兰道举起双手。“我们还是不要空谈将来怎么做吧。当务之急，我们希望你能帮助我们解决这件事。”

“我不知道怎么帮助你们。”艾维说。

“我们刚刚告诉过你，让我们看看那些诗。”娜塔莎说。

艾维摇了摇头。“那些诗里没什么有用的东西。”

“我们为什么不能看看？”娜塔莎问。

艾维站起来。“这样做会亵渎人家对你的信任。”

“她在说些什么？”娜塔莎说。

“我感到困惑不解，”兰道说。他转向艾维。“我无法想象你跟犯人之间还签了不能泄密的契约。”

“那倒是没签。”

“那是因为什么？”

“我是他们的写作课教师。”艾维说。“就这么回事。”

兰道抬起头来盯着她。

“告诉她吧。”娜塔莎说。

“告诉我什么？”艾维问。

“我们要用传票索要他妈的那些诗。”娜塔莎说。

“我相信事情不会发展到那种极端的地步。”兰道说。

“是吗？”娜塔莎说。她站起来，离开了房间。

兰道叹了一口气。“我认为她仍然心有余悸。”他说。“孩子们受到了毁灭性的打击。菲利克斯非常爱她们。你能想象得到吧，她们想去监狱看他，可他不让。”他身体前倾，把手放在艾维椅子的扶手上。“请坐。”

她坐了下来。“我不明白你们为什么要把注意力放在写作课上。”

“它只不过是我们调查的一部分罢了。”

“可为什么要特别调查写作课？”

“那次课之后菲利克斯给我打过电话，”兰道说，“我无疑在他的名单上。”

“名单？”艾维说。

“犯人们有一份外面的人的名单，是事先征得监狱的同意的，他们可以给名单上的人打电话——这些电话由受话人付费，而且打电话时还要录音。”

“由受话人付费？”艾维说。“你首先听见了接线员的声音吗？”

“对。”兰道似乎有点困惑。但这些技术之类的跟我们正在讨论的事情无关。“菲利克斯觉得你的课让他心烦意乱。”

“是吗？”

“他原来以为可以在这里短暂躲避一下。可他感觉到的却是威胁。”

“受到谁的威胁？”

“他没说。这就是要你帮助我们的地方。”

“我没有否认他感到了威胁，”艾维说，“可是我没听说有什么威胁。”

“请解释一下。”

“菲利克斯跟其他人不一样。”

“哪方面不一样？”

“可以说，更温和一些。”

兰道点点头。“虽然在金融界，他是个冷酷无情的人，可在监狱就不一样了。一直到死前的一个星期左右，他的日子都一直很难过。”

“后来好点了？”

“因为他一直遭到同监犯人的迫害，他们就把他转到了别的监区。我说的是真话。嫌疑犯显然是黑社会‘拉丁王’的人，可不知什么原因调查停止了。新的同监犯人不一样，非常同情菲利克斯，甚至跟他一起与迫害他的人对抗。菲利克斯打算下次上课时把他一起带来。”

“菲利克斯提到过他的名字吗？”

“新的同监舍的犯人吗？”兰道拿出一本皮革包边的笔记本，翻了几页。“叫哈罗。”他说。

艾维在丹尼摩拉图书馆看见的一切改变了她的看法，迫使她从写作教师的身份里走出来。“你想调查的那个人叫赫克托·路易斯·莫里斯。”她说。

回到家，没见有新信息。艾维查了最后一条。

喂。我有个技术问题要问你。或许要换个时间了。

没有接线员的声音，也没有需要她付款的电话。艾维又听了几遍。哈罗的声音不像赫尔曼·兰道那样热情洪亮。兰道的声音富于变化，仿佛音乐一般。而哈罗的声音有自己的特点，较少变化，富于磁力。

较少变化？富于磁力？她肯定加入了很多自己的感情色彩。为了搞清楚是不是这样，她又听了一遍。

十二

“你好。”

“你好，丹尼。”

“最近还好吗？”

“还好。”

“我一直在想几天前的那个晚上。”

“想什么？”

“只不过想想而已。”丹尼的声音热烈起来。“想了很多。”

艾维不吭声。

“你呢？”丹尼问。

丹尼那头有个女人在说：“三点二五个亿？他们发疯了吗？”

丹尼放低声音。“嗯？”

“嗯什么？”

“你也一直在想几天前的那个晚上吗？”他问。

这时传来那个女人的声音：“再把他妈的那些数字查一下。”

“现在不适合谈这个。”艾维说。

她听见一声轻轻的爆裂声，好像丹尼桌上的什么东西掉了。“出什么问题了吗？”他问。

“这个时候谈这个不合适。”

“告诉我。”

“我见到娜塔莎·巴拉班了。”

“我听说了。”

“你听说赫尔曼·兰道也在那里吗？”

停顿。“我不知道他们的这个计划。”丹尼说。

“你跟我说，她只不过想跟一个在那里见过他的正常人接触一下。”艾维说。

“他们是这么说的。”

“他们？”

“她告诉我的。”丹尼说。

“所以你对所有这些阴谋诡计都不知情？”

“阴谋诡计？”

“诸如他们自己的调查啦，这个诉讼案啦，以及他们密谋的其他一些事情。”

这次停顿的时间更长。“这些天娜塔莎非常愤怒，”他说，“非常愤怒，非常荒唐。”

可是，这类事情难道不正是你的男朋友，你生活中的男人，抑或丈夫要保护你的吗——不让你陷入麻烦之中？艾维没有把这个想法说出来：这样做或许没有与时俱进，还是上个世纪或者上上个世纪的想法，那个时候妇女们没有指望自己得到保护。她只是说："我是个教写作的老师。就这么回事。"可现在已不是事实：她感到内心一阵刺痛。

丹尼大笑起来，笑声高亢，这使她想起了自己的中学生活和班上那个最聪明的男生。“真是疯了，”他说，“你不止是个教写作的老师。”

“不止是个教写作的老师？”

“看在上帝的分上，艾维。瞧瞧你跟惠特的邂逅，你会获得成功的。把丹尼摩拉忘了吧。”

“我喜欢那个活。”艾维说。

“你的意思是你还要去那里教书？”

人多的地方具有磁力，艾维当时在湖上划船时这样想；丹尼摩拉与世界上最大的城市比起来，人不多，她对丹尼摩拉的情感本应被大城市的喧嚣完全淹没，可它却强烈地吸引着她。为什么会这样呢？

“别跟我说你要回去。”丹尼说。“这不合情理。”

事实上，她没想过这个问题。《纽约客》可能确实能为她打开一个全新的世界，可旧世界的哪些部分应该保留下来呢？她从赫尔曼·兰道那里偷来了一句话，这条忠告是娜塔莎·巴拉班花了每小时大约七百美元才得到的："我们还是不要空谈将来怎么做吧。"

"你在收集创作素材，"丹尼说，"是这样吗？关于监狱的书写得太多了，人们都没有兴趣了。"

斯玛莲安教授在第一天就对这类问题给出了裁决：什么都可以写——就看你写的角度如何。

艾维手里提着一袋食品，沿街区走着——袋子里有三个"粉红佳人"苹果、一品脱脱脂牛奶、胡萝卜、莴苣、番茄、四盎司熏鲑鱼、一块七谷包和一块五美元的法国巧克力，巧克力在她回家的路上吃掉了一半——这时她看见邮差迎面走来。谢默霍恩街的那个邮差留着长长的灰白色络腮胡，一年四季穿着短裤，而且非常讨厌狗。两条路在艾维屋前交叉，后来他们一起上楼。

"是住在五楼的塞德尔吗？"他问。

"是的。"

他递给她一小捆邮件。

艾维爬上楼梯，她一只手里提着食品，另一只手里拿着邮件。她别别扭扭地翻着账单和小册子，快速浏览着——那是什么？一个《纽约客》的信封。她又翻回来，准备把信拿出来，可一下子没抓住，手里的邮件全滑了下来——她想在空中抓住——可手里的食品又掉了，结果，所有的东西——账单、小册子、苹果、胡萝卜、巧克力——都掉了，滚向二楼的平台，散落四处。艾维从歪斜的楼梯上下来，终于找到了《纽约客》的那个信封。

她把信撕开。

是一封信。只有一页。没有支票？大概首先要签一份合同。可里面也没有合同啊？她飞快地扫了一眼，太快了，什么也没看进去。她回到上面，强迫自己慢一点，一字一字地读；即使这样她起初仍然不知道是什么意思，好像她以前只记住了一些词汇，而实际上她对英语一窍不通似的。

是谁写的？罗伯特·W.惠特莫尔，编辑部？到底谁是罗伯特·W.……惠特。

她渐渐开始认识这种语言了。

亲爱的艾维：

杂志社经过考虑，认为你的“穴居人”这篇故事暂时不太合适在我刊发表。但它仍然是一篇不错的短篇小说，把传统的叙事手法与大量的后现代主题紧密地结合在一起。在这一点上，故事可能显得有点太“繁杂”了。你考虑过把它扩充成一部长篇小说吗？

与此同时，请以积极的态度对待此事。今后若要投稿，请按上述地址直接寄给我。

再见。

“不太适合”

“不错的短篇小说”

“繁杂”

几个关键词组合在一起就是拒绝。拒绝就意味着故事有问题，可是什么问题呢？艾维又把信读了一遍，还是不得要领。差点就要被录用了！真的是这样吗？或许这还是帮了丹尼的忙呢，实际上惠特对这篇小说的每个字都讨厌。这种可能性存在吗？这整个世界是不是就是一张无穷无尽的关系网？

艾维的心跳很快，由于太快，反而跳得很轻；她觉得有点晕眩，甚至还摇晃了几下。有个“红粉佳人”苹果从二楼平台边上跌跌撞撞地滚到了一楼。

艾维把驾照递过去——到现在她已经知道要把所有的东西留下来——在手上盖了一个“来访者”的章，通过安全检查。塔尼莎在那边接上她，陪她一起向图书馆走去。一个犯人越过一个洗衣篮，看着她。

“大城市的生活怎么样？”塔尼莎问。

“这个问题问得好。”艾维说。

“不可能比这里还糟吧。”塔尼莎说。

她们从一排电话机旁走过，电话机是挂在墙上的，不知为什么，艾维之前没有注意到，每部电话都有犯人在用，等着用电话的犯人更多。

“从这里打电话都是对方付费吗？”艾维问。

“哦，是的。”塔尼莎说。

“如果他们不想打对方付费的电话呢？”

“那就打不通，”塔尼莎说，“他们每个人都有自己的密码，所以谁打了电话我们都知道，而且他们只能拨打几个事先得到监狱批准的号码，比如近亲和律师的号码。”塔尼莎扫了她一眼。“怎么了？”

“所以他们不允许用手机。”艾维说。

“你在开玩笑，对不对？”塔尼莎说。

两个身材魁梧的狱警站在图书馆外面，她从未见过这两个人。

“你们都认识艾维吧，教写作的老师？”塔尼莎说。

“你们好。”艾维说。

他们看了她一眼，这一眼似乎有点长；或许因为他们是新来的。她走了进去。

三个学生已经在座位上坐好：哈罗坐在桌子一头；伯金斯坐在右边；左边，手臂垂下的那个人是赫克托·路易斯·莫里斯。

“大家好。”艾维开口说道，可她的喉咙有点堵塞，她清了清嗓子，又说了一遍。

“你好，老师。”莫里斯说。“我回来了。”

他看了她一眼，艾维看得出来，这一眼除了友好，没有别的意味。她开始分发铅笔和白纸。

“我们都准备好再写一次诗。”莫里斯说。

“你想写什么内容？”艾维问。

“不知道。”他说，拿起铅笔插在耳朵后面。“只想不停地写。”

“很好。”艾维说。“有谁有什么建议吗？”

哈罗摇摇头。

“写‘死亡的土壤’怎么样？”伯金斯说。

“我们写过他妈的死亡土壤了。”莫里斯说。

“再写一遍嘛。”伯金斯说。

“我们等等埃尔—哈桑吧，”艾维说，“说不定他有什么想法。”

莫里斯笑起来。

“什么事那么好笑？”艾维问。

“埃尔—哈桑。”莫里斯说。

“他是从精神病房来的。”伯金斯说。

“你什么意思？”艾维问。

“精神病房在A区医务室对面。”伯金斯说。

“他怎么了？”艾维问。

“精神他妈的崩溃了，”莫里斯说，“明明没有巨型蜘蛛和昆虫，非说看到了。”

“但是——”但埃尔—哈桑内心似乎非常平静——只是，她想起了上一次。萨萨萨萨萨萨博博博博博博：发出的声音跟蛇一般。艾维把视线投向哈罗，寻求他的帮助，仿佛他是这个屋子里唯一有判断力的人一样。哈罗没给她帮助：他趴在那里全神贯注地写了起来。

“你找到什么可写的内容了吗？”艾维问。

没有回答。哈罗的铅笔在纸上飞驰，发出轻微的声响，仿佛在松软的雪地上滑雪一样。艾维扫了莫里斯一眼：他也正看着哈罗。前臂上那根粗大的血管在激烈地跳着。

“喂，伙计，”伯金斯说，嗓音深沉浑厚。“老师在跟你说话呢。”

哈罗抬起头来。铅笔还在纸上写了一两秒，仿佛大自然中的一个什么生物头被砍了身体却还在动一样。“什么？”他问道，眼神迷茫。

“她在问你问题。”伯金斯说。

哈罗转向她，眼神不再迷茫。“对不起。”他说。

“没什么对不起的，”艾维说，“找到写作的题目了？”

哈罗低头看了看那张纸，已经写了一半了。“是吧。”

“或许我们都可以试试。”艾维说。

“试试。”莫里斯说着，窃笑起来。

“试试？我们的写作题目是考试？”伯金斯问。

“不是，”哈罗说，“是警察。”

“警察？”艾维说。

“警察我们都了解一点。”哈罗说。

“阿门。”伯金斯说。

“可老师不了解。”莫里斯说。

“是吗？”伯金斯说。

“她知道警察什么？”莫里斯说。

他们都一齐看着她。

“我有一次在商店偷东西被抓过。”艾维说。

他们都活跃起来。

“是吗？”莫里斯说。“是偷戒指，还是手表？”

“糖果棒。”艾维说。

“到底是个什么东西？”莫里斯问。

“是甘草做的糖。”伯金斯说。“我老婆整天吃那东西。”

“你有老婆？”莫里斯问。

“曾经有。”伯金斯说。

大家不说话了。

“绿色的，”艾维说，“我以前从来没见过绿色的。”

哈罗面带微笑。她以前见他笑过吗？肯定没有，如果见过的话，她就会注意到他的牙齿有多白，除了左边——前面的牙齿叫什么来着？门牙吗？——除了左边那颗镶金的门牙之外。“你当时多大？”他问。

“五年级，”艾维说，“我一定有十岁了。”

“警察都干了些什么？”哈罗问。

“现在想来，大概是保安。”艾维说。“他跟我说，如果我再干坏事的话他就跟我家大人说。”

“就这些？”莫里斯问。

“他还说别哭了。”

沉默。接着只听见哈罗笑了起来。伯金斯也跟着笑了起来，然后是艾维，最后是莫里斯，都笑了起来。托柯警官进来时他们还在笑。这时笑声停了下来。

“乐趣一定来自这里，”他说，弯着一根手指头指着莫里斯。“能来一下吗？”

“还没下课呢。”莫里斯说。

“你的课下了。”托柯警官说。

“我的课下了？”莫里斯说。“我喜欢上这个课。”

“巴拉班或许也喜欢。”托柯警官说。

“那个不值一提的菲利克斯？”莫里斯说。他的椅子在地上刮擦发出的声音非常刺耳。“你他妈的在说些什么？”

“如果你假装不明白我说的话，随你的便，”托柯警官说，“但走还是要走的。”

莫里斯摇了摇头。“我哪也不去。”他说。“课还没结束。”

三个防暴狱警蜂拥而入，每个人都手持盾牌、戴着头盔，还有一根结实的像楔子一样的警棍。莫里斯跳起来，把手臂从吊带里抽出来。托柯警官抓住艾维的肩膀，把她拉到一边。狱警们像六脚动物似的蹑手蹑脚地向前推进，步幅短促、精确。他们朝莫里斯咆哮：“转身。把手放在墙上。”

莫里斯不仅不听，反而伸出一条腿，一脚将一面盾牌踢飞。接着他对准那根棍子扑去，一拳砸在那个失去盾牌的狱警的肚子上。其他的狱警抡起警棍奋起还击，警棍落在莫里斯的胸部、头部和受伤的肩部。艾维感觉自己肩膀也痛起来，而她肩膀上只有托柯警官的手，紧紧地抓住她。莫里斯大叫着倒了下去。他们扑到他身上，使劲地打他。

这时只听见桌子对面一声咆哮，艾维以前从没听见过这样的声音，这种声音虽然是人发出来的，却极为野蛮。伯金斯一步跳到桌子上，抓起一把椅子，朝在地上与莫里斯搏斗的狱警的背部扫去，由于用力很猛，椅子在空中变得模糊不清。一个狱警一声惨叫，声音比莫里斯的更痛苦。

莫里斯大声喊道:“把他的脑袋劈下来。”

此时托柯警官站在房间的另一边，他的警棍落在伯金斯的后脑勺上，虽然不重，却恰到好处，因为伯金斯一声不响地跌在了地上。

几分钟后，他们都走了——莫里斯和伯金斯躺在担架上，狱警和托柯警官跟在后面。

塔尼莎进来了。“你没事吧。”她说。

艾维点点头。她发现自己被挤到了墙边，这时她朝前走了一点点，两腿有些站立不稳。哈罗坐在椅子上，两手抄起来放在桌上，整个过程中一动未动。

“我送你回去吧。”塔尼莎说。

艾维看了看墙上的挂钟。“还没到下课时间。”她说，感觉——虽然有点怪异——充满了活力。

十三

在丹尼摩拉图书馆，艾维在桌子的一头，哈罗在另一头；除此之外就是那座挂钟。艾维第一次注意到，挂钟已经非常破旧了。红色的秒针在一分钟里要停六十下，每停一下都要滴答一下，房间里只剩下他们两个人时，她听见了挂钟的滴答声。

“你不用因为我的缘故把课上完。”他说。

“把你写的东西给我看看怎么样？”艾维问。

“如果你对刚才发生的事感到震惊，我非常理解。”哈罗说。他抬起头来看着她的眼睛，然后把视线移开，然后又看着她的眼睛。他们的目光相遇了：这在监狱里是不允许的。“那样的事情太恐怖了。”他补充道。

“你似乎不害怕。”艾维说。

“我习惯了。”哈罗说。“但是刚才发生的一幕跟你偷糖果的恶作剧截然不同。”

“刚才发生了什么事？”

哈罗耸耸肩。“我猜他们想跟莫里斯谈谈过去发生的事。”

“菲利克斯·巴拉班的事。”

“对。”

“是不是他们认为莫里斯卷了进去？”

“哦，毫无疑问是莫里斯做掉了菲利克斯，”哈罗说。他把那张纸折成了一架飞机。“唯一的问题是他们为什么花了那么长时间才搞清楚。”

艾维觉得脸上燥热，仿佛她做了什么不好的事情一样。

“你没事吧？”哈罗问。

艾维点点头。“菲利克斯没有伤害过谁。”她说。

“他偷了多少？”哈罗问。“五千万吧？”

“我说的是在这里，”艾维说，“他在这里没有伤害过谁。他只是个小孩子，而其他人都是那么……我是指身体上。为什么会有人要费那么大劲去伤害他？”

哈罗大笑起来。“你很有趣。”

“什么意思？”

“在这个地方不用费劲，”哈罗说，“尤其是‘王们’不用费劲。”

“‘拉丁王’吗？”

“他们非常在意别人是否尊敬自己，”哈罗说，“这是他们最在意的事情，而菲利克斯的谈吐在他们看来对自己非常不敬，这使他们很恼火。”

“他们就因为这个把他杀了？”

“事出有因，他被人杀掉是有原因的。”

挂钟滴滴答答地走着。哈罗的纸飞机做好了，滑溜溜的，呈锥形，他稍稍调整了一下飞机的后掠机翼：竟然是一架非常漂亮的飞机。

“我听说你对他心存戒备。”艾维说。

哈罗抬起头瞟了她一眼。“谁告诉你的？”

“他妻子。几天前我见过她。”

“哦，是吗？”哈罗说。“娜塔莎，是不是？”

“是的。”

“是怎么回事？”

“她感到非常不安。”

“或许她把莫里斯揪出来了很快就会好起来的。”哈罗说。他停下来，迎着艾维的目光。

“你这么想吗？”艾维说。

“你不这么想吗？”哈罗说。

“我不知道。”

“你当然知道，”哈罗说，“复仇的感觉很好。”

“不是每个人都感觉好。”艾维说。

"那就叫它主持正义吧，"哈罗说，"感觉是一样的。"

"他会怎么样呢？"艾维问。

"莫里斯吗？他已经是无期徒刑了。"

艾维把视线移开。既然莫里斯再干出一件恐怖的事情也不会怎么样了，那她为什么还为自己感到惭愧呢？"伯金斯呢？"她问。

"他们会把他隔离一段时间。"哈罗说。"他只是太兴奋了。这里的很多人都跟他一样。"他把纸飞机一掷，飞机越过桌面，飞过一段长长的弧线，在她面前滑下来，平稳着陆。

艾维打开读了起来。

那个打我的警察

我们就叫他弗迪吧，这个名字也许不像别的名字那么好听，可是适合他。弗迪在我的门上敲了敲，说："警察。把门打开，否则我们就砸门了。"或者诸如此类警察打招呼的话，我听得不是很清楚，因为真空吸尘器在嗡嗡作响。这时正好是做家务的时间，我刚刚收拾完家庭游艺室。需要我把家庭游艺室形容一下吗？你唯一感兴趣的或许是壁炉架上的一张照片。弗迪和我都在上面——弗迪在前排，教练旁边，抱着橄榄球，我在后排边上，面带微笑，好像在想着什么有趣的事。不管是些什么，那都是很久以前的事了。

在一起打橄榄球的那些日子，弗迪不能跟我相提并论，如今就更不能相提并论了。我在小桌板下面兴高采烈地追着满是尘土的球，可紧接着我感受到的是他顶在我后脑勺上的硬硬的枪口。我料到会有人来吗？没有料到。这只能说明我反应过度了，他倒下去之后我才认出是弗迪。当然他有后盾——他们采用的方式是对待野蛮孩子的方法——他们打了我，这是完全可以理解的，没问题。后来，弗迪回到了我的视野里，他掉了几颗牙齿，看起来有些异样。我手里有一颗他的牙齿；由于某种原因，他们殴打我的时候我一直紧攥着这颗牙齿。

弗迪问了一个很重要的问题：那些钱在哪里。我只有放声大笑。

艾维抬起头来。哈罗正看着她。

“你在哪里学的？”她问。

“学什么？”

“像这样写作。”

“写得好吗？”

“难道你不知道？”

他摇了摇头。

“你上过大学吗？”

“上大学得先上完高中。”哈罗说。

“你高中没毕业？”

“差点就毕业了。”哈罗说。

艾维又把这段故事读了一遍。“你为什么要改变时态？”

“你说的是什么意思？”哈罗问。

“第一段是过去时，第二段是现在时。”

“是吗？”他站起来，绕过桌子，越过艾维的肩膀看着那张纸。他的大腿靠着椅背。“嗨，你说得对。”他说着回到座位上。给艾维留下印象的应该不是那些一般的日常动作，而是简洁的用词和无拘无束的行文。

“你一定读了很多书，小时候。”她说。

哈罗摇摇头。“我现在读了很多书。”

“你都读什么书？”

“目前我正在读一个叫路易斯·L. 阿莫尔[①]的书。”

艾维听说过这个名字，可记不清他写过什么小说。哈罗走到书架旁边，取来一本有些磨损的平装本，封面上有个两眼发直的持枪歹徒。

“没读过。”艾维说。

---

① 美国著名作家。

哈罗仍然站在她身后，说：“我喜欢空间广阔的地方。”

艾维感觉自己的背脊上有一种奇怪的感觉，仿佛有人在朝她的耳朵里吹气。她放低声音说道：“你怎么知道我的电话号码？”

“在查号台查的。”他说，声音也降了下来；这时她感觉头发上有他的呼吸。“有问题吗？”

艾维站起来，面对他。“就你所拨打的电话需要事先审批和对方付费这一点来说，是有问题。”她说。“更不用说手机了。”

“对。”哈罗说。“那就不用说了。”他笑了笑。“但是作为一个教写作课的老师来说，有什么问题吗？”

艾维思索着。哈罗快速走开时她还在思索。塔尼莎把头探进来。

“到时间了。”她说。

哈罗把路易斯·L. 阿莫尔的书放回书架，向门口走去。他停下来，转向她。“有没有可能看看你写的东西？”

艾维在自己的夹子里翻着。里面有埃尔—哈桑写的那首关于刀子的诗，哈罗的档案材料，托尼·B 写的有关金尘判决的报道，惠特的退稿信——还有一封“穴居人”的复印件。她把这份复印件递给哈罗。

“题目很酷哦。”他一边往外走一边说。

艾维朝停在山上的车子走去，监狱的高墙在她右边，左边可极目远眺，张伯伦湖像画卷一般铺展开来。秋天热烈的色彩早已远去，而现在连暗淡的色彩也没有了。红色的萨博是周遭最为显眼的东西。艾维打开车门，发现挡风玻璃上的雨刷下面有一张名片。

是托柯警官的名片，正面有他的姓名、地址和电话号码。她把名片翻过来，发现只有两个字，是手写上去的。

谢谢。

艾维把名片撕成碎片，扔掉。她上车，看见高高的塔楼上一个看守正看着她。

艾维开出小镇，上了高速公路，把车停在路边。布鲁斯在手套箱里放了一本以前的交通地图集。艾维翻开纽约州的北部地区，在圣劳伦斯河的南边有一个小圆点，这就是拉奎特，她计算了一下从丹尼摩拉去那里的里程：六十七英里。

艾维掏出手机，给魏尔伦酒吧餐厅打了个电话。德拉甘接了电话。

“是艾维啊？是你吗？”

“布鲁斯在吗？”

“谢天谢地，不在。”德拉甘说。

“出什么事了？”

“他跟陈利打了一架。”

陈利是厨师。“别跟我说他把他炒了。”

“哦，不是，”德拉甘说，“是陈利辞职了。我刚刚把厨房清理完。”

“天啊。”

“有什么事吗？”德拉甘说。

“告诉他——”艾维停下来，“告诉他我今晚上不了班了。”她从来没对布鲁斯干过这样的事情，一次也没干过。

“上不了班了？”德拉甘问。

“是的。”

“你生病了，还是——”

“没有。告诉他我上不了班就是了。”

“我？我告诉他？”

“让安雅上，”艾维说，“她也许要上两个班了。”

“安雅？”德拉甘说。“她跟陈利一起辞职了。”

艾维开进了拉奎特。首先看见的是一个招牌，说她现在到了部落的地盘上，然后是摇摇欲坠的房子，房子的院子里是锈迹斑斑的车壳，房屋之间可以瞥见小河的身影，接着是一个加油站，按照它的广告所说，这里的油是密西西比河以东最便宜的，而且香烟是免税的；然后就到了金尘赌场。

她把车停进一个停车场，停车场上一半的地方都停满了车。

艾维以前只去过一次赌场——四年级放春假时去的，那个赌场名叫“天堂岛”。她进去后，在见到的第一个老虎机上投进了一枚两角五分的硬币，然后拉动把手，转眼之间，两角五分的硬币变成了四百二十五美元，这些银币落在她的大腿上有好大一堆。之后，她去玩二十一点，除了把赢的全输了之外，还输了一百美元，这就是说，要使她的钱维持余下的假期的话，几顿饭就得免了。整个过程只花了二十分钟。她出来时感觉头昏眼花。

天堂岛赌场有点像一座卡通式的宫殿。而托尼·B管金尘赌场叫什么来着？地狱？艾维不这样看，从外面看不是这样。金尘赌场由圆木搭建而成，就像早期拓荒者的木屋，但要大很多。她走了进去。

“欢迎光临。”一个穿着鹿皮超短裙的中年金发女人说。“这是一张优惠券，除了香槟之外，饮料随便点。”

“谢谢。”

“祝你玩得愉快。”

艾维悠闲地溜达着，经过一排排老虎机，大部分老虎机都在用，她来到架得高一点的地板上，上面有轮盘赌和玩二十一点的桌子，后面有个吧台，吧台上空无一人。她坐下来。一个男服务员走过来。艾维点了橙汁，把优惠券滑过去。

“橙汁是免费的。”那个男服务员说，又把优惠券滑了回来。

艾维环顾赌场四周，试图把当时的犯罪现场想象出来：三个男人，戴着滑雪帽，还有烟雾弹和猎枪。很难想象，在这么大一个地方应该怎么操作。“办公室在哪里？”

“办公室？”那个男服务员说。

“放保险箱之类的办公室。”她说。

“保险箱？我不知道。”那个男服务员说。

他往一个盘子里装满各种各样的坚果，推给她，然后从吧台上下来去打了一个电话。艾维啜了一口橙汁，又尝了尝坚果。许多坚果都是巴西的，是她最爱吃的。她这才意识到自己有多饿，于是又吃了几颗。正在这时，一个西装革履的人坐到她左边的凳子上。一个全副武装的保安坐到她右边的凳子上。吧台上到处都是空的，他们坐得这么近让她有点烦躁，不过在魏尔伦酒吧餐厅里也能见到同样的情形。对于单身女人，男人可能——

“有问题要问吗，小姐？”那个西装革履的人问。“我是经理。”

艾维转向他：只见那人古铜色的皮肤，头发又黑又亮。“问题？我没有——”她从镜子里看见自己身后有个保安正向她走来。“哦。”她说。“你指的是保险箱吗？”

“是的。”那个经理说。

酒吧间的那个男服务员站在安全的位置，看着他们。艾维大笑起来。“上帝啊，你们不是真的认为我是——”她说。怎么说呢？她在自己有关拙劣电影的记忆库中搜寻着。“认为我是来踩点的吧？”

这句话非常有趣，不过，别人都没笑。

“你这样问还能让我们有别的想法吗？”那个经理说。

“我——”她到底在干什么？艾维的回答里有真实的成分。“我对你们这里七年前发生的抢劫案很感兴趣，”她对他说，“我是个作家。”

“写什么论文？”那个经理说。“你必须经过我们的公关部。”

“不是写论文。”艾维说。“是写小说。”

那个经理沉默了一会。“你想虚构一篇关于一桩抢劫案的小说，而这起抢劫案实际发生过。”

“以此为基础，”艾维说，“起飞的地点。”

“飞到什么地方呢？”那个经理问。

“问得好，”艾维说，“我希望在这个过程中搞清楚这个问题。”

那个经理点点头，好像这句话很能说明问题似的。“你写过什么东西？”他问。

这是个讨厌的问题。“我实际上还没发表过什么东西。”

“我需要一点证据。”那个经理说。

“证据？”

“证明你是个作家。”

她没有证据——这点是她目前最讨厌的。艾维差点脱口而出:怎么着?如果我不能证明自己是作家又怎么样?可这时她想起了惠特的退稿信。她把手伸进夹子里。

“慢慢来，不着急,”她身后的那个保安说。手枪皮套砰的一声打开了。

艾维慢条斯理，不慌不忙地掏出惠特的退稿信，递给那个经理。

他戴上老花镜,读了起来。“我喜欢他们的漫画,”他说,把退稿信还给她。“怎么帮你？”

十四

那个经理把手伸出来。“我叫利昂·雷德弗里泽[①]。”他说。

“我叫艾维·塞德尔。”雷德弗里泽，像这样的名字很难忘记，他们握手时艾维的手不是很稳。保安们纷纷走开了。

“我总是不明白为什么别人老拿我的名字取笑。”利昂·雷德弗里泽说。

“我也不明白。”艾维说。“我读了一点关于这个案子的材料。雷德弗里泽先生。”

“你想知道我是不是跟杰里米有关系吧。”利昂说。

“对。”

“他是我父亲，”利昂说着，站起来。“我把整个这件事给你说一遍吧。”

附近某个地方有个女人在说：“我的幸运数字他妈的不灵了。”

艾维跟着利昂回头穿过赌场。“当时我们这里小一点，”他说，“但是布局大致是一样的。”他在入口处停下来，入口处的木门很笨重，上面布满了黄铜装饰钉。“他们是半夜进来的，戴着滑雪帽，都是从西拉奎特越过部落的边境线过来的。第四个人——弗兰克·曼德雷尔，据推测是出谋划策的人——在那个上船的破烂不堪的斜坡上等着。稍后我可以带你去。他们带了一两颗烟雾弹，一两把手枪和一把锯短了的 12 口径的猎枪，但是当时有多少是计划好的，有多少是临时的，没人知道。他们干的第一件事，是抓住一个女服务员，那个服务员正从你站的这个地方经过。然后他们向会计室走去。”利昂指着一段墙壁，墙边摆着老虎机。“原来的会计室就在那里。”

① 英文字面意为“红色羽毛”，故下文有“像这样的名字很难忘记”一说。

他补充道。“当时这里有两扇门，一间会计室，一间员工室。我爸爸刚刚休息完，从员工室里出来。”

艾维有些悲伤。“你那天晚上在这里吗？”

“我当时还在读研究生，”利昂说，“读的是酒店管理。”这时前门打开了，成群结队的人蜂拥进来；一辆公共汽车在门口停下来；还有些汽车正朝这里开。但我见过很多次抢劫。”利昂继续说着。

“有录像吗？”艾维问。

“这是赌场。”利昂说。

艾维瞟了一眼天花板。

“笑一笑。”利昂说。

他们坐在利昂·雷德弗里泽的办公室，办公室里既没什么豪华的摆设，也没什么华丽的装饰，简简单单的家具，外面的风景是一条小河——小河很宽，北岸成了挂在地平线上的一块污迹——墙上挂着印第安人头领的肖像。艾维认出是希丁布尔和红云。利昂把一盘录像带放进录像机里。

录像是黑白的：屏幕上出现了三个戴着滑雪帽的男子。身材最矮的那个人用胳膊勒住一个女人的脖子，用枪顶着她的脑袋，实际上枪口伸进了她的耳朵里。那个女人穿着鹿皮超短裙，嘴巴张得很大，成了一个大黑洞。利昂把录像带停下来。他叫马文·拉斯科，”他说，“刚从监狱里出来一个月左右，他在监狱里碰上了曼德雷尔。如果我没记错的话，拉斯科是后面那个家伙——万斯·哈罗的远房表亲。那个拿猎枪的大块头叫西缅·卡特。”

利昂按了一下播放键。他们一齐向会计室走去，会计室的门是铁制的，又厚又重，跟拓荒者的装饰风格很不相称。与之相邻的那扇门——由多节的松木做成，前面有个车轮——打开了，出来一个保安，正在扣夹克的扣子。他的脸让艾维想起墙上那些肖像画。他立即明白了一切，迎面是那个拿着猎枪的大块头。

录像定住了。“爸爸是个橄榄球迷，”利昂说，“西缅·卡特几年前从西拉奎特高中毕业。他是他们有史以来最好的前锋，块头是其他人的两倍，在这个县的球员中，他的体格也是其他人的两倍。”

利昂站起来，走到电视机旁。“这里的这个女人？”她是一位老太太，戴着一副宽大的眼镜,手里拿着一杯鸡尾酒,鸡尾酒上有一把装饰小伞。“整个过程她都听见了。我爸爸说：‘嗨，西缅，你这个大笨蛋，你以为你在干什么呀？趁你还没惹出麻烦来，赶快回家。’”利昂把录像停下来，站到他父亲的图像旁。“这句话有代沟，”利昂说，“在其他情况下可能会显得很滑稽。”

“我很难过。”艾维说。

“他不需要这份活，”利昂说，“尽管赌场刚开张的时候收益不是很好，但他是可以靠他的份额为生的。但是我父亲……呃，如果你认识他你就会了解他的为人。”他沉默不语了。

艾维盯着那些凝固的图像：那个惊恐万状的女服务员、利昂严肃的父亲、三张蒙着的脸，不过，从面罩上张开的口子里可以看见马文·拉斯科紧咬的牙关。卡特低头看着杰里米·雷德弗里泽。哈罗把手伸进夹克衣袋里；他的这个动作似乎有点笨拙。

利昂回到自己的椅子上，伸手去拿遥控器。画面又动了起来。西缅·卡特对杰里米·雷德弗里泽挥动着猎枪，砰的一声朝他脑袋的一侧开了一枪。杰里米倒了下去，可他在倒下去的同时也拔出了枪。枪口一道火光一闪，拉斯科的面罩顶上突然裂开了一个大口子，他向后倒了下去。那个女服务员逃走了。杰里米现在已经躺在地上，看起来有些晕眩，仿佛要晕过去的样子。卡特朝后退了一步，一只手已经端起猎枪，正朝下对准杰里米。杰里米的枪开始向上举。猎枪开火了，录像上冒出一大股白色的气流，杰里米在地上摇摇晃晃地滑动了几英尺；但是艾维也看见，在同一瞬间一道小一点的刺目的光芒从杰里米的枪里冒了出来。

卡特低头看着自己的胸前，好像很吃惊。他后退了两步，瘫倒在地，扭成一团。哈罗跨过卡特的尸体，跌跌撞撞地把一个烟雾弹向右侧扔去。他弯腰从杰里米腰带上解下一串钥匙。烟雾翻卷着进入画面。哈罗把会计室的门打开，举着枪，走了进去。

烟雾越来越浓。哈罗很快就出来了，肩上扛着一个粗呢麻袋。他向左边跑去，出了画面。

这时另一个人出现了，他慢条斯理、小心翼翼的，嘴上捂着一块手帕。他在杰里米身旁跪下来，摸了摸脖子上的脉搏，然后来到卡特身旁，最后是马文·拉斯科身旁。拉斯科抬起脑袋，大约有一两英寸高。他的嘴唇动了动。

“碰巧有个医生在场。”利昂说。“拉斯科告诉他，都是弗兰克·曼德雷尔的错。”

鲜血从拉斯科的嘴里渗了出来，然后倾泻如注，这时烟雾更浓了。利昂关掉录像机。

他的目光正好与她相遇。

“看到这个一定很难受。”艾维说。

“起初是。”利昂说。他的眼睛有些湿润。

“你父亲非常勇敢。”艾维说。

“他不会那样看，”利昂说，“这些对你有所帮助吗？”

艾维不知道。这个录像带是多么讨厌啊，在很多方面都让她觉得讨厌；最让她讨厌的，也许是哈罗从杰里米的腰带上解下钥匙的那一幕。

“最后那部分我能再看看吗？”艾维问，“他逃走的那部分？”

利昂把后面那部分又放了一遍。哈罗跑起来时像个八字脚，步幅短小而急促，几乎可以说是笨拙难看。

利昂带着艾维行驶在一条崎岖不平的土路上，路旁有一条小河，他们来到这条路的尽头，路的尽头有一棵高大的柳树，树枝倒垂在水中。他们下车，沿着一条上船的坡道下去，坡道上的水泥裂开了，边上也腐蚀了。一阵冷风从加拿大那边吹来。小河潺潺有声。

“弗兰克·曼德雷尔就在这里等哈罗。”利昂说。“他把一艘小汽艇拴在那棵树上。边境的巡逻艇那天晚上出动了，他们发现了他——他的名字已经通过无线电通知了他们。哈罗有没有背叛他就不清楚了，但是曼德雷尔当场就把他供了出来,说哈罗是三个参与抢劫的人之一。哈罗和贝蒂·安·普里斯住在西拉奎特，他们在西拉奎特逮捕了哈罗。贝蒂·安·普里斯不见了，那些钱也不见了。”利昂看着一个泡沫聚苯乙烯杯子飞快地从身边漂过去。“不管你看到的数字是多少，准确的数字是二十九万七千五百二十元。没有瞒报赢利。他们一定认为我们很愚蠢。”

“谁？”艾维问。

“白人。”利昂说。“在会计室工作的都是部族的人。我们为什么要对自己隐瞒赢利呢。”

他们上了车。利昂把车发动起来，可他们并没有去什么地方；他看着微风拂过水面,水面上鼓起无数尖尖的小泡。“你打算写篇什么样的故事？”他说。

“还不知道呢,”艾维说，“我还需要了解一些东西。”

“比如说。”

“比如说，贝蒂·安·普里斯是个什么样子。”

利昂把暖气打开。“我们能不能从容易的地方开始？”

“我断定你了解她,”艾维说，“她不是在这个赌场工作吗？”

“负责了几个月的二十一点。”利昂说。“抢劫案发生的五个星期前她辞职了。但说到了解她，我想我还真的不了解她。”

“怎么这么说？”

“你想过没有，带着三十万消失得无影无踪，该有多么难啊？犯了这样的罪，居然能逃脱惩罚。”利昂说。

“没有想过。”她根本没有过多地考虑是不是在犯罪。“只是把它当作一个活而已。”

“一点没错。”利昂说。“实际上任何一件合理合法的事情要保证成功，都需要必要的聪明才智、策划能力和自我约束能力。”

“你是说贝蒂·安不聪明？”艾维问。

“一般吧,”利昂说，“除了长相之外——尤其是她的身材，如果你想了解真实情况的话——她在各个方面都像个小镇上的女孩，很普通。比如说，跟她姐姐差不多——她姐姐还在这里，当然跟她任何形式的接触都意味着玩完。弗迪对她姐姐盯得很紧。”

“弗迪？”

“弗迪·加依是西拉奎特的侦探，”利昂说，“他当时刚当警察——是他抓的哈罗。”这时有一只很大的鸟——也许是鹰，艾维不太认识鸟——在河上低低地滑翔。

“你是来这里问这个的第二个作家了，”弗迪·加依侦探说。加依侦探的脸上有很多可看的东西：大鼻子、宽下巴、屋脊一样的眉毛，以及两只充满自信的小眼睛，只是差不多被眉毛遮起来了。“第一个人有个观点。”

“托尼·布拉斯吗？”艾维说。

“对，”加依说，“认识他？”

“我们见过面。”艾维说。

“他的书还没出来？”

“还没有。”

“你说话的口气好像书出不来了。”

他能从这么几个字中读出这个意思吗？“我觉得他眼下没去积极做这件事。”艾维说。

“因为卖不掉？”加依问。“谁想读没有结尾的悬疑小说？”

“他的代理人对他是这么说的，”艾维说，“你不喜欢托尼的什么观点？”

“我不记得我说过不喜欢他的观点的话。”加依说。他怔怔地看着艾维。有什么东西在动，就在他的眼睛里。“犯罪本身就可能够复杂的了，”他说，“没必要搅和进来许多有关阴谋的理论。”

“比如说？”

在他的外表下面，又有什么东西飞快地动了一下。“比如说，隐瞒了什么东西。”

“隐瞒什么？”艾维问。

“你已经知道了，”加依说，“卡特和拉斯科当场死了，哈罗判了二十五年，曼德雷尔全部招了，贝蒂·安还在追捕之中。哪有什么隐瞒？”他从桌子对面把身子探过来——他们此时在西拉奎特主大街的一家餐车式饭馆里——等着她的回答。

“利昂·雷德弗里泽认为贝蒂·安——”艾维开口道。

“缺乏这样的聪明才智，”加依说，“我知道利昂的想法。可他在这个问题上错了。事实证明，人有时候比看上去的要聪明。”他用一根手指指着她；艾维讨厌别人用手指她。“所以把这个想法从你脑子里去掉——如果有人帮她的话，也不是警察局的人。”

“我从来没有这样的想法，”艾维说。不过现在她倒有了这样的想法。

加依朝后靠了靠。“很好，”他说，“咖啡怎么样？”

“不错。”

“很好。”他又朝他的咖啡里倒了一小包甜味剂。“你是什么看法？”

是什么呢？她到底在干什么呢？即使艾维从来不用甜味剂，她也往自己的咖啡里倒了些，搅拌的时间可能有点过长。真正的答案——这个想法刚刚萌生，另一个想法从她脑海里一闪而过，跟她说她在撒谎——真正的答案与哈罗的写作才能有关，她需要用某种方式搞清楚这种才能是从哪里来的。可是如果把这些解释出来，尤其是在哈罗和加依两个人过去关系不好的情况下解释出来，这种解释只会导致混乱；难道丹尼对她动机的解释也行不通吗，整个这件事她只是在搜集素材？

“我没什么看法，侦探，”她说，“我想用这个故事作为基础写部小说。”

“像谋杀之类的悬疑小说？”加依问。

“差不多吧。”艾维说。

“唯一值得一读的悬疑小说是罗斯·麦克唐纳德[①]的。”加依说。

艾维没有读过悬疑小说，没有听说过这个人。“可以推荐一本吗？”

“《地下人》。”加依说。

---

① 美国推理小说家。

“你读过很多东西？”艾维问。

“过去读过很多。”

“现在呢？”

“太忙了。”这时他的手机响了，就像学校里的“展示与介绍”课一样，他拿出手机，打开，说了一声“好”就把手机合上了。“这样的话，”他对艾维说，“下面怎么办？”

“我想看看哈罗的房子。”艾维说。

十五

“以前走过这条路吗？”加依侦探问。

“没有。”艾维说。

他们开着一辆没有任何标记的车子行驶在主大街上，先后经过了一间网吧，这间网吧的窗户上落满了灰尘，一个停业的家具店和几家用木板封住的小商店。“没什么特别奇特的东西，”加依说，用眼角的余光瞟着她。“但这个小镇不错。”

“犯罪多吗？”艾维问。

“跟你预料的一样，不多，”加依说，“我们的主要问题在于孩子们从中学毕业之后没有什么机会。”

“我想看看那所中学。”

“我们可以拐一下，”加依说，“另外一个问题是，把赌场放在了这样一个地方，有点……”他搜索着该用哪一个词才好。

“破坏稳定？”艾维说。

他瞟了她一眼。“对。没错。”

加依从主大街下来，离开那条小河，爬上一段长长的山坡。右边是开阔的田野，接着他们来到了几根门柱和一栋低矮的砖结构楼前，小楼的外部装饰有些斑驳。加依放慢车速。在学校前面一个可移动的有华盖的招牌上写着：**欢迎光临西拉奎特中学**。下面又写道：对未来产生影响的地方。不过，“未来”中的“未”字掉了。停车场停着一辆校车，司机懒洋洋地趴在方向盘上。

“我知道你也是橄榄球队的队员。”艾维说。

“利昂告诉你的？”

错了：她实际上是从哈罗的那篇“殴打我的那个警察”中推理出来的，还不知道是不是这样呢。艾维正在考虑如何回答，只听见加侬接着说道：“他的父亲是个球迷，所有的比赛都来看。哈罗和卡特上大学二年级，我上四年级。那个赛季我们在一起打球。”

“你打什么位置？”艾维问。

“知道一点橄榄球？”加侬说。

“中学时我是拉拉队队长。”

“我不相信。”加侬说。

“给我一个 B。”艾维唱道。

“B？”

“B 代表布鲁克菲尔德，”艾维说，“就是布鲁克菲尔德高中横冲直撞的狂野骑士。”

“是个好拉拉队长吗？”加侬说。

“我喜欢科学展览。”艾维说。还有橄榄球：确实，一年后她放弃了拉拉队的职务，集中精力做守门员。

加侬笑了笑。“我们去过那个地方一两次。我是四分卫。”

“哈罗和卡特有很多时间上场吗？”艾维问。

加侬扬起眉毛；她确实懂橄榄球。他的姿势变了一点点，不再那么僵硬。“是的，他们也有时间上场。卡特在大学里大概是个很有潜力的前卫。哈罗的速度快——是外接员和跑锋。”

“所以你一定给他传过球。”

“当然。在感恩节那天，给了他一个五十码持球触地。”

“他怎么样？”

“作为一个中学二年级的学生吗？”加侬想了片刻。“很安静。”

他又转了一个弯。房子越来越稀疏，越来越破败。不知在谁家的院子里有一只鸡在不要命地扑腾，大概对自己不会飞感到不服。接着他们看见一个街道牌，上面写着：兰塞姆路。艾维有点不寒而栗，这种感觉跟她大三时去卢浮宫见到蒙娜丽莎的画像时有点相像——真有这个东西存在啊。

加依继续沿兰塞姆路开，一直开了两三英里，然后转向一条不知名的土路，这条土路一直通到森林里。进了森林，他转了一个弯，爬上一面陡坡，在一栋小屋前把车停下来，小屋四周树木环抱，外面一块褪色的牌子上写着："待售"。

"就是这里吗？"艾维说。她希望在山脚下见到一个活动房屋。

"空了一两年了，"加依说，"想进去看看吗？"

"当然。"艾维说。

他们下车，向小屋走去。加依把门打开。

"这是一种万能钥匙吗？"艾维问。

加依指了指牌子：加依的房产。"房子在我妈妈名下。"

他领着艾维走进一个长方形客厅。一览无余的木地板，壁炉里有一堆灰，橘黄色的壁纸上印有花卉，这样的壁纸使你想尽快从这里逃掉。

"当时地上铺着地毯，"加依说，"我记得是浅褐色。他正在吸尘，背对着门，没有听见我进来。"

"这时候离抢劫案发生的时间有多久？"艾维问。

"半个小时，四十五分钟吧。"加依说。什么证据都可以销毁了。"曼德雷尔一提供这个消息，我们就朝这里赶来。"

"这个时候吸尘，难道不奇怪吗？"艾维问。

"大概想在逃跑之前销毁证据吧。"加依说。

"贝蒂·安已经携款潜逃了？"

"对。"

"他告诉你的？"艾维问。

"没有直接这样说，"加依说，"可这不是很明显嘛——钱不见了，贝蒂·安也不见了。"

弗迪问了一个很重要的问题：那些钱在哪里。我只有放声大笑。

"他抵抗了吗？"艾维问。

"没太抵抗。"加依说。

后来，弗迪回到了我的视野里，他掉了几颗牙齿，看起来有些异样。

加依看起来很强壮,但跟莫里斯截然不同,艾维看见了哈罗给他留下的后果。

艾维穿过一扇低矮的拱形门，走进厨房。她试了试水池上的水龙头：没有水出来。“他们为什么没有一起走？”

“先分开走，然后在事先安排好的地点见面，这样更巧妙一点呗。”加依说。

艾维打开一扇门,低头盯着一段楼梯看了一会,楼梯是由胶合板做成的,上面积满了灰尘。抢劫是个简单的事,可老是出错,这是电影里的故事情节,可有太多的东西她不明白。

“你认为他原来是怎么计划的？”她问。

“不用猜测了,”加依说,“曼德雷尔都招了，这是交易的一部分。”

“是吗？”

“按照曼德雷尔的说法，这一切都是哈罗设计的。这一点我们没有怎么核实——曼德雷尔比他们三个人加在一块都聪明。抢劫之后他们都必须到上船的那个斜坡上会合，包括贝蒂·安。而她却没有出现，曼德雷尔这才知道哈罗背叛了他，而这并不是杰里米·雷德弗里泽采取有效行动后哈罗即兴准备的。”

“你的意思是哈罗早就策划好了。”

“你终于明白了。”

艾维啪地按了一下地下室的灯的开关。灯没亮。“既然这样，为什么大家都那么肯定曼德雷尔是最聪明的？”

加依笑了笑。他的门牙确实有点太白了，形状也没有区别，不像真的。“问得好。”他说。接着他提出了一个更好的问题。“可坐牢的是哈罗。”

“曼德雷尔作为证人被保护起来了吗？”艾维问。

“这是交易的一部分。”

“他为什么要被保护起来？”

“当然是因为哈罗。”

“可他被关起来了。”

“你是个老百姓,没理由知道这个,但犯人们常常把手从监狱伸到外面。”

加依说。“况且贝蒂·安还在外面呢。”

“她也危险吗？”艾维说。

“她不是带着那么多钱跑了吗？”加依说。“可以雇人想杀谁就杀谁。”

“利昂说你在监视她姐姐。”

“克劳德特，”加依说，“比她大一两岁。她们是亲姊妹。”

“我想跟她谈谈。”

“我可以安排。”

艾维俯下身，换了一个更好的角度朝地下室里看，微弱的光线从高高的布满灰尘的窗户里射进来，照在泥地上的一小堆水泥砖上。“我也想跟曼德雷尔谈一谈。”她说。

加依眨了眨眼睛。“他被保护起来了。”

“你的意思是我不能跟他谈？”艾维说。“在电话里都不能？”

“我不知道。”加依说。

“谁知道？”艾维问。

加依看着她。“根据这个案子写的一部悬疑小说？”他说。“我们在这里谈的就是这个？”

“差不多吧。”

“我要打几个电话。”

加依安排她跟克劳德特·普里斯见面的时间定在6点。这之前还有两个小时的时间要她自己打发。她开着车绕西拉奎特转，这时她终于明白，她看到的大部分内容都是乡下的贫穷，或者与之近似的东西。橄榄球队正在外面训练。在第三次还是第四次从中学经过的时候，她停了下来，驻足观看。

队员们都穿着比赛时的橙色短裤，训练时的白色上衣，戴着训练时的橙色头盔。不停地进攻，防守，预备队员只有几个。他们一遍一遍地练习着同样的内容，是外侧跑阵的一个动作，看起来简直枯燥极了。天开始下起了小雨，孩子们浑身泥泞。四周的颜色开始褪色，鲜艳的橙色变成了褐色。过了一会，那个教练——一个弯腰驼背的老头——吹响了哨子。队员们开始朝学校走，脚上的防滑钉在人行道上噼啪作响，回学校就意味着他们要穿过停车场。教练把球放进网兜里扛在肩上，走在最后。艾维从萨博上下来。

“教练？”她说。“能说几句话吗？”

那个教练斜视着她。他白色的眉毛乱糟糟的，鼻子曾不止一次地被打破过。

“我认识你吗？”他说。

“我是艾维·塞德尔，”艾维说，“你在这里当了很长时间的教练吗？”

“三十九年，”他说，“这个时间算长吗？”

艾维又匆匆把她的故事讲了一遍——包括她正在写的书、正在作的调查和那起抢劫案；讲得很乱，教练很有可能拒绝她的请求。

“你想谈谈万斯·哈罗？”那个教练问。“来吧，别站在雨里。”

教练在衣帽间隔壁有一间办公室。孩子们的喊声、笑声、砰砰砰地跑来跑去的声音从隔壁传过来。教练似乎跟没听到一样。

“哈罗是个非常不错的球员，”他说，“但跟西缅·卡特不是一个级别。卡特是这里有史以来最好的球员，只是他品位非常低下。”教练摊开双手。“我说的是卡特，他本来是可以靠这个职业赚点钱的。”

“可是呢？”艾维说。

“他是个坏孩子。”

“哈罗呢？”艾维说。“他也是个坏孩子吗？”

“不是。”教练瞪了她一眼，然后把视线移开。本来细长、刺耳的声音这时变得柔和了一些。“在这样的小镇上，要有所发展，要点运气才行。”

“上中学后就误入歧途了？”艾维问。

“早在上中学之前就变坏了。”教练说。“万斯的条件非常不好，他对此也没有办法。”

“你说的是他的家庭条件吗？”

教练点点头。“他甚至连自己的家都没有。”

“什么意思？”

“这孩子八九岁的时候失去了双亲，”教练说，“不得不搬到表亲家，好像是表亲家。这个家庭名声相当坏。”

“他是怎么失去双亲的？”

“车祸。”

“在兰塞姆路吗？”艾维问。

“兰塞姆路？”教练说，声音恢复了常态。“你是怎么知道的？”

“我一定是搞混了。”

“肯定是搞混了，”教练说，“车祸是在加拿大发生的。当时是冰暴天气。”

哈罗的故事片段开始重新排列：虽然是冰暴天气，但不是在兰塞姆路；是房子，而不是汽车拖的活动房屋；在一座山的山顶上，而不是山脚下。她脑海里突然浮现出斯玛莲安教授每学期开学时写在黑板上的毕加索的一句话，这句话她能一字一句地背下来：

将其毁掉，如是反复几次。艺术家每次毁掉一个美丽的发现，并不是真的不容许其存在，而是使之变形，将其浓缩，使其更为真实。最终出来者乃被抛弃之发现之结果。

“这样，”教练接着说道，“万斯就跟拉斯科一家住到了一起。”

“拉斯科一家？”艾维说。“马文·拉斯科家里？”

“这家名声非常不好。”教练说。

“可以给我举个例子吗？”

“相信我，”教练说，“他能出污泥而不染真是个奇迹。”

“举个简单点的。”艾维说。

“你是作家——运用你的想象力吧。”教练说。“不过，我可以给你看些录像带。”

“录像带？”

“万斯当时的录像带。”教练走到一个书架旁，抽出一盘盒式录像带，放进录像机里。“我们这里没什么钱，带子的质量不是很好。”他按了一下录像机的“快进”键。“这是感恩节那天，这场球在这一带小有名气。”他让录像带回到正常速度：球场中央是一个球，天空中飘着雪花，一支身着紫色和绿色球衣的球队在争球线边等着。穿着橙色球衣的西拉奎特队从争球线上跑过来。跑在中间的那个人——这人块头很大——向球扑去。

"卡特。"教练说。

四分卫来到接近球场中央的位置。"这个是弗迪·加侬，他有朝一日会当上警察局长的。"教练说。"但在当时他非常普通，像他那样的四分卫有一长串，他们不停地抱怨，弄得我很惨。这个突然改变方向，从对方身边绕过的人——是哈罗。"

"是九十九号吗？"

"对，"教练说，"只剩下三十一秒了，在最后五秒里持球触地。"

卡特飞快地把球传给加侬，加侬此时已经退到抛传口袋的位置。"这个打法叫山羊四十三号位斜线。"教练说。他的脸有点红了：这是一种傻乎乎的玩法，可他仍然喜欢。

九十九号沿斜线跑了大约十码。加侬把球传给他，球很不稳定，而且很高，可九十九号跳起来抓住了，他落下来时已经改变了奔跑的方向，他冲过一个上来抓他的人，又避开另外一个人，沿边线向前冲。

"嘻嘻。"教练自言自语地说。

九十九号从容地跨了一大步，这一步看起来毫不费力，却向前冲了很远。此时他身边空无一人。触地。九十九号跑到球门区，与队员们打招呼，队员们冲到画面中向他表示祝贺。录像带定住了；这种录像带的明暗区有明显的分界线，焦点总是不对，但九十九号咧嘴而笑的样子还是能从面罩下面看出来。

"你肯定那个人是哈罗？"艾维问。

"谁？"教练说。

"九十九号。"

"当然肯定，"教练说，"你觉得我老眼昏花了？"

"对不起，"艾维说，"我的意思是……"她的意思是什么呢？

"什么？"教练问。

"他后来发生过什么不幸吗？"艾维问。

“该死的，是的。他参与了那次该死的抢劫案，被抓了，这辈子毁了。”

“我的意思是他受过伤吗？”

教练摇了摇头。“他是个善于应变的孩子，很难伤到他。在中学所有的比赛中他每次都能持球触地成功。”

“中学以后呢？他受过什么伤没有？”

“我没听说过，”教练说，“你想说什么？”

“我不知道。”艾维说，尽管这时她有点知道了。戴着滑雪帽的哈罗跑起来时是个八字脚，缓慢笨拙；而这个定格在球门区的露齿而笑的哈罗是个漂亮的运动员，生来就擅长奔跑，他那一大步也非常标准。因此？

教练把录像机关掉。

“有所帮助吗？”他问。

十六

6点钟，沃尔玛的门打开了，这家沃尔玛位于那座通向加拿大的桥附近。几个员工走出来，朝停车场走去，身上仍然穿着工作服。其中有个女的，很漂亮，一头金发瀑布似的垂下来，不过有些凌乱。她环顾四周，看见了那辆萨博。她朝汽车走来，每走近一步都使她看起来要老一点点。她看起来大概有三十六七岁，不过，艾维知道她的实际年龄要比看上去的小几岁。工作服上的一个圆形小徽章上写着：你好！我是克劳德特。我能帮您什么？

艾维摇下车窗。

“你就是弗迪·加依派来的那个人吗？”克劳德特说。她的声音有些沙哑，跟有些抽烟的人差不多。

艾维作了自我介绍。

“你在写贝蒂·安？”克劳德特问。

“不是直接写她，但她是我调查的一部分。”艾维说。

克劳德特打量了一下萨博。“这是你的？”

“是的。”

“车不错。”克劳德特说。

“有什么可以说说话的地方吗？”艾维说。“或许我可以请你吃晚饭。”

“你喜欢吃中国菜吗？”克劳德特问。

“喜欢。”在魏尔伦酒吧餐厅的转角处有一家“北四川”餐馆，她很喜欢，隔几个门面还有一家上海素食馆，也不错。

“我也是。”克劳德特说。“那我们去‘提基船’吧。”

“我跟着你吗？”

“不，”克劳德特说，“我现在不能开车。”她绕到车前，在副驾驶座上坐下来。“左转。”克劳德特把工作服脱下来，扔在后座上。“介意我抽烟吗？”

艾维是介意的，可她无法开口。“如果你不介意，我就不介意。”她说。

克劳德特这时已经掏出了一包没有牌子的香烟。她停下来。“喂，”她说，“非常有意思。”她点燃烟，深吸了一口，啪的一声打开窗户，把火柴扔了出去。“我可以窃取过来吗？”

“窃取什么？”艾维问。

“那句你不介意我就不介意的话。”克劳德特说。

“没问题。”艾维说。她转左，沿着河边的高速公路朝西拉奎特的方向往回走。现在已经是晚上了，河水变成了油一样的深黑色，灯光在对面远处摇曳闪烁。“住在河边一定非常不错。”她说。

克劳德特耸耸肩。“我不钓鱼，也不干什么。再右转。”

她们坐在提基船最里面的位子，头顶上方挂着一个红灯笼，灯笼上满是灰尘，里面黏着几只昆虫的躯壳。克劳德特脱下夹克。她的身体正从极度性感的状态向某种别的状态过渡。一位女服务员走了过来。

“来个火锅吗？”克劳德特问。

“好啊。”尽管她不知道火锅是个什么东西，她还是这样说道。

那个女服务员回来时，端来一个陶制大锅，一起过来的还有一个男服务员。那个男的把一根火柴伸到芥末色的液体里面，拖长声调说道：“南海火锅。”火点燃了。克劳德特撕下包装，拿出筷子，等火苗逐渐熄灭了，她就开始啧啧有声地吃了起来。

“要我一个人把这一锅都吃下去吗？”克劳德特说。“你会感到内疚的。”

艾维撕开包装，把筷子拿出来。

“很好吃，是不是？”一两分钟后克劳德特说道。

“里面是什么？”艾维问。尽管她有在酒吧当服务员的经历，但她还是尝不出来是什么东西。

“什么都有。”克劳德特说。

艾维扫了一眼菜单。

“别那么费事地看菜单了，”克劳德特说，“猪肉火锅是这里的特色菜。”她们点了一个猪肉火锅，给克劳德特要了一份蒙古油炸土豆。

“嗯，”克劳德特说，舔了舔手指。“你想知道什么？”

艾维的脑袋已经被“南海火锅”弄得嗡嗡作响了，这时她试图把所有信息组织起来。首先冒出来的问题实际上是到那一刻她还一直没有想好的一个问题，虽然在跟托尼·B的谈话中她差点说了出来。“你认为哈罗知道贝蒂·安在哪里而还在保护她吗？”她问道。

克劳德特若有所思地咀嚼着。“如果是这样，”她说，“那只能证明男人有多傻。”

“什么意思？”

“别跟我说，你认为男人很聪明。”

“有些男人是很聪明。”艾维说。

“我们不要在同一个圈子里绕来绕去了。”克劳德特说。她用猪肋骨指着艾维。“把我的生活搞得一团糟的就是他妈的那些自以为聪明的男人。明白这之间的不同吗？”

“我明白。”艾维说。她喝了一小口“南海火锅”里的汤；没有她想象中的那么糟糕——或许你越喝越会觉得不错呢。“说到聪明的男人，”她说，“大家一直在说弗兰克·曼德雷尔是多么有头脑。”克劳德特正伸手去夹猪肋骨，这时停住了。“你认识他吗？”

“像这样一个地方，大家彼此都认识。”克劳德特说。

“可弗兰克·曼德雷尔不是这里的，是吗？”艾维问。

克劳德特从火锅上方瞟了她一眼。“是的。”她说。“他来自蒙特利尔。”

“在监狱里认识了马文·拉斯科。”

“吃饭的时候一定要谈那个肮脏的东西吗？”

“你认识他？”

“当然认识。天啊，我们一起上的幼儿园。”

“他是个什么样子？”

“马文吗？你知道的，”克劳德特又喝了一口火锅汤。“一个失败者。”

“他在监狱里认识的曼德雷尔。”

“差不多吧。”

“哪个监狱？”

“在加拿大那边的什么地方，”克劳德特说，“那边监狱的条件要好点。更人性一点。”

克劳德特蹲过监狱吗？艾维想是不是要去查一下，如果查的话，怎么查，这时，克劳德特补充道：“他们是这么说的。”

“拉斯科怎么会到加拿大监狱里去了？”艾维问。

“马文吗？简单。”克劳德特点燃一支烟，稍事休息。

“这里附近还有他的什么家人吗？”艾维问。

“没有。”

“他们怎么了？”

“他们得到了他们应得的东西，不是这种就是那种。”

“比如说？”

“什么都有。”

艾维没有多想，她又从火锅里夹了一筷子菜。这大概是个错误。什么事都有一点点变化。比如说，突然之间她觉得好像认识克劳德特好几年了，克劳德特不是那么坏。

“我正在按照时间顺序把这些事件理顺。”她说。

克劳德特吐出一口烟雾。“为什么想知道这些？”

这句话让艾维觉得很有趣。她大笑起来，克劳德特也跟着笑起来。接着艾维开始哭起来，哭了一会之后就平静了下来。她又喝了一小口汤；克劳德特也去喝汤，两个人的头在火锅上方碰在一起。从那之后艾维感觉到克劳德特看她的样子就不一样了。

“我误解你了。”她说。

“什么意思？”

“有些人给别人的第一印象不太好，你一定是其中之一。”

“什么样的人？”艾维问。

“一点幽默感都没有的女人，”克劳德特说，“但你不是。百分之百的不是。”

艾维又笑起来，这次笑得比较正常。在那一瞬间，她对自己当作基本生活法则的某些东西有了更深入的了解；她生平第一次有这种感觉。为了向人家索取，你先得给予，给予人家一点点紧要的东西。只对人家好是不够的。她瞥见了遥远的将来，那是她以后写作的主题，实际上就是说点真正重要的东西。

“在想什么深奥的事情？”克劳德特问。

“也没有，”艾维说，“你非常想贝蒂·安吧？”

克劳德特有点吃惊，稍稍有所触动，这些主要是通过目光表现出来的。她掐掉香烟，掐的时候力气很大，实际上并不需要这么大的力气。“你为什么会这样想？”

“刚刚冒出来的。”

“呃，那就赶紧收回去。”克劳德特说，声音很大，惹得服务员朝这边观望。“他妈的很对，我想她。我们就像孪生姐妹一样。”她用更为平静的语气纠正道：“实际上我们也是亲姊妹。”

艾维也平静地说道：“这是不是说明，她一直跟你有联系？”

克劳德特朝椅背上靠了靠。“哇，”她说，“你怎么这么问？”

“很自然的一个问题。”艾维说。

“如果你问我的话，我只得说，警察才问这样的问题，”克劳德特说，“你以为我会告诉你她跟我有联系？”

“大概不会。”艾维说。

“他妈的很对。”克劳德特说。服务员又朝这边张望。“我的嘴巴会这样。”她把嘴唇紧闭起来。可是没过多久，她又把嘴巴张开了，这样就可以把筷子伸进去，从火锅里吃下更多的东西。她看见艾维正看着她，于是边用吸管喝着鸡尾酒边说：“由于你这么爱管闲事，七年里贝蒂·安没和你说一句话。没有电话，没有信，什么也没有。”

“你觉得她去哪里了？”

“不知道。”克劳德特说。她的筷子碰到锅底。她抬起头来。“你为什么关心这个？你只不过写个故事而已——你可以随心所欲地把贝蒂·安放在任何地方。”

“不一定，”艾维说，“她在哪里结束得与她的性格一致。”

“嘿，”克劳德特说，“非常有意思。再来一个这样的火锅怎么样？”

“再来一个？”

“我明天4点才上班，”克劳德特说，“所以今晚实际上是我的星期六。”

“我要开车。”艾维说。

“不要在我面前故作姿态。”克劳德特说，同时招了招手。那个服务员走过来。“再来一个，”她说，然后看了艾维一眼，补充道：“小的。”

小的火锅只比刚才那个小一点点，还是需要那个男服务员的帮忙。“南海小火锅。”他说，把火点燃。

“我好久没他妈这么开心了，你呢？”克劳德特问。

“我也是，”艾维说，“我们说到哪里了？”

“结局要与性格一致。”

“这之前。”

“弗兰克吗？”

“对，”艾维说，“说说弗兰克。”

“说什么？”

“你跟他有多熟？”艾维问。

克劳德特的眼睛眯起来了一点点。“认识而已。”

“还有呢？”

“很多人都认识他，”克劳德特说，“弗兰克老于世故。”

“怎么老于世故？”

“如果你认识他，你就不会问这样的问题。”克劳德特说，尝了尝小火锅。“这个更好。”

“但我不认识他。”

“什么？”

“认识他。”

“弗兰克吗？”

艾维点点头。

“那我们就彼此彼此了。”克劳德特说。

“彼此彼此？”艾维说。“可你说你认识他。”

“我想都是相互联系的。”克劳德特说。

“我不明白。”

“或许还是亲戚？”

亲戚，相互联系：艾维不理解这二者之间的区别。她感觉有点头晕目眩。“你觉得你认识他，可发现自己错了。”她说。

“差不多吧。”克劳德特说。

“哪方面错了？”艾维问。

“想吃这个吗？”克劳德特说。

“你吃吧。”艾维说。

“谢谢。”克劳德特吃最后一个猪肉丸子时，嘴里塞得满满的，说了一句话，好像是：“我被在女人堆里混的男人骗了。这是个过失吗？”

“弗兰克是个在女人堆里混的人吗？”艾维问。

“而且野心勃勃。”克劳德特说。

“他有什么野心？”艾维问。

“他想开脱衣舞夜总会连锁店，而我总认为他应该去百老汇试试运气。”

“什么意思？”

“好莱坞，”克劳德特说，“弗兰克看起来像那个电影明星，再加上他老于世故，你知道吧——还会说法语，我不骗你。别忘了，他还有一辆宝马。”

“哪个电影明星？”艾维问。

“哦，他叫什么名字来着？皮肤很黑，长得非常好看，常常开怀大笑，两只眼睛情意绵绵。快帮我想想。”

“丹泽尔·华盛顿。”

克劳德特大笑起来。喷出的火锅汤满桌子都是。“你真滑稽，”她说，“我家里有一张弗兰克的照片，你去看看吧。”

“坐我的车。”艾维说。

“我醉了，只能坐你的车了。”克劳德特说。

艾维在克劳德特的指引下，进入西拉奎特，经过主大街，右转经过那所中学，紧接着又转了一个弯，上了一条黑黢黢的街道，两边的房屋越来越稀少。

“再右转。”克劳德特说。

艾维右转，车灯在一块标牌上闪了一下：兰塞姆路。

“你住在兰塞姆路上？”艾维问。

“小心。这里很陡。”

艾维沿一面陡峭的山坡而下。“这样的路下冰暴的时候会相当麻烦。”她说。

“冰暴？”克劳德特说。

艾维记得加拿大发生过冰暴，而不是哈罗故事中提到的兰塞姆路。

“就停在这里吧。”克劳德特说。

艾维把车停在车道上，车灯照在玄关的帘子上。

“不是汽车拖的活动房屋。”她说。

“什么？”克劳德特提高音调说道。“你认为我住在活动房屋里？”

“不是，我——”

“该死的活动房屋，好像我是——”

“不是，不是，克劳德特。请别这样想。我搞混了。都怪火碗。”

“火碗？你说的是火锅吗？”

“是的，对不起。”艾维说。“火锅，大火锅，小火锅，这个让人头晕目眩的火锅家族。”

克劳德特盯着她看了一会，然后笑了起来。“是不是所有的作家都像你那么好玩？”她捏了一下艾维的膝盖，稍稍有点重。

她们下车，进屋。克劳德特啪的一声把灯打开。艾维对这里的一切几乎都有准备，只是没想到有这么干净。

“小家甜蜜吧。”克劳德特说。

“非常不错。”

“谢谢。这个地方是我、我父母和贝蒂·安唯一一个一起住过的地方。”她把沃尔玛的工作服挂在一个钩子上。“现在只剩下我了。”

“你父母还……”

“这个地方得癌症的人很多。”克劳德特说。

“对不起。”

“你有什么办法？”克劳德特说。她穿过小客厅，站在壁炉架前。“来看看弗兰克·曼德雷尔吧。”

艾维走过去，看着用框子装起来的一张黑白照片，长约十英寸，宽约八英寸。照片当中有四个人，都坐在甲板的栏杆上，手里拿着饮料，背景是宽阔的水域。艾维认出了其中三个，哈罗看起来是那么高兴，差点把他漏了。他在最左边，头发很长，不过没有他被捕时那张照片上的山羊胡。他一只胳膊拥着贝蒂·安。两姊妹坐在中间，太阳照在她们的金发上。那个时候的克劳德特比现在瘦，也好看很多，但跟她妹妹比起来，她们却不在一个层次上。贝蒂·安要精致一点，克劳德特仿佛一张草图；贝蒂·安的精致使她看起来更加漂亮。克劳德特的胳膊挽着坐在边上的那个男子。

“这位就是弗兰克·曼德雷尔。”她说。

确实长得非常好，尤其是如果你喜欢那类知道自己长得好的人的话。曼德雷尔大约比他们大十岁，古铜色的皮肤，向后梳着的修剪整齐的头发，容光焕发。只有他是看着镜头的：克劳德特看着他；哈罗看着贝蒂·安；而贝蒂·安却在内视。

“你们是夫妻吗？”艾维问，反应稍微迟了一点。

“那个夏天轮到我了。”克劳德特说。

“你是说他有很多女朋友？”

“只要有机会就会去找女人。”克劳德特看见艾维脸上露出了某种表情。“有些男人知道怎样让女人们为他们发狂。到处都在这么传。”

“这句话听起来像是男人杂志封底上的话。”

克劳德特瞪了她一眼。“这只能说明你从来没有碰到过罢了。”她说。

这句话对艾维打击很大，正中靶心。

“我比较喜欢你好玩的时候。”克劳德特说。

“那得继续喝酒，可那样的话我的肝脏会受不了。”艾维说，克劳德特大笑起来，她的心情在几乎是瞬间之内又发生了变化。艾维拿起照片，研究着哈罗的脸，它好像拆分成了一些黑点和白点。“照这张照片时，你妹妹和哈罗结婚了吗？”

“哦，结了。”克劳德特说。“结了差不多一年了。这张照片是抢劫案发生前几个月照的。”

“他们有孩子吗？”

“没有。”

“没有头发鬈曲的小女孩？”

“什么？”克劳德特说。“此话怎讲？”

“我搞错了，”艾维说，“他们婚后的生活怎么样？”

“他很爱她。”克劳德特说。

艾维又看了一眼照片。“我想我看得出来。”

“我的意思是他真的爱她。”克劳德特说。“跟崇拜一样，你知道吗？谢天谢地，我有过一两次人家为我着魔发狂的经历——但是崇拜我，从来没有。”她从艾维手中拿过照片，盯着哈罗看。“在成长的过程中，他是跟拉斯科一家人生活在一起的，你知道吧，比较缺乏……”

“关爱？”艾维说。

“对。”克劳德特说。“他甚至还有写的东西。”

“写的东西？”

“我可以给你看看，”克劳德特说。她进了另一个房间，不到一分钟，就拿着一张情人节贺卡出来了，由于时间太长贺卡有点发黄。“是他给她送花时一起送来的。”克劳德特把贺卡递给艾维。

正面是一个男人和一个女人欣赏落日的剪影。里面有一句印上去的话——爱是属于我们的——被删掉了；取而代之的是用墨水写上去的一句话：

贝蒂·安

始终不渝，一往情深。

永远爱你的万斯

笔迹一点都没改变，整洁小巧，没有丝毫的犹豫。

“很难相信他会把她供出来。”艾维说。

克劳德特的脸有些苍白。“你在说什么？”

“即使他知道她在哪里，”艾维说，“他也决不会妥协。”

克劳德特点点头。“你说得对。”突然，她的脸变了形，开始哭起来，是那种发自内心深处的呜呜声。

艾维朝她走了一步，抚摸着她的胳膊。“怎么了？”

克劳德特一下扑到艾维身上，差点把她扑倒了。她说了几句话，声音从艾维的羊毛衫里传出来，有些模糊不清。

“我把这一点漏了。”她说。

克劳德特抬起脸，她的脸上变成了一团糟。“我原谅她。”她说。

“原谅她抢劫？”艾维问。她突然想到了一个主意。“你知道他们是策划好的？”

克劳德特松开，向后退了一步。“我什么都不知道。”

“但你们是亲——贝蒂·安告诉过你吗？”

克劳德特嗓门提起来，声音突然变得很尖。“那些警察都相信我的话。你他妈到底是谁？”她撩起T恤衫的下摆在脸上擦着，露出松弛、苍白的肚皮。

“我想我该走了。”艾维说。

克劳德特点点头，脸仍然藏在T恤衫下面。“只写我原谅她就好了。”她这时平静了一点，说道。

“你的意思是，或许贝蒂·安在什么地方会看到这本书，从而知道你原谅了她？”艾维问。

“也许她也原谅了我。”

“原谅你什么？”艾维问。

克劳德特放下T恤衫。此时她的脸上全湿了，污痕遍布，不过她不再哭了。“我觉得你的书不会起什么作用。”她说。

十七

晕头晕脑。艾维过世的奶奶常常用这个词来形容醉酒后的情形，不管醉到什么程度，她都用这个词，甚至爷爷头晕时她也用这个词。艾维在兰塞姆路的底端爬上萨博时也感到晕头晕脑。她爬上山顶，转了一个弯又一个弯，后来又转了无数个弯，然后发现自己正在穿越一片绵延数英里的起伏不平的农场——受这种起起伏伏的影响，她打了一两个饱嗝，猪肉火锅浓烈的味道冒了出来，她有点想吐——她突然来到了西拉奎特的主大街，跟她打算走的方向恰恰相反。于是她想起看看里程表。这一看她就把脚从油门上提了起来。

回城里还有多远？还很远。时间呢？已经很晚了。司机的状况呢？马马虎虎。前方有一块招牌，有几只灯泡不亮了，上面写着：**康安汽车旅馆——可日租，周租，月租。**她明天几点上班？4点。康安看起来便宜吗？非常便宜。她身上还有多少现金？不多了——“提基船”的那顿饭让她有点瞠目结舌。那张只在紧急情况下才用的信用卡在身上吗？在。现在是紧急情况吗？

艾维转入康安汽车旅馆的停车场，她打转向灯时有点晚了，差不多停下来后才打。后来她注意到肩膀上有些潮湿。过了一会她才想起原因，躁狂症过去了。

7点，艾维醒了，比预想的好多了。整整一晚上，她脑子里都在忙碌，列出了待办事项。回家的路上要在三个地方作短暂停留：第一个地方——金尘赌场，她要在这里取一盒有抢劫过程的录像带；第二个地方——西拉奎特中学，那个教练要把感恩节那天的录像带借给她；第三个地方——警察局。

弗迪·加依坐在桌旁，正在填写一张长长的表格。

“嘿，”他说，“我正在想你会不会拐到这里来呢。”

“是吗？”

“有点东西给你。”他递给她一本平装本小说：罗斯·麦克唐纳德的《地下人》，书的封面有点破旧了，上面有个圆形的咖啡渍。

“我给你寄回来。”艾维说着，坐了下来。

“你留着吧。”加依说。

“谢谢。”艾维说。她在想从哪里说起。

“你心里有事？”加依问。

“首先，你对我的帮助太大了，我非常感谢——”

“我希望得到一本有签名的。”加依说。

“有签名的什么？”

“你的书？”加依说。“根据金尘一案写出来的悬疑小说。”

“我今天反应有点迟钝。”艾维说。

加依填了表格上的一个方框。“那些火锅会有这种效果。”他说。

艾维呆住了。“你也在那里？”

“没有。”加依说。“但我告诉过你——我们在监视克劳德特。”

艾维不记得见过什么穿制服的人。“是别的侦探？”

“没必要指名道姓。”

艾维考虑着。“要不就是服务员？”她说。“那个服务员跟警察有联系？”

加依笑起来，露出几颗哈罗把他的牙齿打掉后镶上的廉价的假牙。他点点头。“你的书会非常不错。”

他第一次提到这本并不会存在的书时，艾维感觉有点不好。可现在她没有这种感觉了。“那个橄榄球教练也在你的监视之中吗？”

他摇了摇头。“或许在其他案子中要多监视那么一两个人——但在这个案子中只监视克劳德特。”他说。“那个老傻瓜跟你说了些什么？”

“他给我看了些录像。”

“比赛的录像？”

艾维点点头。“我看见感恩节那天你传给哈罗的球，他触地得分了。”

加依的脸有点红了。“你在查我？”

“不是这么回事。”艾维说。

“那是怎么回事？”

艾维身体前倾。“听起来可能非常奇怪。”她说。

“说来我听听看。”

“你——或者别人——有没有想过哈罗或许是无辜的？”

加依向后靠在椅子上。“你想找麻烦？”他扫了一眼艾维大腿上的《地下人》，也许是想把它拿回来。

“你这句话的意思是不是说有这样的怀疑？”艾维说。

“没有，”加依说，“谁都没有。”

“为什么？”艾维问。“物证在哪里？”

“物证？”加依说。“难道你没看利昂的录像带？”

“我也看了那场球的录像带，”艾维说，“我的根据就在这里。他跑步的姿势不一样。”

“我不明白。”

“哈罗在球场上跑步的样子跟他——戴着滑雪帽的那个人——在赌场里跑的样子不一样。”

加依的脑袋换了一个角度，宽大的下巴向前伸，两只小眼睛向后缩。“不同啊。”他说。

“完全不同，”艾维说，“球场上的那个人身强力壮，跑起来非常流畅。而赌场里的那个人是个八字脚，跑起来别别扭扭。”

“拿着球跑和扛着一个装满钱的粗呢麻袋跑有什么不同，”加依说，“考虑过这个因素吗？”

“考虑过。”艾维说。“但这不足以解释它们之间的不同。”

他打开抽屉，拿出一块口香糖，放进嘴里。“说说你的科学意见。”

艾维拿出两盒录像带。“你只要看一看，你就会——”

“不看。”加依说。

“为什么？”

“原因很多。”加依说。“首先——哈罗认罪了。”

她才知道这一点啊。一直以来她脑海里形成的所有模式开始土崩瓦解。她无言以对。

加依嚼着口香糖，下巴上的肌肉凸起来。“当然，如果是写故事，你怎么写都行。但你也得搞清楚为什么一个无罪的人会承认自己有罪。”

“也许是为了保护别人。”艾维说。

“保护谁？”

只有一个答案。“贝蒂·安。”新的模式开始形成。

“他不妥协，不请求对自己的指控轻一点，是因为要保护贝蒂·安，”加依说，“但没必要承认自己有罪啊。”

“或许这是他创造某种效果的方式。”艾维说。

“比如说？”

艾维说不出来。但她心里还在不断地挣扎，有点兴奋，也有些不安；这种感觉使她想起参加考试，试题很难，还剩下很多问题没有回答，可时间快用完了。“或许他得到的法律意见很糟糕。”她说。

“卡特和拉斯科当时是装死的，他们现在正在坎昆活得很快活呢，你觉得这个说法怎么样？”加依说。

艾维觉得自己的脸在发烧。“你在说什么？”

“为了跟上你的思路。”加依说。“做个作家一定很好玩，可以设计故事情节。可在这种事情上，事实真相总是很明显的，百分之九十九的时间都是明显的。”

这时，他的电话响了。他去接电话。她还有什么事情吗？没有了。为了跟他说再见，她一直等着他打完那个电话。外面下起了雨；雨水从满是污垢的窗户上弯弯曲曲地流下来。

他挂断电话，看着她，脸上换上了一副新的表情，不再那么自信，甚至有些迷惑不解。“是负责证人保护的人打来的电话，”他说，“直到大约三年前，他们都一直让曼德雷尔住在菲利克斯。”

“后来呢？”

“他消失不见了。”

“我不明白。”

“突然不见了。”加依说。“联邦政府寄给他的支票没有人兑现了，他们这才发现他不见了。”

“他们找过他吗？”艾维问。

“找过一阵子。但这不是最重要的任务。”

“为什么不是？”

“都结案了，”加依说，“财力人力也有限。一个连自己都不会保护自己的人，你怎么能去保护他？”

“他有危险吗？”

“从理论上讲是这样。”加依说。“贝蒂·安还在外面。”他沉默了片刻。“但这或许意味着他比我们想象中的更为聪明。”

“怎么会呢？”艾维厌倦听到这个了。哈罗是个聪明人：你需要做的事情就是读他写的东西。

“曼德雷尔在联邦调查局搞清楚他的真实身份之前肯定就换了身份，对不对？什么身份只有他自己知道。”

“这说明什么？”艾维问。

“不知道。”加依说。“大概是——有时候在书的结尾有一个章节，不长，叫什么来着？”

“是后记吗？”

“对。”加依说。“是你的书的后记。但是金尘一案吧——真正的案子，如果你想知道我的意见的话——已经成为历史了。”

一个身着制服的女警察在他打开的门上敲了敲。“准备开庭了。”她说。

“我马上去。”加依说。

艾维站起来，把录像带放进包里。

“你可以跟我一起去。”他说。

“去法院？”

“你提到了哈罗的律师，”加依一边说，一边把挂肩枪套戴上。“他应该在那里，你只跟他说，你想听听他对你的一些推断的看法。”

艾维瞟了一眼手表。如果她要准时回到城里的话，那她最多只有半个小时的时间了。“我去。”她说。

在法院的停车场，只见一个人一只手里拿着一把雨伞，另一只手里拿着一叠松散不整的纸，正在跟两个十几岁的男孩说话，两个男孩身上都穿着带兜帽的T恤衫，T恤衫湿透了。

“喂，米奇，”加依对他喊道。“能耽误一会吗？”

那个人示意两个孩子原地不动，然后走了过来。

“这位是米奇·邓恩，”加依说，“这位是艾维。她正在根据金尘一案写一部悬疑小说。”

“是吗？”邓恩说。“为了拍成电视之类的？”

“主要还是为了写一部书。”加依说。“她有些关于万斯·哈罗的问题要问一下你。”

“是吗？”邓恩说。

“我们进去吧，不要站在雨里。”艾维说。

邓恩的嘴巴张开了大约四分之一英寸；他似乎有点困惑。

“只耽误你几分钟时间。”艾维说。

“我先走了。”加依说着就朝法院前的台阶走去。

“呃，”邓恩说，“我想……”他转向那两个十几岁的少年。“你们进去等我。”他喊道。

“可是，邓恩先生，”其中一个说，“还有一件事怎么办，你知道，在高尔夫……”

“你到底在说些什么？”邓恩说。

“非法入侵。”另一个孩子喊道，神情仿佛舞台上的演员对观众的高声耳语。

“看在上帝的分上，你们进去吧。”邓恩指指法院，向他们示意。这时雨下得更大了。只见一两张纸被撕破了，被风吹走了，而他似乎没有觉察。“去我车里怎么样？”他说。

他们坐进邓恩的那辆老式小汽车里。车子里，烟灰缸里的东西满得溢了出来，两个遮阳板下面塞着法律文件般大小的资料，车内弥漫着陈腐的咖啡和狗淋湿后的味道。邓恩那正由红转灰的头发垂悬于有些磨损且不太干净的衣领上方。他摸出插在椅子之间的一个纸袋。

“吃油煎饼吗？”他问。

“不吃，谢谢。”艾维说。

他从袋子里拿出一个表面撒有糖的油煎饼，咬了一口。“万斯·哈罗，是吗？”他说。“一想起这个名字就让人不安。”

“你是他的律师？”

“是的。当时我是公诉辩护人。现在我出来单干了。”他夹起一张名片，递给她。

“你的策略是什么？”艾维问。

“策略？”

“为哈罗辩护的策略。”

邓恩又咬了一口。“我告诉他，在法庭上要有礼貌，要穿夹克，打领带。承认有罪，没有别的多少事可做。”

“你问过他为什么要认罪没有？”

“一定是因为他知道自己只能受他们任意摆布了。”邓恩说。

“你跟他讨论过这个问题吗？”艾维意识到自己的语调有些尖锐；邓恩慢条斯理地咀嚼着，似乎没有意识到自己下巴上黏着一些糖。

“我不记得了，”邓恩说，“从那时到现在已经过了很长时间了。”

“就更不用说那本身就是件不可挽回的事了。”艾维说。

他点点头，仿佛这句话非常符合情理似的。“这也是事实。”

艾维从侧面看着他的脸，他的脸上没有丝毫的烦恼、压力和慌张。“你认为哈罗本质上是个好人？”她问。

“哦，当然。”邓恩说，拿着剩下的油煎饼指了指法院大楼。那两个男孩没有进去，还在法院大楼悬挑下的台阶上等着，他们缩在T恤衫里，拖着脚走来走去。“他们多数人都是。”

“那他是怎么搅到这个抢劫案里来的？”

“纯粹是因为贪婪，”邓恩说，“通常都因为这个。”

“你跟他讨论过动机吗？”

“跟万斯·哈罗吗？”

“考虑考虑。”艾维说，她语气中的锋芒再也不容忽视了。

他的目光立即投向她。“这本书很重要是不是？”他说。他思考着；或者至少暂时坐直了身子，有那么一会甚至停止了咀嚼。“没有，”他说，“记忆中没有讨论过。”

“赌场的那盘录像带呢？”艾维问，“你还记得吗？”

“我一直记得，”邓恩说，“当时他们部族刚刚装上这套系统——我简直不相信图像有那么清晰。”

艾维想揍他。不过她只是深吸了一口气。“图像那么清晰，那你怎么形容那个戴着面罩的人的跑步姿势？”

“戴着面罩的人？”邓恩说。“指的是哈罗吗？”

“他的跑步姿势。”

邓恩噘起嘴唇。雨点落在车顶上，咚咚有声。“当时情况紧急。”他说。

“在紧急情况下跑步姿势会不同？”

“难道不是吗？扛着四十万，或者不管什么东西企图逃走的时候？”

“是二十九万七千五百二十元。”艾维说。

他扬了扬眉毛。“还以为比这多呢。”他说。

“多数旁观者都这么认为，”艾维说，“你不觉得哈罗在中学时是个非常出色的运动员吗？”

“不会吧，”邓恩说，“总得给他们一线生机吧——在大多数州里的重罪监狱都有锻炼身体的地方。再问一下，他后来在哪个监狱？新新监狱吗？”

艾维必须告辞了。“我不想再耽误你的时间了。”门关得很紧。她砰的一声把门打开。

“没什么可说的了？”邓恩说，瞟了一眼仪表板上的时钟。“我还有几分钟时间呢。”

“利用这些时间去处理他妈的非法入侵的案子吧。”艾维说。那两个男孩还在台阶上看着，即使在停车场的另一边，他们脸上焦急的神情也清晰可见。

十八

“现在归纳一下，”赫尔曼·兰道说着，示意助手关掉录像机。“你认为戴着滑雪帽的那个男子——也许我应该说那个人——不是万斯·哈罗而是别人。”

“所以监狱里的那个人是无辜的。”艾维说。

她坐在兰道办公室柔软的皮沙发上，她从没见过这么大的办公室，它俯瞰炮台公园，自由女神像在早晨的薄雾中时隐时现。助手把录像带取出来，放在兰道桌上，然后坐到沙发的另一头，手里拿着笔，膝盖上放着黄色便笺簿。

“你想让我做什么，塞德尔小姐？”兰道问。

“把他放出来。”艾维说。

那个助手的笔在纸上哗哗地写着。

“根据就是录像带。”兰道说。

“他的律师也太糟糕了。”艾维说。

“是在法庭上喝醉了，还是收了地方检察官的贿赂，或者习惯性地在辩护席上睡着了？”兰道说。

“我不知道。”艾维说。

“那他的行为还在许可的范围之内。”兰道说。他身后挂着几张照片，都镶嵌在框子里，是他分别跟阿里埃勒·沙龙[①]、鲁迪·朱利安尼[②]和芭芭拉·史翠珊[③]握手的照片。

---

① 以色列前总理。

② 曾任纽约市市长。

③ 美国著名影星。

“他甚至连基本的事实都没有搞清楚。”艾维说。

“那些事实无关紧要，”兰道说，“你还有什么其他理由？”

“我希望你能想出点什么理由。”

“虽然我说过，这次谈话是对你以前跟我合作的感谢，不收费，但我的时间很宝贵。”兰道说。

“或许对巴拉班夫人有所帮助。”艾维说。

“据称，哈罗在丹尼摩拉对菲利克斯很好？”兰道问。

“没错。”

“这是你的看法还是他的看法？”兰道问。

“我的，”艾维说，“我从来没跟他讨论过这个。”

兰道的眉毛——白色，修剪整齐，非常有形——扬了扬。“哈罗不知道你想重新开庭？”

“不知道。”

“从来没推测过那个蒙面强盗可能是谁——也许是某个宿敌？”

“我告诉过你——我们从来没讨论过这个。”

“你自己的推测如何？”

“没什么推测。”

兰道不吭声了。他电话上所有的灯都在闪烁。远处响起了雾号。

“你在这件事情上感兴趣的是什么？”他问。

“我感兴趣的是，一个无辜的人被扔进了监狱。”艾维说。

“这样的人并不少见，”兰道说，“为什么只对他感兴趣？”

她到底在干什么？这个问题正要冒出来就被扼杀了。“由于一系列的巧合。”艾维说。

“什么样的巧合？”他那温柔悦耳，轻松从容的嗓音让你愿意说出秘密，把你本不想提供的信息提供出来，很多人一定上过他的当。那双眼睛就不一样了，非常吃惊的样子，显得很不协调：不是敌视——没有任何攻击性——只是不友好而已。他看芭芭拉·史翠珊的目光大概跟这也是一样的。

“哈罗来上写作课，”艾维说，“我觉得是受了菲利克斯的鼓舞才来的。

我在丹尼摩拉读过他们写的很多东西，都相当不错，但哈罗的却在另一个层次上。”

“你的意思是专业层次？”

“我不太够格来评判这个，但是是这样的，”艾维说，“他大概非常有才华。”那个助手的笔在纸上发出的声音非常柔和，仿佛什么小动物正在挖洞一样。“在我看来，”艾维补充道，“这让我浮想联翩。”

“想什么？”

真正的答案是：想他。可这有可能导致误解。“很难言表。”她说。

“可这不是你的强项吗？”兰道说。

他的声音虽轻，却让她吃了一惊。

“兰道先生，陪审团还在庭外商议，尚未作出谁是谁非的决断。”艾维说。他的目光发生了一点点变化；虽然还是不太友好，可神情更为专注，好像有趣的事终于出现了。“这是怎么回事呢？”艾维说。“我想看看这种能力是从哪里来的。”

“跟这个人相称的写作能力？”兰道问。

“对。”

“非常好理解。”兰道说。“你是怎么做的？”

“我先看了哈罗的档案，”艾维说，“就是——”

他举起手，表示知道是怎么回事。

“后来我到他生活过的北部地区和案发现场去了一下。我从来没有想过他会是无辜的。这是个巧合。”

“那里的人态度怎么样？”

“哪方面？”

“他们配合吗？”

“配合。”

“他们回答了与这个人相称的写作能力这个问题吗？”

“没有完全回答。”艾维说。“在这过程中，也许可以把整个故事写成一部小说的想法冒了出来。我接受了这个想法。”

兰道笑了，真正的会心的微笑，不过，艾维不知道是什么东西让他觉得好笑。而且——让她吃惊的是：这种笑容扩展到了眼睛上，使他看起来不再那么不友好了。

“所以你教写作课——我应该怎么说呢——这件事，谁都不知道？”

“知道的话会把别人搞糊涂。”

“确实，”兰道说。他瞟了一眼电话。“塞德尔小姐，我要调查调查。”

“是吗？所以你同意了？”

“同意什么？”

“看看录像带。”

“我们复制好后就还给你。”兰道说。

“你同意录像带里的内容？”

“我会给你写信的。”他说。

“有不一致的地方，我是说，在——”

“会很快的。”他说，伸手去拿电话。

“谢谢，兰道先生。”艾维说着，站起来。“非常感谢。至于报酬嘛——”

他又把手举了起来。那个助手写完一句话，打了个句号。

艾维要连续上两个班。主要有以下几点：第一，新厨师只干了二十分钟；第二，政府的卫生检查人员——按布鲁斯的说法，由于一个复仇心重、名叫陈利的家伙的告密——在炸土豆条的厨具下面发现了老鼠屎，要求整改，而整改的费用相当高；第三，布鲁斯断定这是个阴谋，开始调查谁是叛徒；第四，他已经锁定了嫌疑人。

“我不知道叛徒一词的意思。”德拉甘说。

“就是放了老鼠屎又去告发的那个人，”布鲁斯说，“快将你今天早上4点到6点的行踪说说。”

“是会计？”德拉甘问。“斯皮格尔先生吗？”以他的英语水平，他只能说这么多。

“把斯皮格尔排除在外吧，哥们，”布鲁斯说，德拉甘向后退着，靠到了留声机上。“他是一条红鲱鱼[①]。”

“红鲱鱼？”德拉甘说，看起来快要哭了。“可它不在菜单上。这些老鼠怎么可能——”

第五，艾维走了进来。

她回家时已经是两点过后了，她爬上公寓的楼梯，砰的一声把自己扔在床上。电话机上的信号灯在闪烁。她按了一下按钮。是丹尼。

“喂。去百慕大过周末怎么样？给我来个电话。”停顿了一下。“什么时候都行。”

百慕大的周末。艾维闭上眼睛。粉红色的沙滩，机动脚踏两用车，彬彬有礼的人。听起来不错，虽然也许不是一个完整的周末。她很快就睡着了——衣服没脱，牙齿没刷，这根本不像她——脑海里浮现出海浪轻柔的声音。

电话响了。她正在做梦，梦中有章鱼，一下子被打断了，很快就消失了。艾维伸手去摸电话。

是丹尼吗？怎么回答他呢？电话机上显示:来电者身份不明，号码不详。不是丹尼。是德拉甘吗？布鲁斯干了什么可怕的事情吗，他给移民局打了电话吗？艾维拿起电话。

“喂？”她说。

“我喜欢你写的故事。”

不是德拉甘，而是哈罗。艾维坐起来，在她漆黑、狭小的房间里很快清醒过来。

“你打的是对方付款的电话吗？”她未经思考，脱口而出。

“那是不礼貌的。”他说。

“我只是想……”最好还是不提算了。

他等着。艾维听见他那头没有任何声响。他现在应该在监舍里，不是

① 侦探故事中转移人们注意力的人或物。

上面就是下面还睡着一个人，也就是菲利克斯原来睡过的床上。

“我愿意付费。”艾维说。

“非常大方，”哈罗说，“但是现在是非高峰时期，电话是免费的。”他的声音很低很轻，但并不像是怕别人听到，而是在深夜打电话时的习惯方式。

“你在上铺还是下铺？”艾维问。

“下铺。”

“大家都喜欢下铺吗？”

“那我明天早上做个民意调查才知道。”哈罗说。

艾维笑起来。

“我想你睡的不是上下铺。”哈罗说。

“你说得对。”

“你的床是个什么样子？”

“也就是一张床而已。”艾维说。

“多大？”

“双人床。”

“比大号双人床小对不对？”

“对，”艾维说，“双人床，大号双人床，特大号双人床。”

“就像‘三只小熊’里面的一样。”哈罗说。

艾维又笑起来。“我见过熊——真正的熊——就在几天前。”她说。“离你们不远，在森林里。”

“你害怕吗？”

“起初不知道是怎么回事，不怕。”艾维说。“它当时正在吃一只鹿。我起初以为是两个人呢。”

“一个人在吃另一个人？”哈罗问。

“对。”

沉默：这种沉默通过效果相当好的电话连线传过来，将他们之间的距离缩短到了零，仿佛对方就在眼前。

“‘穴居人’可以用用这些素材。”哈罗说。

她坐了起来——尽管她度过了漫长的一天，现在又是这么晚了——这时完全醒了，心脏快速轻盈地跳着，仿佛加了氦气似的。“也许可以放在弗拉德克在小路上蜿蜒前行的那个场景里。”艾维说。

“我觉得可以。”哈罗说。

艾维在床头柜上放了一本便笺簿和一支铅笔。她打开台灯，潦草地写下：熊鹿——小路。

“记下来了？”哈罗问。

“我总是忘记晚上想到的事情。”艾维说。“一些想法。”她补充道。

“别担心，”哈罗说，“我记得。然后他可以给他妈妈打个电话。”

这个主意非常不错：艾维也记了下来。她关掉灯。“我可以问你一个问题吗？”她问。

“根据我的了解，这是你的谈话风格。”

“是吗？”艾维说。接着她又笑起来；实际上他们都笑了起来，哈罗的笑声很轻。

“但我觉得作家应该有好奇心，”他说，“问吧。”

“那好。”艾维说。“你提出写上熊的这个想法时心里是怎么想的？”

“什么也没想。”哈罗说。

“一点想法都没有？”艾维问道。“没浮现出什么，没想起什么？”

“没有。”

“一点点都没有？”

“你在诱导证人。”哈罗说。

艾维感觉真正快乐的时候——在她成长的过程中——她喜欢盘腿坐着，扭动着寻找一个舒服的位置。现在她就这样坐着。

“这个想法非常不错，”她说，“正好跟整个穴居人的主题一致。”

“你打算试试了？”

“早上起来做的第一件事就是它。”艾维说。

“现在差不多已经是早上了。”哈罗说。

“哦，还不是。”艾维说。“离早上还很早呢。”

“让我看看你怎么证明。”哈罗说。

“当然可以。”艾维说。“我……我可以给你打电话吗？”

哈罗笑了起来，笑声很短很轻。跟其他很多场合的笑声不一样，这种笑声里面没有任何卑劣的成分，至少艾维听见的是这样。“下次上课的时候就行。”

“你在给我设定期限？”艾维说。

“为什么不能？”哈罗说。“应该不错。”

“什么？”

“有个期限。”

又是一阵沉默。在他那头的某个地方发出哐的一声，是金属的声音，很微弱。

“你还没有说完你的床呢。”哈罗说。

“我说过了，是双人床。”艾维说。

“形容形容。”

“有点难为情。”

“是吗？”

“我从小时候就睡这张床。床头板上画着玩具之类的——三轮车、玩具屋、红色马车等等。”

“还有个床头板？”他问。

“对。”

“房间呢？”他问。

“也形容一下吗？”

“好。”

“呃，”她说，“非常小。”她停下来。在那一瞬间，艾维意识到他们的想法是一样的：不可能比他的还小。

“继续。”他说。

“有一张桌子，既当书桌也当饭桌，还有个小柜台，柜台下面有个小冰箱，旁边有个烤箱。”

“墙上有什么没有？”哈罗问。

艾维不由自主地站起来，在房间里走着。“我在这里装了一块彩色玻璃，是人家搬家甩卖时买来的。在这面墙上挂着一些渔民的照片，是我在新贝福德照的。这里有我的一幅炭笔素描，是我的一个朋友画的。”

“男朋友画的？”

“是的。”

“他现在在吗？”

“都过去了。”艾维说。

沉默。

“你一个人吗？”

“当然。”

哈罗深吸了一口气，仿佛放松了似的。“照片上你穿的是什么衣服？”

“只是一幅肖像画而已，只有脖子以上的部分。”艾维说。

短暂的沉默。“窗外有些什么？”他问。

“没什么。”艾维说。“但从屋顶上望出去视野非常不错。”

“你怎么上屋顶？”哈罗问。

她把整个过程说了一遍——站在桌子上，打开活板门，再打开折叠梯。

“现在想上去吗？”哈罗问。

艾维爬上了屋顶。

“你看见什么了？”他问。

“曼哈顿。”

“说下去。”

此时的真实情况是，一天来雾气不断加重，现在一切都雾蒙蒙的，垂直电网看起来很模糊，所有的塔楼也不清楚，跟没有差不多，几乎什么都看不见，而且空气湿冷，让人感觉不舒服。但艾维不想说这些，她把上次约尔去洛杉矶之前的那个晚上在这里看到的景象给他描述了一番，当时是9月，很暖和，就是在那天晚上，她第一次想到写“穴居人”。

“地平线都亮了起来，”她说，“既宏伟壮观，同时又脆弱无比，好像并不是真的很牢固一样，这样说不知道说清楚没有。”

沉默。

“我听见雾号了，”哈罗说，“有雾吗？”

“有点。”

这之后他们都没怎么说话。在她右边，艾维看见布鲁克林桥上发生了什么事情，蓝色的警灯在闪烁。

“你为什么认罪？”她问。

“这样的事情你怎么知道的？”哈罗问。

“我读过你的档案。”

电话连线变了：哈罗的声音突然变得非常遥远。“认罪的事情档案里不会有。”

“我也做了点调查。”艾维说。

“在哪里？”

“北边。去过赌场和西拉奎特。”

“为什么？”

“不好解释，”艾维说，“我在想那个冰暴的故事。”

“怎么了？”

“我在想，比如说，是不是真的有弗迪这个人，”艾维说，“事实证明，有。”

停顿。“你跟弗迪·加侬谈过？”

“谈过。”

“那你知道都录下来了吧，”哈罗说，他的声音更弱了。“我别无选择。”

“可我还看过别的录像带，”艾维说，“你打橄榄球的录像带。”

“橄榄球？”

“在感恩节那天代表西拉奎特中学的那次。”

“结果呢？”

“跑步的姿势不是同一个人。”

沉默。

“不是一个人，是不是？”艾维问。

“得走了。”哈罗说，他的声音变得非常微弱，跟从桥上飘过来的警报声差不多大小。

“可你甚至都没去过赌场，”艾维说，“我简直不敢相信。”

又是沉默。

“你还在保护贝蒂·安吗？”

咔哒一声，电话挂了。

十九

艾维醒来时感觉精力非常充沛，她记得很长时间没有在一觉醒来时这么精力充沛了。她非常舒服地舒展了一下身子——哎呀,还穿着衣服?——然后瞟了一眼床头柜上的钟，以为是 11 点，或者 11 点以后了。

7 点 19 分。7 点 19 分？她居然还看了看“下午”那个小小的红灯。是关着的。上午 7 点 19 分。艾维曾经读到过一些精力旺盛的人只需要三四个小时的睡眠就出去比赛，结果还赢得了比赛；而现在，至少通过这么一个上午，她知道了他们的感受：棒极了。

艾维站起来，像个孩子似的，既敏捷迅速，又急不可耐，她走进浴室，照了照镜子。几个月来感觉从没这么好过。发生了什么事啊？她刷着牙，脑海里突然莫名其妙地浮现出哈罗在她身后洗澡的画面，还吹着口哨。

虽然在艾维想象中他在这里逗留了一段时间，但她去洗澡时无疑只有她一个人。这次的水很热，而且比平时有力得多，水啪啪啪地打在她头上，唤醒了她大脑中那个最微小的部位——对她来说，或许真的很微小，可这是她最担心的——灵感就是从这里来的，才华、天赋也是从这里来的。几秒钟之内，弗拉德克与熊和鹿遭遇的整个过程就成形了，在这场遭遇中，熊也可能并不是熊，而鹿也可能并不是鹿，而且，她把这个故事搬到了别的意想不到的地方。因为，对了！这个故事的关键是——她终于明白了！——这个陌生的穴居人是所有人中最文明的人。

艾维立即把湿漉漉的头发用毛巾裹起来，赤着脚，坐到桌子旁，打开手提电脑。她的两只脚在冰凉的地板上缠绕在一起。她做了些修改。太容易了，她心里完全掌握了这些材料，手指在键盘上做着小小的调整，就像砌砖工咔咔咔地把最后几块砖砌上去一样。

她拨了《纽约客》的总机，说要找惠特，接线员给她接通了惠特的电话。

“艾维？”他的声音听上去很警惕。

“别担心，”艾维说，“我收到退稿信了，没问题。”

“我喜欢这个故事，”惠特说，“但我们的要求是——”

“没问题，”艾维说。“是故事不太好。现在我做了很大的调整——实际上是按照别人的建议做了些调整——我想让你看一看。我知道这种做法有点疯狂，但是——”

“这本来就是件疯狂的事，”惠特说，“或者说应该是件疯狂的事。寄过来吧。”

“真的吗？”惠特的表现让她感到吃惊，他或许是那种在工作时表现出最好的一面，在酒吧时表现出最坏的一面的那种人——这样的情形她见得太多了。

“但你得有点耐心，”他说，“我现在忙得不可开交。”

“尽管慢慢来，”艾维说，简直是一句疯话，可是现在她知道了这是一份疯狂的事业——至少理想的形式是这样——所以，或许她属于这个疯狂的世界。

艾维草草地梳了一下头，把改好的“穴居人”放进信封，来到楼下。此时雾已散去：天气很冷，仿佛冬天一般，没有风，天空呈银灰色，很亮。一切都充满了生机，她也充满了活力。

她下楼的时候，只见一个骑着自行车的信差，正往门廊冲。她转身，看见他正在按自己的门铃。

“这是我家。”她说。

他递给她一个塞得满满的信封，跳上自行车，走了。

艾维看了看信封上的标志，来自温纳·兰道·派尔法律公司。她在台阶上坐下来，把信拆开。里面是两盘录像带和一封信：

亲爱的塞德尔小姐：

我冒昧地和州律师办公室的一个同行又看了一遍你的录像带。这个人是我的旧相识，很可靠。虽然他承认跑步的姿势有点细微的差别，但他无意接受你的说法，即这种差别是由于不是同一个人造成的。由于赌场的录像带在庭审时出示过，所以要重新开庭就取决于这个新的因素，即多年前中学拍摄的那盘录像带。在他看来，我也这么认为，这样的根据太不足信了，即使在明显误判的案子中也很少重新开庭。加之，州里认为金尘抢劫分子太残酷了，会不遗余力地阻止重新提起诉讼。在这样的政治背景下，赌场的老板就会强烈反对重新开庭，而与部族保持平稳顺畅的关系是非常符合州里的利益的。因此，我的意见是这件事就算了。你想根据本案写一部“悬疑小说”，以上这些对你没有任何影响，祝你好运。

艾维把“穴居人”扔进垃圾桶里，上楼回到自己的公寓，躺在床上。她睡了整整一天。

艾维手里拿着夹着写作材料的夹子，走进行政大楼，向安全门走去。她经过安全门时，托柯警官从门里探身出来。

“能耽误你一会吗？”他问。

她走进他的办公室。他关上门，示意她在椅子上坐下。一支荧光灯在头顶上吱吱作响。

“还不错？”他问道。他站在窗户旁，看着一个犯人正在慢条斯理地清理花坛，旁边站着一个看守。

“开车走这段路有很多乐趣。”艾维说。

“我说的不是开车，而是这份活。”托柯警官说。

“我非常喜欢。”艾维说。

“喜欢什么？说具体点。”托柯警官问。

“喜欢教书本身，”艾维说，“我以前从没教过书。”

“你可以去很多地方教书。为什么来这里？”

“这我不太清楚，”艾维说，“大概我想搞清楚创造一个东西有多难，尤其是在这些人身上。”她说完之后才发现确实是这样，于是对自己的回答有些沾沾自喜。

托柯警官从窗外回过头来。“几年前我们这里有个有娈童癖的人，”他说，“把五个女孩强奸后掐死了。他的口琴吹得很好，曾跟美国蓝领摇滚之王布鲁斯·斯普林斯丁，好像是布鲁斯·斯普林斯丁一起表演过一两次。”

他在桌旁坐下来，打开一只夹子。开头写着一个名字：巴拉班。“跟‘拉丁王’这个黑社会组织打过什么交道吗？”他问。

“我吗？”艾维说。“当然没有。”

“或者有什么龃龉？”

“没有，”艾维说，“是怎么回事？”

“菲利克斯是这个黑社会组织杀害的，千真万确，”托柯警官说，“如果你来这里怀有什么想法，那你得做好准备对自己的言行负责。他们可是没让他好受。”他翻着夹子里的纸。

“但是？”艾维说。

托柯警官从桌子对面滑给她一张照片。

“这是什么？”艾维问。

“B 区淋浴间的监视器拍的。”

照片是黑白的，上面有些颗粒状的东西：喷头下站着一个面色苍白的人，正在洗头，一只眼睛睁着，一只眼睛闭着。尽管他瘦得皮包骨，肚子却有点大。是菲利克斯。

“看看时间。”托柯警官问。

右上角有一行白色的数字，是日期和时间：上午 9：31：47。

“他们发现菲利克斯时是 9 点 35 分，”托柯警官说，“血流到了厕所右边，这个地方拍不到，像这样的老监狱就有这么个缺点。有个看守给他的尸体拍了一张照片，如果你想看看的话。”

艾维点点头。他又递给她一张照片，这张是彩色的：菲利克斯躺在满是鲜血的地板上，脖子上非常吓人。她赶紧移开视线，落在角上的时间是：

9：37：57。

“这里还有一张监视器拍的照片。”托柯说。

两个人正坐在一张类似咖啡桌的桌子上打牌，桌子是固定在地上的。其中一个艾维以前没见过。另一个人的手很大，牌拿在手里几乎看不见，这个人是赫克托·路易斯·莫里斯。她看了看右上角：上午 9:33:12，时间是同一天。

艾维抬起头来。托柯警官正等她抬起头来。“这是 A 区的咖啡馆。”

A 区的咖啡馆？B 区的淋浴间？“我不明白是什么意思。”艾维问。

“意思是莫里斯杀不了菲利克斯。”托柯警官说。“他得经过三个门，至少得要十分钟时间。而且，途中我们还有录像，而在录像上我们没有看到他。”

“但是——”但这是不可能的。哦，毫无疑问是莫里斯做掉了菲利克斯，唯一的问题是他们为什么花了那么长时间才搞清楚。

“但是什么？”托柯警官问。

艾维觉得他忽略了一些东西。也许照片上那个人并不是莫里斯，而是跟他长得相像的另外一个人；或者，是不是“拉丁王”用了什么办法把时间改了？她发现在监狱里也跟在许多小群体里一样，有两个层次的人：知情人和旁观者。犯人们是知情人，知道的情况总是比旁观者多。

“我感到很吃惊。”艾维说。

“这里让你吃惊的东西多着呢。”托柯警官说。“这又让我们回到了开头的话题上。你和‘拉丁王’之间有什么过不去的地方吗？”

“我从没听说过这个组织，来这里才听说的。”艾维说。

“莫里斯呢？”

“我跟他也没什么过不去的地方。”

“很多人都跟他过不去。”托柯说。

“我没有，”艾维说，“我喜欢他写的诗。”

“那你为什么要把他交给巴拉班的律师？”

“哦，”艾维说，她开始明白——虽然明白得有点晚——他想说什么了。答案多半跟哈罗对菲利克斯的提防有关：在某种程度上，她正在继续着他的工作。但这对托柯警官来说可能没什么意义。“因为他的妻子很痛苦，”艾维说，“还有孩子。这对他们来说是不公平的。”

“是这样，”托柯警官说，“但为什么是莫里斯呢？”

艾维回想起上第一次课的时候。“回想起来，这太显而易见了，”她说，“他们之间非常紧张。”

“犯人们之间总是很紧张。”托柯警官说。

“还不止这些，”艾维说，“莫里斯指责菲利克斯，说他叫他说谎者。”

“因为什么？”

“因为菲利克斯所上学校的名字，”艾维说，“实际上是康奈尔大学，但莫里斯坚持说是哈佛大学。”

“菲利克斯放弃了自己的说法。”

“没有立即放弃。”艾维说。“这些都是很愚蠢的。即使菲利克斯也害怕莫里斯，而且他还犯了一个错误，试图赶着写自己的东西。”

“赶着写自己的东西？”

“这样他就可以用我们一起用的那支铅笔，”艾维说，“我没想到，这么严肃的事情怎么可能会发生在这里。”

“你说得对。”托柯警官说。

“莫里斯恶狠狠地瞪了他一眼，”艾维说，“菲利克斯害怕了。明显害怕了。”

“还有吗？”托柯警官问。

“还有什么？”

“你为什么指定是莫里斯？”

“我不明白你想说什么。”艾维说。

“没什么。”托柯警官说。“你百分之九十九的时间是对的。莫里斯也许想割断菲利克斯的脖子。只是别人先下手了。”

艾维跟他争执合适吗？不合适。而且，她没有证据，只不过有那么片刻的工夫跟“知情人”的看法一致罢了。

托柯警官又翻了一页。“只剩下莫里斯被字典打了一下这个小插曲了。”

他仔细地看着，嘴角撇了下来，这种表情艾维总是不喜欢。“你认为没有人相信。”

艾维点点头。

“真实情况是怎样的？”

“发生得太快了，我没有看见。”艾维说。

托柯警官那粗大的手指在纸上移动着。“跟你对莫菲特警官说的一字不差，”他说着，抬起头来。“你还有什么补充吗？”

“如果我对莫里斯的结论下得太早了的话，我感到很抱歉。”

托柯身体前倾。“这些家伙有谁让你感到害怕吗？”

“没有。”

“比如说，莫里斯？他威胁过你吗？然后其他一两个人就来治他？”

“没有人威胁我，”艾维说，“我在写字，低着头，不知道发生了什么事。”

托柯盯着她。他把文件收起来，把夹子合上，说：“如果没问题的话，今天再给你一个学习写作的人。”

“当然可以。”

他伸手去拿警棍。“反对莫里斯再回到班上来吗？”他问。

“不反对。”艾维说，尽管这几个字说出来时有点不顺畅。

“想知道我们把你的小秘密告诉过他没有吗？”托柯警官问。

“告诉了。”

“我们的工作方式不是那样的。”托柯警官说。

“那好吧。”艾维说。

托柯站起来。“还有什么问题吗？”

艾维也站起来。“你认为是谁杀了他？”她问。

“这你可难倒我了，”托柯说，“实际上我正计划跟菲利克斯谈一谈呢。他是个聪明的家伙，大概是我在这里见过的最聪明的家伙。我们神经科的医生测过他的智商，只是为了好玩。一百七十八。”

“你准备跟他谈什么？”艾维问。

“B 区有人向我们告密，菲利克斯正在策划一个越狱计划。”他把警棍挂在皮带上。“我不喜欢越狱计划。”

“可这是不可能的。”艾维说。

“我跟你的看法一致，”托柯警官说，“祝你上课顺利。”

二十

莫里斯坐在左边，头发又长又油腻，手臂上的绷带取下来了；哈罗坐在另一头，身穿棕褐色的防皱衬衫，扣子扣到了脖子处；埃尔—哈桑坐在右边，嘴唇上有一层淡淡的白色；在他旁边，靠近艾维的位子是那个新来的犯人。这人很瘦，奶油糖果色的皮肤——很光滑，艾维从没见过这么光滑的皮肤——看上去十六岁左右。

"老师，认识一下这位新作家。他叫婴儿糕。"

那个男孩低着头，盯着铁桌子。

"你的真实姓名叫什么？"艾维问。

"婴儿糕就是他的真实姓名。"莫里斯说。

艾维转向他。"我们这里只说姓,记住了吗？"她说。"婴儿糕不是个姓。"

"他姓蒲柏。"哈罗说。

莫里斯前臂上的血管又在上蹿下跳了。

"对一个作家来说，这个名字非常棒。"艾维说。"欢迎来上课。"

那个男孩仍然低着头，他点了点头。

"蒲柏是个作家吗？"莫里斯问。

埃尔—哈桑——散发着一股难闻的气味，蓬头垢面，眼睛发红——说："蒲柏是个杀人犯。"

莫里斯的椅子在地上刮擦着。

"我说的不是罗马那个蒲柏。"艾维说。"亚历山大·蒲柏是很久以前的一个诗人。"

"他写过什么？"哈罗问。

"讽刺诗，我想你们都知道。"艾维说。

“什么讽刺诗，婴儿糕？”莫里斯问。

那个男孩喉咙里发出一些噪音。

“就是嘲笑天下可笑之事。”艾维说。

“是吗？”莫里斯说。

埃尔—哈桑闭上了眼睛。

“就像兔八哥[①]那样的，”艾维说，“他总是写这样的诗。”

埃尔—哈桑用他那漂亮的手做了一个不耐烦的手势。“背诵一下你那位蒲柏的诗。”他说。

“背诵？”

“像伯金斯那样。”

“伯金斯到底去哪里了？”艾维问。

“虽然不在了但还没有被遗忘。”埃尔—哈桑说，仍然闭着眼睛。

“死了？”艾维问道。

莫里斯开始笑起来。

“什么事那么好笑？”艾维问。

“伯金斯死了，”莫里斯说，“恰恰相反——他提级了。”

伯金斯以前是关禁闭的，现在莫名其妙地获得自由了。“提到哪里去了？”艾维问。

“阿提卡[②]。”莫里斯说。

“那是提级？”

“吃得好一些，”莫里斯说，“你喜欢吃什么，婴儿糕？”

那个男孩一声不吭。

“问你一个友好的问题。”莫里斯说。

那个男孩喉咙里又发出一些噪音，有点像流水的声音。

“没有舌头吗？”莫里斯说。“我听不见啊。”

---

① 动画片《波基猎兔》的主人公，非常机智，深受大家欢迎。

② 位于纽约州北部的监狱。

“背诵一下。”埃尔—哈桑说。口水从嘴角流了下来。

蒲柏。艾维上过整整一个学期的18世纪的英国诗歌课程，但她只记得一行了。“智者小心从事，愚者铤而走险。”她说。

埃尔—哈桑懒洋洋地向前一趴，头部笨拙地搁在桌子上。这个动作似乎谁都没有注意到。

“我觉得那是一首歌。”哈罗说。

艾维看着他。他像个专心致志的学生一样坐得直直的，双手交叉放在桌上。她这时才注意到他的一些特征，跟他的肤色比起来，眼睛显得很黑。非常显眼，就像一幅引人注目的肖像画：她以前怎么没有注意到。

“那是后来的事。”她说。

埃尔—哈桑发出一声叹息。

“你没事吧？”艾维问。

埃尔—哈桑没有回答。

“心理药物，”莫里斯说，“那是屎。”

“埃尔—哈桑，你想喝点水吗？”艾维问。

没有回应。

“他不渴。”莫里斯说。“我们写什么，老师？”

“呃，”艾维说，她的眼睛仍然盯着埃尔—哈桑，“我不知道我们应该——”

“他在梦乡里很安全。”哈罗说。

艾维站起来，绕过桌子分发纸张和铅笔，把埃尔—哈桑的纸和笔放在他的脑袋边上。“我想我们可以写一个我们生活中的重要人物。”

“啊？”莫里斯说。

“可以是任何时候的任何人。”艾维说。“父母、老师、教练和朋友——随你选。”

“我写我生命中的托柯警官，”莫里斯说，“超级棒。”

“最好写我们都不认识的人。”艾维说。

“为什么？”莫里斯问。

“不过也无所谓。”艾维说。

“那你为什么要这么说呢？”莫里斯问。

哈罗已经写了起来。那个男孩仍然低着头，这时把铅笔拿了起来。“嘘。”艾维指着莫里斯的纸，说。

“嘘？”莫里斯说。停顿了一下。接着笑了起来：今天心情不错，虽然艾维从没见过这么富有挑衅性的笑声。他把纸放好，伸手去拿铅笔。“一定得是诗歌吗？”他问。

“如果你想写的话，”艾维说，“也可以写故事。”

莫里斯在那张纸的顶部写下“故事”两个字，又在下面画了三横。

艾维感觉有人在看她。是哈罗。“你也写吗？”他问。

“当然。”艾维说。

除了埃尔—哈桑之外，犯人们都在写。图书馆里安静下来，这种奇怪的感觉图书馆里以前也有过，这种气氛就像在别的地方似的。

一般来说，艾维在动笔之前都要思考一下——或许思考得太多了。可是现在，由于某些原因，她未加任何思索，铅笔就飞驰起来。

那张照片是在哪里照的呢？上面有你、贝蒂·安，克劳德特和弗兰克·曼德雷尔的那张照片，克劳德特给我看过那张照片。你知道她住在兰塞姆路吗？住的不是汽车拖着的那种活动房屋——我说活动房屋时她感到非常不愉快。你当然是知道的——她们小时候就住在这里，她跟贝蒂·安一起在这里长大。我明白你的写作素材来自这里或那里的生活片段。冰暴故事中完全虚构的东西只有那个鬈发小姑娘。你没有孩子，所以也没有鬈发小姑娘，对不对？

总之，那张照片很棒。你们四个人在甲板上的栏杆上，身后是水，可能是湖水，也可能是河水。是圣劳伦斯河吗？脸上的表情非常有意思。从你的表情中我能看出来，你对贝蒂·安有多依恋，有多爱她。我相信，你还爱着她，这就很好地解释了你现在的处境。另一方面，我曾经上完过一个非常了不起的老师——斯玛莲安教授，或许有朝一日你会见到他——的全部课程，他论述过，照片也可能说谎。

比如说——菲利克斯·巴拉班。我刚刚见过监视器拍的一些照片，似乎表明莫里斯不可能——

“写好了，老师。”莫里斯扔掉铅笔，“说。我先念吗？”

哈罗还在写，没有抬头。那个男孩立即把笔放下来。

艾维看了看时间。到中午还有十分钟？时间差不多到了。“当然可以。”她说。

莫里斯清了清嗓子，趴在纸上。“‘故事。我生命中的一个重要人物。’”他念道，然后环顾四周，看是不是所有的人都在听。只有埃尔—哈桑还把头搁在桌子上，眼睛紧闭，哈罗虽然还在写，但也在听。他的眼睛盯着哈罗的头顶。前臂上的血管又开始跳跃了，脖子的一侧出现了一根又大又粗的血管。

“题目不错，”艾维说，“我在洗耳恭听。”

莫里斯用了很大的力气，好像要摆脱地球的引力似的，把视线从纸上移开，慢吞吞地转向艾维。“洗耳？”他问道。“什么东西？”

“我的意思是说，我做好了听你的故事的准备，”艾维说，“简直迫不及待了。”

莫里斯又清了清嗓子，吹掉纸上的灰尘，开始念起来。“‘故事。我生活中的一个重要人物。我生命中的一个重要人物是约翰·德阿勒桑德罗。’”莫里斯在椅子上扭动着，寻找更为舒服的姿势。“‘我和约翰是朋友。他是第一个被我打出屎来的家伙。在我这辈子当中，只有他！这个非常可恶的家伙！他只要把他妈的那辆踏板车给我就行了。那辆车是红色的，圣诞节时人家送给他的。可他说不！就像这样。不！他以为我会怎么处理他妈的这辆车呢？吃掉吗？’”莫里斯被自己的笑话逗乐了，抬起头来看别人是不是也在笑。那个男孩一直看着他，这时也发出一个声音来附和他，可是声音太短太尖，他又把头低了下去。莫里斯重新回到那张纸上。“‘他只要把他妈的……’妈的，已经念过了。”他咕哝了一会，眼睛在纸上寻找。“哦找到了，‘吃掉吗？’哈哈。是这个地方。‘吃掉吗？于是我打了他一个耳光！约翰·D，我们这样叫他，约翰·D就像那样倒了下去。’”他蹙起眉头，伸手拿起铅笔，删了几个字，又加了几个字。“‘像一吨砖似的倒了下去。’”他继续念道。“‘他倒下去的时候，我就用膝盖顶他的鸡巴！我就这样顶！这是我第一次发现。嘿！你真的可以把一个人打出屎来！真的屎！真的屎出来了！这时铃响了。结束了。’”

莫里斯抬起头来，趾高气扬的样子，仿佛勇士和艺术家集于一身似的。房间里一派寂静。

“铃响了，什么意思？”艾维问道。

“对啊，”莫里斯说，“因为休假结束了。得去上学了。”从他脸上掠过仿佛是忧虑的神情。“你说我应该把这个加上，还是稍微解释一下？”

哈罗这时还在写，他头也不抬地说：“他可以把那称为‘休假’。”

“对，”艾维说，“那是——”

“可我不想。”莫里斯说。

哈罗抬起头。“按你自己的意愿行事，”他说，“无所谓。”

“是吗？”莫里斯说。“什么意思？”

“你自己想吧。”哈罗说。

埃尔一哈桑的眼睛这时睁开了，但仍然没有动，头仍然搁在桌子上，嘴角下流了一摊口水。

莫里斯正要开口说话，艾维却抢先开口了。

“题目不错。”她说，也许声音大了点，没必要那么大。“下一位？”

没有人自愿。

“蒲柏，你写的是什么？”她问道。

“嗯，没什么。”那个男孩回答道。

“婴儿糕什么也没写，”莫里斯说，“就跟菲利克斯一样，长得好看而已。”他转向艾维。“记得菲利克斯吗，老师？”

“当然记得。”

“是谁割了他的喉咙，现在正在大规模地调查。”莫里斯说。“尽管他们没好好地问我，而是揍我，但我还是尽我所能给他们提供了一些帮助。”他的身子越过桌面，前倾了一两英寸。“你明白他们为什么没有好好问吗，老师？”

有那么一瞬间，艾维心想：他这是明知故问。但这无疑是不可能的。她的嘴唇发干。墙上聒噪的时钟滴答了一两下。这时哈罗开口了。“我们在浪费时间。婴儿糕，把那张纸传过来。我念。”

那个男孩没有动。这时埃尔—哈桑彻底清醒过来，突然坐了起来，他把那张纸递给哈罗。哈罗大声念了起来。

“‘兔八哥是我最喜欢的卡通人物，对我影响很大。他思维敏捷，从不向人索取。艾默法得拿着手枪在后面追八哥，八哥咬掉胡萝卜的顶部，把剩下的部分塞进桶里，当艾默法得开火的时候，桶里的胡萝卜引爆了他的手枪，艾默法得浑身变得黢黑。这是艾默法得打猎的时候。他说话很风趣，我不知道他为什么这么风趣。当我处在某个境遇之中时我总是想兔八哥会怎么做，可我总是很迟才想出来，要不就是永远也想不出来。谢谢老师让我想起了兔八哥。有时候我把它忘了。’”

哈罗把那张纸递给埃尔—哈桑。埃尔—哈桑把它放在那个男孩面前的桌子上。那个男孩没有注意到。他一直在看哈罗，脸上带着吃惊的表情，仿佛他偶然看到了一个什么新东西一样。

“很好。”艾维说。

那个男孩转向她。“是吗？”

“非常好。”艾维说。

“他妈的，什么东西？”莫里斯说。“兔八哥连个真的东西都不是，妈的。”

“确实，”艾维说，“但问题是——”

哈罗站起来。“决不要跟老师那样说话。”他说。

莫里斯把椅子向后推了推。

“请坐下。”艾维说。“在这里我们可以自由表达自己的观点，我没问题——”

莫菲特从门口走进来。“时间到了。”

他们都转向他。

埃尔—哈桑这时开口了。“我们才刚刚开始呢。”他说。

“哦，那对不起了。”莫菲特说。“我换个时间再来。”

但他没有动。大家都站起来。

“时间总是过得很快，”艾维说，“一定是个好兆头。把你们写的东西都给我——我去把它们打出来，下次我们从哈罗开始。”

艾维把铅笔收起来。大家鱼贯而出——首先是莫里斯，他交作文时一脸茫然，接着是两张更为茫然的脸，埃尔—哈桑和那个男孩，最后是哈罗。他把纸递给她。

“对不起，没有轮到你。”艾维说。

“没问题，”哈罗说。他低头看着她。他黢黑的眼睛并不像煤炭，而像比石头还硬还光滑的石头。“介意我看看你的吗？”

“下次吧。”艾维回答道。

他笑了笑，出去了。艾维捡起掉在埃尔—哈桑椅子下的一张纸，跟着走出来。

门外发生了一件非常奇怪的事情，艾维一时搞不清是怎么回事。是一件一件地进入她的视线的：首先，一个长相像莫里斯的犯人——同样的体格，同样粗大的手臂，手臂上有同样的文身，不同的是，他脸上有块烧伤后留下的疤痕，占去了半个脸——正在跟莫菲特说话，声音里有些愤愤不平。第二，莫菲特转向他，脸上带着恼怒的表情。第三，埃尔—哈桑和那个男孩正从那间有巨大穹顶的光滑地面上离开。第四，哈罗正朝另一个方向的几个犯人走去，这几个犯人的位置比较远。她不明白的还有：第五，莫里斯紧紧靠在门边的墙上，也就是莫菲特的后面，他手里拿着一个东西，放在腰部的位置，是什么东西呢？第六，一把石灰绿牙刷，这倒没有什么特别的，特别的是，莫里斯紧紧握着牙刷的一端这种方式，更重要的是，上写作课还带着一把牙刷。第七，没有毛的一头削得很尖。

莫里斯向前刺去。

艾维大声叫起来：“不要。”

莫里斯把牙刷向哈罗背部的肩胛骨之间刺去。但没有刺中肩胛骨，因为哈罗已经转过身来，牙刷刺在了他的左臂上。

一时间，一切都慢了下来，近乎静止了。莫里斯和哈罗都转了半个身子，都盯着对方的眼睛，好像在做一件什么隐秘的事情似的。牙刷在外面伸出来有一两英寸。莫里斯继续用手把牙刷向里面压，直到看不见为止。

莫里斯笑了。

哈罗脸色苍白，可声音几乎没有什么不正常，他说："你不能老写一些屎什么的。"

莫里斯收起了笑容，可当哈罗的右拳打在他身上时，仍能见到笑容的痕迹。由于距离很近，那一拳很重，正好打在莫里斯的左眼上，粗大的中指正好击中他的眼球。莫里斯向后踉跄了几步，抬起手捂住脸，撞在了艾维身上，她被撞倒了。

她的后脑勺磕在坚硬的地板上，眼前霎时变成了白茫茫的一片。一阵嘈杂的声浪呼啸而来，整个监狱似乎都在摇晃。艾维翻了个身，透过白色的面纱看见莫里斯躺在她旁边，脑袋偏向一侧，没有受伤的那边朝上。一只脚——实际上是一只没有鞋带的运动鞋——出现在她的视野里，踏在莫里斯没有伤到的那边脸上，他的脸凹了下去，发出仿佛扫帚柄裂开的噼啪声。

艾维双膝跪地。哈罗摇晃了一下，鲜血从他的手臂上流下来，他紧紧地盯着莫里斯。莫菲特从他后面走过来，举起警棍，在他后脑勺上打了一下。这一棍恰到好处，哈罗瘫倒在地。那个脸上有块疤痕的犯人在哈罗旁边俯身说道："你最好现在就死了吧。"看守们把他拖走了。

二十一

大约二十分钟后，托柯警官护送她走出行政楼。监狱墙壁的阴影投射在他们身上、大街上，甚至对面房子顶上的塔楼上，就像自古以来留下的退潮线一样。救护车上的警报声渐渐消失了。

“他们把他送到哪里去了？”艾维问道。

“很可能是普拉茨堡地区。”托柯警官说。“你没事吧。”

艾维的手还在颤抖，她生平第一次竟然想喝点酒，可她说：“没事。”

“很高兴听你这样说，”托柯警官说，“否则可能是一场噩梦。”

“为什么？”艾维问。

“你受伤了，可能意味着我的工作……”托柯警官说。

“对不起。”

“没什么对不起的，”托柯警官说，“我们逃过了这一劫，就是这么回事。回去开车注意安全。”

“谢谢。”

“祝你好运。”

“祝我好运？”

“祝你在纽约一切顺利。从现在起，写作课暂停。如果重新开课的话，我会通知你的。”

“可是，托柯警官，我——”

他举起手。“不是你的错。这些旗鼓相当的比赛反正要以他们的筋疲力尽告终的。”

“我不明白。”

“就拿哈罗和‘拉丁王’之间的关系来说吧。在他们厌倦了相互厮杀之后，我们才有片刻的安静与安宁。”

“难道你们不打算采取点措施吗？”艾维问。

托柯警官耸耸肩。“大概在哈罗出院之前要把莫里斯转移到别的地方吧。”

“那是什么时候？”

“说不准。”托柯警官说。“有可能永远不出来。”

“永远不出来？”艾维说。“可他是自己躺到担架上去的。”

“我经历过一些好玩的事情。”托柯警官说。

他们爬上那座小山，来到她的车旁。“那个‘拉丁王’怎么样了？”艾维说。“为什么现在要转走哈罗？”

“必须把他转到国外去，”托柯警官说，“在这里的监狱里，‘拉丁王’的人太多了。”

他替她打开车门。她上了车。

“你多大了？”他问。

艾维告诉了他。

“如果我是你，”他说，“就把这一切忘了，去过正常的生活。”

艾维掏出钥匙。“医院允许探视吗？”

他低头看着她，由于高墙的阴影和帽檐的遮掩，她看不见他的眼睛。“你为什么问我这个？”

“他写的东西非常好，”艾维说，“甚至可以说非常了不起。”

“那又怎么样？”托柯警官问。

还有，他是无辜的。可跟托柯警官说这些没用。“我想跟他讨论一下他的计划。”

“计划？”托柯警官说。“什么计划？”

“写作计划。”艾维说。

“在医院讨论？”

“看他什么时候能讨论。”

“是最后一次讨论吗？”托柯警官问。

“我希望不是，”艾维说，“我的目标是让他的东西能够发表。”

“那是最后一次面对面的讨论吧。”托柯警官说。

到监狱探视行不行呢？艾维心里这样想，可她没有说出来，她只是点了点头。

“你必须得到看守的同意才行，”托柯警官说。长时间的停顿之后，他问道：“发表？像书那样的吗？”

“对。”艾维说。

“我问问那里的看守吧。”

“谢谢。”

“但别有什么指望。”

艾维发现，故事的要素——如转折点、象征和主题等等——考虑得太多会出现问题，就是你也会这样看待自己的生活，从而失去正常生活。或许苏格拉底说得对，未经权衡的生活不值得过，可权衡太多的生活又会怎么样呢？那是一种什么生活呢？比如：现在她停在丹尼摩拉镇外的三百七十四号公路的交会处：需要作出抉择的关头或者人生重要的转折点这样的象征意义是很容易从中读出来的。右边那条路通向城里，明天可以去轮自己的班，或许还可以到百慕大去过周末；左边那条有两条车辙印的岔道通向荒野之中的那个湖泊。走左边这条没理由，除非想满足一下心里那个比较模糊的愿望，再去看一眼那个她见到熊的地方。为什么不能不再权衡，过得简单一点？艾维上了左边那条路。

十分钟以后，她驶过了最后那个急转弯，一路颠簸，来到了那片空地。今天这里没有上演流血事件，也没有恐怖的事情发生。现在，所有的树木都变得光秃秃的，在银色天空的映衬下，树枝看起来黑黢黢的。艾维打开夹子，找到哈罗课堂上的作文。

我生命中的一个重要人物

这个人是你，教写作的老师。我了解艾维·塞德尔些什么呢？了解得不多。我知道她写的“穴居人”的故事，还知道她写得不容易。我知道她喜欢来这里，而且觉得她对这里怀有一种同情。我知道她对一件事快有主意时是个什么样子的。我还知道她的公寓——装饰啊，屋顶的景色啊，床啊等等。（她一度是我的眼睛，让我看见外面。真的很管用。）

我不知道的是她十八年后的样子。

艾维下车，走到那块熊曾经呆过的空地边上。地上全是树叶——棕色的是橡树叶，红色的是枫叶，黄色的是什么树叶她不知道。什么残骸也没有，既没有鹿角，也没有鹿蹄和鹿尾。什么痕迹都没有。艾维站在那里，一动不动，等着什么想法冒出来。她能感觉得到，这个想法正挣扎着向外冒，是一种新的看法，不是关于“穴居人”的，而是关于哈罗的。接着她心想：此刻我在他眼里是个什么样子呢？可是后来，无论这个想法是什么，它都退了下去，遥不可及。

这时，她的手机响了。

在这样的地方怎么可能？她想到了德拉甘，想到了为手机传送信号的那个东西，想到了尼安德特人的无意识。

“喂。我是丹尼。”

“你好。”

“我听不清楚你的声音。”

她提高了嗓门。“你好。”她听见了自己的回声，树林里唯一的声音。

“你在哪里？”他问。

“回家的路上。”

“从丹尼摩拉回来吗？”

她听见什么东西裂开的声音，声音很轻，在她身后，她转过身去看了看，什么也没看见，只有树和银色的天空。“对，”她说，“结束了。”

“写作课吗？你是说永远结束了？”

“对。”

“为什么？”

“很复杂，我——”

“我不明白。”

“没什么。以后再解释。”

“我很高兴。”丹尼说。

“什么？”

“高兴。说到以后，你收到了我的信息吗？是关于——”由于静电噪声，后面的话听不见了。

“关于什么？”艾维提高嗓门问道。

线路突然又通了。“百慕大。”丹尼声嘶力竭地喊。

“哦。”艾维说完，不说话了。

丹尼把嗓门降下来。“我在想。”

“想什么？”

“百慕大。非常愚蠢。”

“我不——”

“我应该知道的，”丹尼说，“这类事情根本不是你喜欢的。我有个更好的想法——去蒙特利尔。”

“去蒙特利尔？”

“对。他们要举办一场很棒的音乐会。我可以弄到星期六晚上的票。据说埃德加要来。”

“在蒙特利尔吗？”

“对。埃德加。怎么样？”

蒙特利尔。“听起来不错。”艾维说。

突然一阵静电干扰。“听不见了。”

“听起来不错。”

“你——”

断线了。

这时，艾维又听见树林里响了一声，比刚才那声稍大一点。除了这声之外，树林里静悄悄的。她坐进萨博，掉头朝家开去。蒙特利尔：或许生活中发生的一切都是有理由的。这时，艾维感觉胃有点不舒服，有一种动机不纯和自己的动机被曲解的感觉；但还没有不舒服到不能开车的地步。

“我的梦想是拥有一个那样的地方。”丹尼说，他的保时捷爬上九十一号公路上的一座小山顶上。他指着远处山坡上一个跟图画书上一模一样的佛蒙特的农场：红色的农舍炊烟袅袅，湛蓝的天空上点缀着朵朵白云；羊群仿佛从天上掉下来的云朵，一片一片的。

“你的梦想什么时候能变成现实？”艾维问。

“哦，现在就可以，”丹尼说，“但我愿意把它当作一个梦想。”

艾维盯着他看了好一会。丹尼从侧面看上去非常好看：优雅平滑的线条，形状巧妙的嘴巴，如果可以这样说的话。他转过身来，见她正看着自己，笑了笑。“哟。”他说，踩了一脚油门。车子马力十足地冲了出去。

“丹尼！”

他放慢速度。“不是有意要吓你。”他拍拍她的膝盖。

“告诉我你是干什么的，丹尼。”艾维说。

“你知道我是干什么的。”

“我真的想知道，”艾维说，“这样你就可以在我的脑海里扎根。”

“哦？”丹尼问。“如果你也参与进来，就没那么有趣了。”

“我真的想知道。”艾维说。

丹尼点点头。“好吧。”他说。“你对筹措资金知道多少？”

“什么也不知道。”

“你肯定知道。比如说，你买萨博的钱是哪里来的？”

“实际上是布鲁斯给我的。”

“他给的？”

“是的。”

丹尼蹙起眉头。艾维看到了他将来的样子：比现在还好，更坚强、更可靠。丹尼身上有她不喜欢的东西吗？

“那份活你打算干多久？”他问。

“得干多久就干多久。”艾维说。

“不会太久了。”

“你凭什么这样说？惠特没有录用我的小说。”她没有提到惠特同意看一看她最后一分钟修改好的稿子；这件事成功的可能性真的很小，她现在明白了。

“我听说过了，”丹尼说，“可还有别的可以。”

“你凭什么这么肯定？”

“这是显而易见的嘛，”丹尼说，“你的那篇‘测量员’怎么样？”

“什么怎么样？”

“你应该试试。”

应该试试？艾维觉得没这个准备，一点也没准备。可就在这同时——她突然想到——把金尘一案再重新审视一遍难道不是一种测量吗？难道发现那两盘录像带不一致不也是一种测量吗？如果她将两个合并会——

左边是一个又长又大的湖泊，湖水波光粼粼。是张伯伦湖吗？当然是的：在远远的对面是阿迪朗达克，又矮又暗，丹尼摩拉就在后面。艾维意识到丹尼正在说话。

“对不起，”她说，“没听见。”

“没关系，”丹尼说，“那种来自于写作的梦幻般的感觉——我明白。我是说我想到了一种很酷的办法，来教你如何筹措资金。这样的话就可以在你脑海里生根。”

“什么办法？”艾维问。哈罗在普拉茨堡地区的医院里，就在那边的某个地方。她瞟了一眼手机，看是否有未接电话：没有。

“我要给‘测量员’筹措资金。”丹尼说。

“你说什么？”艾维问。

“我的意思是说，你写，我提供经费，”丹尼说，“你在酒吧挣多少，我给你，再加百分之十，额外奉送一台新手提电脑。”

“这倒是不错，丹尼，可我不能——”

“作为回报，”丹尼说，“国外的版权归我。”

“什么国外的版权？”

“欧洲、亚洲和南美洲的版权——海外的市场也大得惊人呢，”丹尼说，“当然，你保留美国的版权，改编成电影的版权和你的代理人跟出版商达成的附属交易。”

“可没有国外的版权啊，”艾维说，“也没有代理人、附属交易和书啊。”

丹尼手一挥，像驱赶一个讨厌的苍蝇似的。“财政学101，基础课。”他说。

“你怎么知道这个术语？”

“我曾经对出版业做过一两次调查，”丹尼说，“非常有意思的一个行业，要弄明白不难。”他转向她。“我们达成交易了吗？”

“不行。”艾维说。

“你觉得接受了别人的恩惠？”

艾维点点头。

“没任何恩惠，”丹尼说，“这是投资。我刚才解释过了。”

“如果那本书写不出来呢？”艾维问。“或者，如果没有人要呢？”

“那就是投资不成功呗，”丹尼说，“这样的事情也有。财政学102里这方面的信息都有。”

“我感觉不好。”艾维说。

“我不会，”丹尼说，“所以为了避免损失，我们要有保值措施。”

他们朝加拿大海关开去。

“怎么样？”丹尼问。

“我得考虑考虑，”艾维说，虽然她已经知道了答案是否定的。

丹尼叹了一口气。“我原来以为艺术家都应该是残酷的，”他说，“为了达到自己的目的，需要什么拿什么。”

这句话让艾维有一种下坠的感觉。她又想起了那一张张面孔——毕加索、白兰度和海明威。我的上帝啊，还有安迪·沃霍尔[①]。甚至连约尔都

① 英国著名艺术家。

证明是残酷的。她缺乏的难道是这个吗？这是应该与生俱来的呢，还是因为童年生活的不幸？能不能移植呢？比如说，只在紧急情况下使用？

车窗放了下来。他们把护照递过去。丹尼的护照上面盖满了章，甚至连加页上面都盖满了。而艾维上面还是空的。

“访问目的？”海关官员问。

“访问而已。”丹尼说。

二十二

埃德加错过了航班，签证出了问题，在肯尼迪国际机场转机时被美国人抓了——各种谣言满天飞——总之是没有露面，但那场音乐会不管怎么说，真是太棒了。首先出场的是有四个鼓手的双语组合“兔子”；接着出场的是三个吉他歌手，一把吉他在他们手里传来传去；之后上场的是一个乐队，节奏相当快，艾维从没见过这么快的节奏。他们演唱了一首歌，大概叫“建立在他妈的什么东西之上的梦想”，真的非常不错。大家都跳起舞来，艾维和丹尼也跳起来。这时才发现他的舞跳得相当不错，点子准，无拘束，飘飘欲仙，手里还拿着一瓶啤酒。周围都是醉人的啤酒，是魁北克的小啤酒厂生产的，这些啤酒厂艾维从来没有听说过；破旧的仓库里烟雾缭绕，从地板到天花板上的窗户上全是蒸汽，城市的灯光看起来模糊不清。

“好玩吧？”丹尼问。

“什么？”

他凑近了一点，喊道：“好玩吗？”

“好玩。”

一个鬈发女人从他们身边经过，用法语说了一句什么话。丹尼也用法语说了一句话，那个女人笑了起来。

“你会说法语？”艾维问。

“大学三年级时在国外。”丹尼说。

“什么？”

他喊道：“大三时在国外。”

他们停下来，站在一扇窗户旁。

“在这里吗？”艾维问。

“巴黎。”丹尼说。艾维大三时也在巴黎，可法语根本说不上流畅，理解能力甚至只有中等。“这是我第一次来蒙特利尔。”说着，喝了一大口，把瓶子递给她。

“我也是。”艾维说。

“我很高兴。”

“高兴？”她喝了一口，把瓶子递回给他。

“那对我们两个人都是第一次。”他说。

丹尼盯着她的眼睛。他的眼睛让她觉得非常愉快，无限深情，同时又充满了渴望。突然，记忆中的哈罗的眼睛将他的眼睛淹没。

“怎么了？”丹尼问。“出什么事了？”

“没什么。”艾维说。她抚摸着窗户，感觉玻璃都在震动。“没什么。我想马上回去。”

艾维去了一趟洗手间，洗手间很大，是男女共用的，有小便池，隔间，长沙发，还有一个吧台。这里热闹非凡。她用冷水浇了浇脸，走到吧台旁。吧台的一端有本电话簿，她一进来就看见了。艾维翻开电话簿。

她知道些什么呢？那个弗兰克·曼德雷尔——他在这里的表亲现在有两代人了——是从蒙特利尔来的；他的一个表弟参与了那个逃跑计划，在圣劳伦斯河的加拿大这边接应；曼德雷尔想开脱衣舞夜总会。当然，表亲不一定跟他同姓，而且他的这个表弟也许跟蒙特利尔没有什么关系，即使有什么关系，也没有理由认为现在还在这里，七年了。

但是。

在那本蒙特利尔的电话簿上，有三家姓曼德雷尔的：分别是詹姆士和利萨；P.；维克多和吉娜。艾维掏出手机，首先拨了詹姆士和利萨的电话，然后弓起背，避开周围的噪音。

接电话的是个女人，声音很尖，听上去是个老人。“喂？”她说。

“嗯，”艾维说，“你会说英语吗？”

“会说啊？”

“我找弗兰克·曼德雷尔。”艾维说。

“弗兰克·曼德雷尔？”那个女人说。“你一定是打错了。”

“对不起。”

艾维又试着拨P.曼德雷尔的号码。

“喂？”是一个男人的声音。

“请找一下弗兰克·曼德雷尔。”艾维说。

“错了。”咔哒。

最后是维克多·曼德雷尔。

“喂？”又是个女人的声音。

“弗兰克在吗？”艾维问。

停顿。“弗兰克？”这个女人比第一个年轻很多，听上去有点迟钝，还有点茫然，也许服过什么毒品。

“弗兰克，”艾维说，“弗兰克·曼德雷尔。”

又是停顿，这一次时间非常长。“这里没有人叫弗兰克。”她说。

“没有吗？”艾维问。

“没有，”那个女人说，“没有弗兰克，可能——”

“可能什么？”

“没什么。”

艾维心里有数了。

“我一定是搞错了。”她说。

“一定是搞错了，”那个女人说，“我告诉过你，没有人叫弗兰克·曼德雷尔。”

“维克多呢？”艾维问。

“维克多？”那个女人说。

“对，”艾维说，“他在吗？”

“现在不在。”那个女人说。

“他在哪里？”艾维问。“我要找到他。”

“有什么事？”

“生意上的事。”艾维说。

“维克在夜总会，”那个女人立即说道，仿佛艾维这句话有魔力似的。

“哪个夜总会？”艾维问。

“什么？”

“哪个夜总会？我觉得有好几个。”

“是有好几个，就是‘俏女郎夜总会’。”

“在哪里？”

“圣凯瑟琳，”那个女人说。又是停顿。“但是，嘿——为什么——”

艾维挂断电话，转身发现丹尼在旁边，正看着她。

“怎么了？”他问。

“喝点东西吗？”那个男服务员问。

“我控制不住地要偷听，”丹尼说，“你在跟谁说话？”

艾维从他身边走开。这又是一个转折点吗？似乎来得太快了。选择 A：她把哈罗和他的才华以及她相信他是无辜的对他和盘托出。选择 B：她只说一句：我们去见识一下蒙特利尔的脱衣舞夜总会是个什么样子的吧。

“我们谈谈吧。”艾维说。

“谈什么？”

“我们到外面去吧。”

“为什么？”

“太复杂了。”

她怔怔地看着他。他的目光变了。艾维觉得她第一次在他的目光中看到了焦躁不安，甚至更坏的东西。

“你到底想说什么？”他说。

他们来到外面，站在一根老式灯柱下面。丹尼冷得直发抖，把外套一直扣到最上面的那颗扣子。“好冷啊。”他说。

艾维知道一定很冷——她能看见她呼出来的气体——可她一点都不觉得冷。“我碰到了一件有点奇怪的事情。”她说。

“在哪里？”他问。

“在写作课上。”

“在丹尼摩拉？”

“对。”

他目光中的神情：她现在可以肯定了。“有个犯人——万斯·哈罗——他非常有才华。”她说。

“他做过什么？”

“我不明白你的意思。”

“为什么坐牢。”丹尼说。

“这正是我要跟你说的。”艾维说着就把这段经历讲了。她的讲述完全是一团糟：连那个最差的雇佣文人、三流的托尼·B都可能组织得比她好，你能想象得到有多糟糕吧。但她把最重要的都说出来了——滑雪帽、录像带、哈罗对贝蒂·安的保护、赫尔曼·兰道，还有，就是她很可能追到了弗兰克·曼德雷尔的下落，这个圈是怎么画圆的她完全没有解释清楚。她没说自己和哈罗在最后一堂课上写的东西，也没说那天半夜打的那个电话。

丹尼低头盯着她；有点奇怪的是，她过去总是认为他们一样高。“你现在想去这个脱衣舞夜总会吧。”他说。“‘俏女郎夜总会。’”他让这个俗气的名字更俗了。

“是的。”艾维说。

他将视线移开。有那么一会，艾维以为他流泪了。后来他呼出来的气体从他脸上升起来，挡住了眼睛。当他转过身来时，他的眼睛却是干干的。

“你在干什么，艾维？”他问。

“我刚才已经解释过了。”

“你给我讲了一个愚蠢的故事，”丹尼说，“你什么也没解释。”

“比如说？”

“比如说，首先，你凭什么那么肯定他好？”

“他好？”

“写的东西。”

“呃，”艾维说，“是……”这是她的长处，丹尼相信她的这个长处，他或许比她认识的所有人更有写作才华。难道不是吗？

“你把他写的东西拿给别人看过吗？”丹尼问。

“没有。”

“惠特呢？”

“我觉得我不能那样做。”艾维说。

“为什么不能？”丹尼说。

她没有合适的理由；事实上，根本没有考虑过给惠特看。

丹尼还不罢休。“跟推荐自己的作品比起来，推荐别人的作品不会让自己那么容易受到攻击，难道不是吗？”他问。

“大概吧。”

“那为什么不问问惠特的意见？”

“一言难尽。”

“或许你很难开口。”丹尼说。

“你什么意思，丹尼？你的行为很古怪。”

“是吗？”丹尼说。“你不告诉惠特可能是因为——你并不是真的认为那些东西好，你内心深处不是这样认为的。”

“那我为什么要说他写得好呢？”

“也许这正是你不希望惠特问你的。”丹尼说。

“你在说什么？”

“你记得你第一次跟我提到这个怪人的时候我对你怎么说的吗？”丹尼问。

“你说丹尼摩拉是个邪恶的地方。”

他点点头。“我问你为什么要这样做。你从没真正回答过我。”

“这是件好事。”

“对谁好？”

“对他们。”

“对你呢？”

“对我也好。”艾维说。

丹尼摇摇头。“看在上帝的分上，艾维，这是句陈词滥调了——外面的女人跟犯人罗曼蒂克。”

她的声音高了起来。“我是写作课老师，”她说，“我没跟任何人罗曼蒂克。”

丹尼后退了一步。“确实如此。”

她伸出手，放在他的胳膊上。“我不是这个意思。”她说。

丹尼移步离开。“我一听这话就明白是怎么回事了。”他说。他从口袋里掏出一个东西，递给她。

这是什么？一块长方形的塑料，她一时没有想起来，后来明白了：是他们在“老城”酒店房间的门卡。她抬起头来。他已经迈步走开了，走得很快。

“丹尼，”她在后面喊。“不要。”

可他还是走了，他一直朝前走，直到消失在夜幕里，最后呼出来的那口气在他身后盘旋。艾维没有追上去说她爱他，没有求他再给她一次机会，也没有说多给她一点时间，再谈一谈。什么也没说。面临转折的时候你得让人家尊敬你。她把那张门卡攥得紧紧的。

“‘俏女郎’到了。”出租车司机把车停下来，说。他从后视镜里看着她。“是这里吗？”他问。

“对不起，”艾维说，“我不会说法语。”

“这是你要去的地方吗？”司机改用英语说道。“是这里吗？”他用下巴指了指。

艾维看看外面，只见一个巨大的霓虹灯女郎正从她张开的两腿之间向后看。“是的。”她说。

二十三

加拿大的十元纸钞像一片漂亮的枫叶，正面有一幅嘴唇很薄的男人的肖像,不知这人是谁。艾维在“俏女郎”门口递上去一张“枫叶”,走了进去。

这是她第一次来脱衣舞夜总会。她在靠后面的位置找了一张桌子坐下。四分之三的地方都坐满了——前面靠近舞台的地方很多是男的，在他们后面有几对情侣。舞台上有两个赤身裸体的舞女在跳舞——一个黑人，一个白人——她们缠在铜柱上，不留给人一点想象的余地，甚至没给人留下她们很愉快的印象。男人们似乎并不在意，甚至好像连看都没有看见:他们的眼神里全是满足，不过这种满足并不是一种愉快的体验。

一个穿着丁字裤的女服务员走过来。“嘿，你好，”她说，“喝点什么？”

“水。”艾维说。

“是有泡的还是没泡的？”

艾维要了有泡的。女服务员回来时拿着一个小瓶子。“七块五。”她说。艾维又抽出一张“枫叶”。女服务员伸手接钱时两个乳房晃来晃去——她的胸脯很大很丰满，每个乳房后面都有一条细细的粉红色的疤痕。女服务员接钱的时候，艾维越过她摇来晃去的乳房，瞟了一眼她的胸腔，发现她的肋骨突了出来，跟其他瘦小女孩毫无二致。

“不用找了。”她说。

“谢谢。”女服务员说。她瞟了艾维一眼。“你是来找工作的吧？”

“找工作？”

“女孩子如果是一个人来，多数时候是找工作。”

找工作:这倒是一条路，但艾维已经预见，这样的话或许要以脱光衣服、试演以及去做某些无法做的事情收场。“我实际上在写一本书。”她说。

“你是作家？”

艾维点点头，点头的幅度很小，很模糊。

“佩服。”女服务员说，她的胸脯跳了一两下。“我读过很多书。我读过你的吗？”

“大概没有，”艾维说，“可或许你能帮助我。”

“是吗？”

“故事中的主要角色——主角——是一个像这种地方的老板。”艾维说。

女服务员皱起眉头。“他是主角？”

“主角也有缺陷，”艾维说，“为了把细节搞准确，我想跟你们老板谈一谈。”

“‘俏女郎’的老板？”

“如果他在的话。”

“我去看看。”女服务员说着走开了。她的臀部上文着一条蛇，蛇口大开，毒牙毕露；艾维希望这样的图像不会突然出现在她的梦中。她看着一个男的把钞票裹成球状扔到舞台上，一个舞女以一种不可思议的方式捡了起来。这时，只听见一个男声在她旁边说道：“你想见我？”

艾维抬起头来，看见一个圆滚滚的小男人，满脸横肉，灰色的头发，留着尼禄[1]一样的发型。什么办法都不可能把弗兰克·曼德雷尔变成这样。“是的，”她说，“你是老板吗？”

“经理，”他说，“你是记者什么的？”

“哦，不是，”艾维说，“完全不是。我写小说。”

“写小说？”

“就是编故事。”

他斜视着她，不理解。

“就像……”——她试图想出一个例子——“《大白鲨》[2]。”她首先想

---

① 古罗马暴君。

② 美国著名作家彼得·本奇利的悬疑小说。

到的是这个。

“你写的？”

“不是，”艾维说，“举个例子而已。”她伸出手。“艾维。”现在你进入了一个只有姓氏的区域了。

他们握了握手。他的手上湿乎乎的，充满了珠光宝气。“维克。”他说。

“很高兴见到你，维克，”艾维说，“在我写的这个故事中，主角是拥有这么一个夜总会的老板。”

“你的意思是指这样一个绅士俱乐部？”维克问。

“是的，”艾维说，“所以，我非常需要跟这里的老板谈一谈。细节得准确才行。”

“这个老板是主角？”维克说。

“差不多吧，”艾维说，“主角是一本书中最重要的人物。”

维克考虑了片刻。“就像主演？”他问。

“没错。”

“跟我来吧。”维克说。

艾维起身，跟着维克经过吧台和一个小小的凹进处，一个肌肉发达的舞女正在这里跟一个男客跳贴腿舞，男客身着冰球衣，目光呆滞——从后面看上去，好像非常费劲——他们从一段光线暗淡的楼梯上下来。重重的音乐声从墙上传过来，艾维知道这首曲子，她听魏尔伦酒吧的电唱机里放过，是蓝调音乐中的贝司旋律，萨姆和戴夫唱的，叫“坚持住，我来了”。

“你们老板叫什么名字？”艾维问。

维克走路的时候有点费劲，好像鞋底踩在了黏糊糊的东西上面似的。“麦克科德先生，”维克说，“杰克·麦克科德。”

“对一个主角来说，这是个非常好的名字，”艾维说，“你认识他有多久了？”

“我们要下坡了。”维克说。

他们沿着一条长长的走廊下来，来到一扇门前，门上写着“私人专用”。维克敲了敲门。

“进来，维克。”门那边一个声音喊道。维克不怀好意地对艾维笑笑，指指墙上的监控录像机。

艾维走进一间小办公室，这里的光线只有靠桌上那盏台灯提供。桌子后面的那个人正在清点色彩鲜艳的钞票，然后码在一只铁盒子里。她能看见的实际上只有他的头发——很长，淡银灰色。淡银灰色？克劳德特的照片上，弗兰克·曼德雷尔的头发一直是茶褐色的。她完全搞错了。

“这位是作家。”维克在她身后说。

那个人抬起头来，艾维的心跳开始加快。虽然是淡银灰色，但并不自然，而且眉毛是深色的。长相非常英俊，褐色的皮肤，额头上比当时照相时多了几道皱纹，但确实是弗兰克·曼德雷尔，没错。是他。就是他。

“我忘了，你叫什么来着？”维克问。

“艾维。”

“作家艾维，”维克说，“我老板，麦克科德先生。”

“很高兴认识你。”艾维说着，走上前，把手从桌子上方伸过去。

弗兰克·曼德雷尔握住她的手；他的手又大又硬，握的时间稍微有点长。有打动他的地方吗？“艾维什么？”他问。

她想找个化名，可一时没有找到。“塞德尔。”她说。

或许他注意到她有些犹豫。“有什么身份证明吗，艾维·塞德尔？”他问。

“身份证明？”

“干这行的得非常小心。”维克说。

艾维把自己的驾照递给弗兰克·曼德雷尔。他瞟了一眼。“纽约市，”他说，“你一开口我就知道你是美国人。”

“是吗？”艾维说。

“说一下‘about’这个词。”维克说。

艾维说了。

“听见了吗？”维克说。

曼德雷尔点点头。

“你们怎么说？”艾维问。

“About.”维克说。

“你呢，麦克科德先生？”

“叫我杰克，”曼德雷尔说，“About.”

艾维仔细听着。维克的第二个音节跟“boot”差不多,几乎跟“披头士”说的一样。而曼德雷尔的发音就不是这样。

“明白了吗？”维克说。“你有口音。”

身上文有蛇纹的那个服务员从门里探进头来。“维克？”她说。“对不起，打扰一下——有点小麻烦。”

“马上就来。”维克说。他走出去，把门关上。

弗兰克·曼德雷尔把最后一叠钞票放进铁盒子里,盖上。“请坐吧。”他说。

唯一可坐的地方只有桌子旁的那张白色的沙发椅。艾维坐在一头。曼德雷尔转过身来面对她。他身后的墙上挂着视频监视器，从不同角度反映夜总会里的情况:一群大学生从门里进来;维克指着一个摇摇晃晃的中国人;一个舞女正在地上爬。

“纽约不乏这样的夜总会，为什么跑到这里来？”曼德雷尔说。

“我想要一个新的角度。”艾维说。

他点点头，好像这话有道理。这句话让她产生了一个新的想法，虽然也许有点莽撞。

“这样的事情在你身上发生过吗？”她问。

“什么样的事情？”他问。

“去一个新地方，”艾维说，“重新开始。”

曼德雷尔的眼睛蒙上一层阴影。确实非常英俊，按照克劳德特的说法，他现在一定有四十四五岁了，可他看上去要比这个年龄年轻很多，而且身上有一股奸诈的感觉。“我为什么要重新开始？”他问。

“我不知道，”艾维说，“我只想弄清楚你的创业经历。”

曼德雷尔靠在椅子上，目光顺着鼻子看着她。他的鼻子很挺很漂亮：克劳德特说他像哪个演员来着？克劳德特没有记住那个演员的名字，可艾维有一个人选：维克多·马图尔。

“为什么选上我？”曼德雷尔问。

“问得好，”艾维说；这个问题她应该准备过。“说实话，有点偶然。我打听蒙特利尔最好的脱衣舞夜总会，都说是‘俏女郎’。”

“我们称之为‘绅士俱乐部’。”曼德雷尔说。

“维克也是这么跟我说的，”艾维说，“但我不相信关起门来只剩下你们两个人时你们也会这么叫。”

停顿了一下。后来曼德雷尔笑了笑，笑得很开心，洁白的牙齿露了出来，就像他在克劳德特的照片上的那个瞬间一样。“难住我了。”他说。她的驾照现在还在他手里，他低头扫了一眼。“艾维，”他说，“不久前这里来过一个艾维。也许是艾弗维？”他上下打量着她。“我们总是需要新鲜的——”接下来的一个词肯定是肉[1]，可他停住了——“……新的舞女。你跳舞吗？”

“我一点节奏感都没有。”

“太糟糕了。”曼德雷尔说。他把她的驾照扔给她。艾维接住，放进衣袋里。“就你的小说问你一两个问题。”他说。

“没问题。”

“首先，不会用真名对不对？”

“对，”艾维说，“我写的是小说。”

“第二，”他说，“为什么选脱衣舞夜总会？”

“因为它非常受欢迎。”艾维说。“既是个隐喻，也是本书的主题。”

曼德雷尔一脸茫然。

“我想写些无聊的东西卖。”她补充道。

曼德雷尔又开心地笑了一下。

“而且，我觉得这种生意对一个白手起家的男人来说有吸引力。”艾维说。“故事中的这个主要人物——主角——是个白手起家的人。”她停下来，打量着他。“除非生来就很有钱。”

曼德雷尔大笑起来，笑声短促、刺耳。“故事不错，”他说，“我他妈的

---

① 原文为“fresh meat”，意为“刚下海不久的妓女”。

就是白手起家的，宝贝。”

“很好。”艾维说。

“嗯？”

“我是说，好故事，”她说，“跟我说说你的成长经历。比如说在哪里出生的。”

“就在这里，”曼德雷尔说，“东端。是妈妈把我抚养大的。她是个法裔加拿大人。”

“麦克科德在我听来不像个法国姓氏。”艾维说。

“那是我父亲的姓。很早就离开了。”

“你母亲姓什么？”

“法国名字吗？”曼德雷尔说。“你绝对不会念。”

“我想跟她谈谈。”

“为什么？”

“看她是怎么看待你的崛起的。”

“我的崛起？”曼德雷尔说。这个词让他很高兴。“这个主意倒是不错，可她已经过世了。”

“对不起，”艾维说。虽然到现在为止，他谈到她时他一直用的是现在时。“什么时候过世的？”

“过世很久了，”曼德雷尔说。他看了看表。“你还想知道什么？”

“你是怎么起步的？”艾维问。

他耸耸肩。“通过自己的发奋努力——经营酒吧，省吃俭用，接了几笔不错的生意。”

“在哪里？”

“在这里。”曼德雷尔说。

“你一直在蒙特利尔？”

“对，”曼德雷尔说，“这座城市不错。”

“边境的南面机会不是更多吗？”艾维说。

“这是地道的美国人的说法。”曼德雷尔说。

“这么说，不是这样？”

“你自己看啊。”他朝视频监视器的方向挥了挥手；有一个上面显示的是维克正在光线暗淡的走廊里走。“国家经济繁荣。”

“从来没想过去南边试试运气？”艾维说。

“没有，”他说，“我们继续吧。”

“当然，”艾维说。她觉得有必要用什么东西支持一下，于是把记事本掏出来。“像这样一个地方一定花了很多钱。你是怎么挣到这些钱的？”

“告诉你吧，”曼德雷尔说，“忙得我屁颠屁颠的啊。过着清苦的日子，还要他妈的省吃俭用。”

“介意我记下来吗？”艾维问。

“随便记。”他说，然后又以口授材料的速度念道：“还要他妈的省吃俭用。”

艾维记了下来。“就是说，一直没发过横财什么的。”她说。

“横财？”

“比如说中彩票，”她说，“或者在赌场赚了一大笔钱。”

长时间的沉默。“赌场？”曼德雷尔说。他坐直身子；椅子发出吱吱的声响。“赌场是怎么回事？”

艾维耸耸肩。“横财有时候是在赌场得到的，”她说，“我的一个朋友曾在印第安人的一个地方发了一笔横财。”

曼德雷尔的手——毛茸茸的，跟头发比起来，颜色更深，这使她有点想吐——突然轻轻地抓住椅子的扶手——“印第安人的地方？”他说。

够了，艾维。还要确认什么呢？可她就是停不下来。“你难道没在这里发横财吗？”她问。

他的眼睛又蒙上了阴影。“你在说什么？”

“印第安人的赌场啊，”艾维说，“边境处就有一家，离这里大概只有一个小时的车程吧。”

他的鼻子周围开始发白。他开口说了几句什么，可是说不下去，吞了一口唾沫，准备重新开始。正在这时，有人敲门。他和艾维都去看监视器：

是维克，他正站在门外面，又准备举起拳头敲门。

“怎么了？”弗兰克喊道。

维克走进来，瞟了一眼艾维，然后转向曼德雷尔。“对不起，杰克，”他说，“吉娜来了，在上面。想跟你谈谈。”

“谁？”

“吉娜。”

“我从没见过你这样，”曼德雷尔说，“怎么回事？”

维克降低嗓门，奇怪的是，艾维就在场，他却想对他说些非常私密的事情。“我觉得你应该亲自去听听她怎么说。”

曼德雷尔起身。他低头看着艾维，眼里若有所思。“马上回来。”

“我陪着她。”维克说。

“好，”曼德雷尔说，“陪着她。”

他出了办公室。艾维正在想吉娜·曼德雷尔来这里意味着什么，差点没有看到他走路的姿势，他的步态。她感到头晕目眩。弗兰克·曼德雷尔走路的姿势很笨拙，脚向外翻，是个外八字。关于金尘抢劫案的一些事实又重新开始组合，这个该死的小故事的发展方向再次发生了改变。

“对不起，”艾维说，“我没听见。”

“我说‘喝点东西吧’。”维克说。

吉娜·曼德雷尔接了那个电话。有人打电话找弗兰克·曼德雷尔。现在吉娜到夜总会里来了，打断了他们关于印第安赌场的谈话。随后的判断很简单，曼德雷尔一直是很有头脑的。

“谢谢。”艾维说，希望维克离开房间。“水吧。”

维克哪里也没去。他打开墙上的一个壁橱。“有泡的还是没泡的？”

“无所谓。”艾维扫了一眼监视器，看见曼德雷尔那颗金色的头出现在上面的吧台旁边。他正在听一个中年女人说话，那个女人戴着一对大耳环。艾维向门口走去。“我用一下洗手间。”她说。

维克指了指另一扇门，这扇门在桌子后面。“你用吧，”他说，“老板的厕所。”

现在，一个监视器上显示，弗兰克·曼德雷尔正急匆匆地从一段楼梯上下来。

艾维走进老板的厕所。厕所里有个波浪式浴盆，一盒避孕套，马桶上方很高的地方有一扇窗户，很小。艾维爬上去。她的视线跟地面在一个水平面上。她看见外面有个垃圾桶，一条铺满鹅卵石的小路，对面的楼上有一盏灯。外面办公室的门随时都可能砰的一声打开。艾维惊慌地环顾了一下四周，只见马桶旁边立着一把脏兮兮的马桶拔。

外面办公室里的门砰的一声打开了。

艾维抓起马桶拔，把窗户打碎，插进去，撑起身，把脚蹬在墙上，从窗户里翻了出去。她来到了那条小路上。

叫喊声在她身后响起。艾维站起来，拔腿就跑——顺着那条小路，转过一个墙角，又转过一个墙角。她来到一条灯火通明的人行道上，融进周六夜晚的人群之中。只见一辆出租车开了过来。她抬起手，车停了下来。

回到“老城”酒店的房间里，只见桌上放着一个水果篮，枕头上放着巧克力，可丹尼的东西不见了。他留了一张便条，上面既没有地址也没有姓名，说已经以她的名义在机场订了一张从蒙特利尔到纽约肯尼迪国际机场的机票。她走进浴室，洗去受伤的血迹，用毛巾捂住还在流血的伤口。

二十四

夜里，艾维醒了，脸上有个硬硬的东西。她把脑袋偏向一侧，啪的一声把灯打开。那个硬硬的东西原来是用金属纸片包起来的比利时巧克力，一定是从丹尼的枕头上滑下来的。

这之后，艾维再也无法入睡。她起身，走到桌旁，开始在酒店提供的厚厚的信纸上写起来。

> 金尘
>
> 官方认定的经过：三个蒙面抢劫犯——拉斯科、卡特和哈罗。拉斯科和卡特被杀。哈罗携款潜逃。留下曼德雷尔在码头闲逛。曼德雷尔指认哈罗。哈罗在他的住所被捕。贝蒂·安携款潜逃。
>
> 真实经过：三个蒙面抢劫犯——拉斯科、卡特和哈罗。拉斯科和卡特被杀。曼德雷尔携款逃走。他在码头被捕。指认哈罗。哈罗在他的住所被捕。贝蒂·安和赃款不翼而飞。
>
> 因此：?

因此什么呢？艾维不知道。疑点太多了，而所有这些疑点都来自于两个不可调和的因素：哈罗是无辜的，而他却承认自己有罪。

艾维洗了个澡，打好包，天没亮就把房退了，房费丹尼都替她付了。但她并没有搭飞机去纽约肯尼迪国际机场。她租了一辆车，准备开车越过边境，在太阳——深秋时节变成了一个苍白的圆盘，似乎比平常要小一些——挂上树梢之前就开进了拉奎特。

赌场、渡轮停泊的那个斜坡和哈罗的房子。这几个地方大概形成了某种三角形。难道这是个数学难题吗？艾维知道把它看作一个数学难题不好，她不擅长解决数学难题。她想要的只是一篇故事而已，尽管她获得了艺术硕士学位，还参加了一些写作研讨会，但她还是对传统的故事情有独钟，有开头、有中间、有结尾。她从赌场开始。

虽然是大清早，停车场里四分之一的地方已经停满了车，或者说，昨晚还有四分之一的车没有开走。赌场的入口处停着一辆起重机，正把那块金尘赌场的招牌取下来；一块新招牌——是旧的那块的两倍——放在一辆平板车上，招牌上金币倾泻而下，一个矿工正站立在一旁。

她坐在停车场里。官方认定的经过：弗兰克·曼德雷尔在那个斜坡旁等哈罗，哈罗一直没有露面。真实经过：曼德雷尔扛着那袋钞票从赌场里出来。假定是这样，接下来呢？曼德雷尔上车。是有人坐在方向盘前等他呢，还是他亲自开车？弗迪·加侬曾说过在斜坡旁发现有车的话吗？艾维记得没有。

接下来的问题是：这辆逃匿的车子开得有多快？在这点上，艾维没有任何数据。要是她自己的话会怎么办呢？会开得很快，肯定是这样，但是又不能太快，太快了会引起巡逻车的注意。于是艾维把时速确定为超过限速以上十英里，她把里程表归零，看了看手表：7 点 58 分。她开着车出了金尘停车场。

艾维沿着高速公路行驶到一个红绿灯口，然后转向一条通往河边的街道，接着上了一条与小河平行的公路，最后来到利昂·雷德弗里泽曾带她来过的那条崎岖的土路。她又行驶了一英里半以后终于来到了这条土路的尽头，路的尽头有一棵高大的柳树。小河里脏兮兮的泡沫跟烤过的药属葵的颜色差不多，泡沫拍打着斜坡的底部。此时是 8 点 14 分。花了十六分钟。

官方认定的经过：哈罗背叛了曼德雷尔，在他携款回家时，曼德雷尔还在那个斜坡上等着，不知边境巡逻队要来抓他。

真实经过：曼德雷尔携款来到那个斜坡。

艾维对此坚信不疑，可这又产生了新的问题。比如说，边境巡逻队抓到曼德雷尔时并没有发现那些钱。那些钱去哪里了？被贝蒂·安带走了？

这是不是说是贝蒂·安开着车把曼德雷尔从赌场接走的，在那个斜坡边把他放下之后，才继续逃往她和哈罗的住所的？

艾维倒车，掉头，上高速公路，进入西拉奎特。她经过主大街的一家餐车式饭馆——看见外面停着一辆巡逻车，弗迪·加依坐在前面的位子上喝咖啡——爬上经过那所中学的长长的山坡，又驶过那块写着“兰塞姆路”的牌子。刚好在走了两点四公里时，来到了那条通往树林的无名小路。艾维沿着这条小路，转了一个弯，又上了一个斜坡，最后停在一幢空空荡荡没有门牌的房子前面，房子上挂着一块写着“待售”的牌子，字有些褪色了。此时是 8 点 38 分。从那个斜坡到这里，花了二十四分钟。从赌场到这里一共花了四十分钟。

艾维怔怔地看着房子。房子四周绿树环抱，树枝悬垂屋顶。鹅卵石上青苔遍布；门上、窗棂上的油漆已经斑驳。哈罗当时正在客厅里吸尘，贝蒂·安已经消失无踪。抢劫案发生后多久弗迪才驱车来到这里？他告诉过她吗？艾维觉得他告诉过她，可她不记得了。

她给西拉奎特警察局打电话，电话接通了弗迪·加依。

“我当然记得你，”他说，“你的那部悬疑小说进展如何？”

“还在构思阶段。”艾维说。“我有几个——”

“你开始起草大纲之类的了吗？”加依问。

“那是下一步，”艾维说，“现在在弄清一些事实。”

“弄清事实？可——”

“比如曼德雷尔是在抢劫案发生后多久被捕的？”

“二十，二十五分钟。”加依说。

“那从那时开始到你抓到哈罗又花了多长时间？”

她听见他鼻子里深吸了一口气，仿佛在沉思。“大概二十五分钟吧，最多半个小时。”真是星际速度啊。“如果你回头来一趟的话，我可以查查日志，把更为精确的时间告诉你。”

“谢谢。”

“可我不明白这有多大关系。”加依说。

“为什么会没有关系？”

“因为你想怎么编就怎么编，对不对？”

“对。”艾维说。

“当然，我不是在告诉你怎么干活。”加侬说。这时他那边传来了电话铃声。

“还有一件事，”艾维说，“那个斜坡旁有曼德雷尔的车吗？”

“有啊，”加侬说，“有一辆宝马车——还停在路上。”他大笑起来。“我想起来了，他当时不能开那辆车。”

“我不明白。”艾维说。

“那辆宝马是克劳德特·普里斯的，”加侬说，“她的执照在那之前就吊销了。”

“克劳德特开的是曼德雷尔的那辆旧车？”

“这些细节记不清了，”加侬说，“他和克劳德特的关系总是断断续续的。”

“抢劫案发生之前的那个晚上克劳德特在哪里？”艾维问。

“记不清了——调查中她的名字从来没有出现过。”加侬说。他再次开口说话时，语气就不太友好了。“但你想怎么编就怎么编啊。只要把名字换一下就行了。”

艾维下了车。她绕着这幢哈罗和贝蒂·安住过的房子走着。一股风吹来，夹在铝制板壁间的树叶哗哗作响，这些树叶硬硬的，了无生气。艾维从一扇满是污垢的窗户向里窥视，里面是厨房。一只老鼠正从墙上的缝里钻出来，跑过厨房，进了那扇通向地下室的门。

真实经过：曼德雷尔携款潜逃到那个斜坡。几分钟以后，边境巡逻队就将其抓获。钱不见了。

艾维盯着厨房，现在厨房里空空荡荡的，没有桌子，没有椅子，没有炊具，但是昔日家庭生活的场景还是在她眼前浮现出来——哈罗手里也许正端着咖啡，正从贝蒂·安的身后向她走去，她站在炉子前，哈罗走上去抚摸她的头发。在那一瞬间，艾维想起了加侬跟她说的话：*抢劫之后，他们应该*

都要到那个斜坡会合，包括贝蒂·安。而她没有露面，曼德雷尔这才知道哈罗欺骗了他。

但是哈罗没有欺骗曼德雷尔：事实上，因为曼德雷尔的信口雌黄他被判了二十五年。是的，他认罪了，可那是因为他要保护贝蒂·安：贝蒂·安携款潜逃了。所以：有没有可能曼德雷尔在她的问题上也说谎了，她实际上到了那个斜坡？当然只待了一两分钟，当时巡逻队还没有来，但拿走那些钱的时间足够了。然后呢？艾维没有头绪了。她想起了斯玛莲安教授。他不喜欢传统的故事，对那些按照开头、中间和结尾顺序写出来的故事，他总是提出一成不变的建议：从结尾开始。

艾维上了车，沿着那条泥泞的小道驶出树林，跌跌撞撞地上了公路，沿着这条公路，她回到了兰塞姆路上。接着她左转，顺那面又长又陡的斜坡而下，这个斜坡在下冰暴时非常容易回旋滑行。艾维把车停在克劳德特的房子前面。

在白天，她看见了一些晚上看不见的东西：房子旁边有个车库，车库里有一辆破旧不堪、锈迹斑斑的宝马，是车身最小的那种。艾维爬上门廊，在门上敲了敲。没有人应声。她又敲了敲，这次重了一点。屋子里静悄悄的。克劳德特又上白班了吗？艾维确实还想看一眼那张照片：哈罗、贝蒂·安、克劳德特以及曼德雷尔。她推了推门，门锁了。未经允许进入一幢没有上锁的房子和破门而入有什么区别吗？有区别。但是跟一个无辜的人——或许还是个伟大的艺术家——被投进大牢和获得自由比起来，未经允许进入一幢没有上锁的房子和破门而入又有多大区别呢？没多大区别。

艾维向车库走去，试了试侧门。也锁了。门的旁边有一扇小窗户。她环顾四周：从大街上几乎看不到她，而且在兰塞姆路的底部也没有其他的房屋。艾维把两只手掌放在窗户上，用力一撑，身子提了上去。她停留了片刻：这跟在“俏女郎”发生的一幕是如此的相似，只不过方向完全相反。她在一夜之间从一个被掠夺者变成了一个掠夺者：一定是向正确方向迈出的一步。艾维把自己撑起来，爬进了克劳德特的房子。

她来到一条小走廊。克劳德特的沃尔玛工作服挂在一个钩子上。难道沃尔玛的工作服不止一套？艾维不清楚。她穿过厨房，走进客厅。客厅里很暗，窗帘拉得很严实。她把照片从壁炉架上拿下来。在昏暗的光线中，照片上的人似乎会移动似的——哈罗、贝蒂·安，克劳德特和曼德雷尔。贝蒂·安那内视的目光：难道她在担心什么吗？艾维拿着照片，向窗户走去。她拉起帘子，让屋子里更亮一些，这时，附近传来一声微弱的呻吟。

艾维把绳索一松，窗帘啪地掉了下来，声音很尖，在房间里听起来仿佛打雷一般。

接着传来一个声音。“什么鬼东西啊？”

是个女人的声音——带着沉沉的睡意，或许酒还没醒。沙发上，一个笨重的人影变换了一下姿势。

“是克劳德特吗？”艾维问。

“是啊？你是谁？”

“是我，”艾维说，拉起窗帘。一束光线射进来。“艾维。”

“谁？”

克劳德特坐起来，眼睛避开光线。一只乳房从她褴褛的睡衣里露了出来。在她旁边的桌子上放着一瓶百利甜酒和一个烟灰缸，烟灰缸里有些烟蒂和一支抽了一半的大麻烟卷。艾维走近她身边。

“还记得吗？”她说。“我们在‘提基船’一起吃过饭的。”

克劳德特斜视着她。“能帮我一个忙吗？”她问。

“当然可以。”

“给我一点水。”

艾维到厨房拿了一杯水。克劳德特仰起头，一饮而尽；她的脖子很臃肿，有一道一道的褶皱，看起来比她身体上的其他部位要老很多。艾维把百利甜酒推到一边，坐到桌子上。

克劳德特看了她一眼，眨着眼睛。“有点乱，”她说，“昨晚搞了个小型晚会。”

“很多人吗？”艾维问。

“就我自己，”克劳德特说，“非常私密的一个晚会。”她注意到自己的睡衣是开着的，用手拉了拉。“你在这里干什么？”她说。“嘿！你究竟是怎么进来的？”

“门是开的。”艾维说。

“是吗？”克劳德特说。

艾维点点头。

“见鬼，”克劳德特说，又倒进了沙发里。

艾维举起那张照片。“我想复印一份这个。”她说。

“怎么复印？”克劳德特问。

“怎么复印？”艾维说。“拿到可以快印的金考之类的地方。”

“噢，”克劳德特说，“我就想——或许你可以把它画下来，你知道吗？”

“只复印一份嘛，”艾维说，“我一复印完就拿回来。”

“我知道，”克劳德特说，她又坐了起来。“你为什么要复印？”

“记得我跟你说的那本书吗？”

“不太记得了。”克劳德特的目光投向烟灰缸里的那半截烟卷上。

艾维开始讲她那本根据金尘案写的小说。才讲了一分钟左右，克劳德特就像个交通警察似的举起手，说：“行了，行了，我想起来了。现在的问题是，我头痛得快裂开了。或许另外——”

“要阿司匹林吗？”

“过敏，”克劳德特说，“我对所有的去痛片过敏。”她的眼睛再次投向那个烟灰缸，仿佛那是一块磁铁似的。“真正有点作用的还是——”

艾维把烟灰缸递给她。

克劳德特把那半截烟卷拿起来。“火柴在这附近的什么地方。”

艾维在地上找到了火柴。她擦燃一根，伸过去。

克劳德特吸着烟卷，直到两颊凹了下去。由于一直屏住气，她的眼睛鼓了出来，她把烟卷递给艾维。艾维不喜欢大麻，可她需要克劳德特提供东西，而她们之间如果没有什么信任她怎么可能得到这些东西呢？她吸了一口。

“啊，”克劳德特说，“我已经好多了。”她看着艾维的眼睛。“你感觉怎么样？”

艾维又吸了一口。“这有什么问题！”

“像什么，呃，怎么样？”克劳德特说。

此时艾维体内非常复杂。她感到焦虑、着急、惊慌、孤独——或许是所有这一切的混合——她感到兴奋；异常兴奋，可又很充实，就像你在从事一项最终会得头奖的长期工程一样。

“就像在探险。”艾维说。

“你感觉好像在冒险？”克劳德特说，从艾维手中接过烟卷，又吸了一点。“太棒了。”

“确实。”克劳德特说。

“简直跟哥伦布一样。”克劳德特说。

“他怎么样？”

“那种探险家？”

“比较像路易斯和克拉克[①]。”艾维说。

“有什么区别吗？”克劳德特说。

剩下的烟卷又传到艾维手里了。她抽完烟却把问题忘了。她盯着照片看了一会之后，甚至把要问那个问题的事都忘了。“这张照片太了不起了。”她说。

“是吗？”克劳德特说。“我这边是倒着的。”

艾维把镜框掉过来，这样克劳德特就能正着看了。“你有一辆宝马？”她说。

“简直是一坨屎，”克劳德特说，“即使我愿意开的话，也有他妈的三个月不让我开。”

艾维把手指放在照片上，正好在弗兰克·曼德雷尔的头上。“以前是他的。”

克劳德特点点头。“当时还是崭新的。”她说。她盯着曼德雷尔。“如果

---

① 两位均为美国探险家。

你答应保守秘密的话，我告诉你一个秘密。”

“我保证。”艾维说。

她转向艾维。“有男朋友吗？”她问。

“没有。”艾维说。“你一定是用棍子把他们赶走了，”克劳德特说，“像你这样的人——受过教育，楚楚动人。”

“哪里哪里，”艾维说，“什么秘密？”

“弗兰克和我在那辆车里发生过性关系，”克劳德特说，“把座位向后一推。干过这事吗？”

“没有。”艾维说。这是句谎话，可她愿意说的只能到这一步。

“你应该什么时候试试。”克劳德特说。

“试过之后的感受我会告诉你的。”艾维说。

克劳德特开始笑起来，想停都停不下来。她不停地笑啊，笑啊——泪水，口水，还有两只乳房都出来了。“你太好玩了。”克劳德特说，终于镇定下来。

“你那辆车后来怎么办了？”艾维问。

“都是自找的，”克劳德特说，“弗兰克作为证人被保护起来以后这辆车一直放在警察局。我说我能不能把它拿回来，他们大约一个星期后才说可以。”

“这说明他们跟弗兰克谈过。”

“一定是。”

“那辆宝马不是留在了那个斜坡旁边吗？”艾维说。

“对，”克劳德特说，“哈罗背叛了他。”

“这一点让你感到吃惊吗？”艾维问。

“男人做的什么事都不会让我感到吃惊，”克劳德特说。她从艾维手中接过照片，凑得很近，离她的脸只有一英尺。“在这点上，女人也是如此。”她说。她的目光突然变得非常生硬。如此生硬和突然，这使艾维目瞪口呆了好一会。为了搞清楚这一点，她又反复核实。

“你和贝蒂·安之间有什么过节吗？”艾维问。这时她想起了克劳德特上次对她说过的话：写上我原谅她了就行了。艾维放低声音。“贝蒂·安对你干了什么？”

生硬的目光开始从克劳德特的眼中消失。她什么也没说。艾维也什么都没说。那种目光慢慢消失，最终变成了温柔。“这只不过是人性罢了。”克劳德特说，“我们都是动物，说的事情、做的事情都是动物的。没什么好原谅的。”

“我不明白，”艾维说。但她隐约有些明白了：做点感动她的事情。她从桌旁站起来，坐到沙发上。克劳德特稍稍移了移，这样她们就可以肩并肩，胳膊碰胳膊地坐在一起了，照片摆在她们面前。

“他非常英俊呢。”艾维说。

“就像个好莱坞影星——我不是告诉过你吗？”克劳德特说，“而且很有抱负——你可以看得出来，总想干大事。当然她也野心勃勃，总想离开这里，好像好日子伸手可及似的。”

艾维把曼德雷尔的微笑，贝蒂·安内视的目光，哈罗幸福的表情一一考虑了一遍。“所以？”她说。

“所以？”克劳德特说，突然把照片扔在桌子上，照片滑到地上。“你认为呢？”

“弗兰克和贝蒂·安有不正当的关系？”艾维问道。

“只有我知道，”克劳德特指着通向卧室的过道说，“我在这里亲眼看见的。”

“这是在抢劫案发生之前多久的事？”艾维问。

“她已经非常漂亮了，你知道吗？”克劳德特说，“为什么还不满足？为什么还要把他从我这里抢走？”

“他不值得你这样烦恼。”艾维说。

克劳德特面朝她。“你了解他些什么？”她问。

“只是听说了一些事情，”艾维说，“有前科，是个小偷，野心很大，想开脱衣舞夜总会。”她站起来，走了几步。

“你是个什么人——势利鬼？”克劳德特说。“开脱衣舞夜总会可以赚很多钱。”

“杰里米·雷德弗里泽死了。”艾维说。

“弗兰克跟这个毫无关系，”克劳德特说，“他甚至都不在那里。是哈罗和其他人干的。”她注意到睡衣开了，可这一次没有去管它。

艾维知道她曾经问过克劳德特一个非常重要的问题，还没有得到答复，可她现在不记得是什么问题了。

“大麻吸完了，”克劳德特说，“希望上帝给我多一点大麻。”

“我已经够了。”艾维说。

克劳德特又开始笑起来。“是不是所有的作家都像你那么好玩？”

“不是，”艾维说，“在敲击删除键的作家中我是最好玩的一个。”

她笑得更欢了。“你让我疲惫不堪了，”克劳德特说，“我的肚子都笑疼了。”

“那我低调一点。”艾维说。

克劳德特咯咯地笑着。艾维这时想起了那个重要的问题，趁它还没有溜走之前赶紧抓住机会。

“你，呃，看见弗兰克和贝蒂·安的时候与抢劫案之间——”她说。

“怎么了？”

“相隔多久？”

“两三天吧。”克劳德特说。

“没别的可能了？”

“也许一天吧。”

“一天？”艾维问。“你的意思不是说同一天吧？”

克劳德特耸耸肩。

“还有谁知道？”艾维问。

“知道什么？”

“弗兰克和贝蒂·安的事。”

“据我所知，没人知道，”克劳德特说，“我不是跟你说了吗？也许还有你？”

“你没告诉任何人？”艾维说。

“比如说谁？”

“哈罗。”

“为什么要告诉他？”她把睡衣拉紧了。

“他有权知道。”

“不要从我这里知道，”克劳德特说，“贝蒂·安是我妹妹。”她的声音突然变了。她深吸了一口气。“现在还是我妹妹。别说我没有感到不安——事实上当时我离开了这里，在马塞纳跟一个女朋友待了一两个星期。”

“你的意思是说，抢劫案发生的那天晚上你不在这里？”艾维问。

“我是从新闻里知道的，”克劳德特说，“可你知道我脑子里一直在想什么吗？”

“在想什么？”

“弗兰克和哈罗一定一直在一起策划这次抢劫，全是这个，你知道吧，鬼鬼祟祟的。这难道不奇怪吗？”

“是很奇怪。”尽管她还没有听到任何细节，但她已经渐渐看清这件事的实质了，贝蒂·安携款潜逃，弗兰克·曼德雷尔把贝蒂·安处置妥当了，而哈罗还蒙在鼓里，还在保护她。“弗兰克跟大家说的一样，是个足智多谋的人。”她说。

“说说看。”克劳德特说。

艾维拿起照片，试图从贝蒂·安的目光中读出些什么东西，却被她那内视的目光阻挡住了。“关于原谅的话题你还说了什么？”她问。

“嗯？”克劳德特说。

“我们去‘提基船’的那天晚上。”

“我可不知道，”克劳德特说。她扫了一眼照片。“别复印了。你把他妈的那玩意留下吧。”

二十五

非常不错的一个故事——这样的评价不断传到我代理人的耳边。托尼曾经对她这样说。可是没有结尾，没有找到贝蒂·安·普里斯和（或者）那笔钱就没有结尾。警察都找不到贝蒂·安我怎么可能找到？

这个问题艾维现在终于有了答案。而在当时来说，这个问题似乎非常浮夸。

她开车向北，跨越边境，一大清早就到了蒙特利尔。寒风呼啸，大街上的人们都穿着寒衣。她来到圣凯瑟琳，把车停在“俏女郎”对面。

时光流逝。艾维采取的这个策略是从电影中抄袭来的，她打算一直等到曼德雷尔露面，然后再尾随他到他的住处。这个做法对尼克·诺特[①]、史提夫·麦昆[②]、汉弗莱·博加特[③]、蝙蝠侠和其他无数人都非常有效；可对她无效。从“俏女郎”出来的人很多，可是没有曼德雷尔。大概他在几个小时里是不会离开了，或者从后面走了，或者他根本就不在那里。

她考虑了相当长的时间之后终于想到了一个主意。她给查号台打了个电话。根本没有姓麦克科德的电话。她为什么会首先想到他会登记电话号码呢？可他总得住在什么地方吧。可能已经有警察——或者记者——在考虑下一步怎么办了。警察她认识谁呢？只认识一个人，真的，那就是弗迪·加侬，咨询他的意见是不行的。记者呢？没有谁，只有……只有托尼·B。

“我当然记得你，”托尼·B说，“丹尼摩拉教写作课的老师。非常关注

①②③皆为美国演员。

金尘这个案子。那顿午餐也不错。”

“我也很喜欢。”

“你现在”——他打了个饱嗝，不过很轻——“你又有问题了？”

“对，”艾维说，“假定你……的一个人物需要找到另外一个人物的地址，而你——她——只有她知道他的名字和他所在的城市。第二个人物的，你明白我的意思吧。”

停了一下，托尼·B说：“你是在告诉我你知道了弗兰克·曼德雷尔的下落？”

“弗兰克·曼德雷尔？”艾维说，这一声惊呼她自己听起来都觉得假。

“劫案中的这个出谋划策的人，”托尼·B说，“他作为证人被保护起来了。”

可作为证人被保护起来以后又消失了。可艾维只说道：“哦，他呀。当然不是。我怎么会做那样的事？”

又是一阵沉默。“大概你跟联邦调查局的什么人有来往。”

“联邦调查局的头头是我最好的朋友，”艾维说，“可这种关于地址之类的事情我还是决定打电话问你。”

托尼·B大笑起来。“我很感动，”他说，“但你对待这样的案子要非常小心才是。”

“什么样的案子？”

“侵犯人家权利的案子。”托尼·B说。

“我不明白。”

“你的记忆出了问题吗？”托尼·B说。“也许你应该开始记笔记。”

“什么意思？”

“我告诉过你，已经有一部书稿了，”托尼·B说，“虽然没有结尾，但写了他妈的三百一十九页呢。这个故事是我的。”

“当然，”艾维说，“这个故事我是绝对不会写一个字的。我的兴趣在哈罗的小说上面。”

“再说一遍？”托尼·B说。“你的声音变小了。”

“这个故事我是不会写一个字的。”

“我们说定了吗？”

“百分之百地说定了。”艾维说。

“一言为定，”托尼·B说，“关于你提出的这个问题嘛，有几种解决办法。”

艾维选择的办法是假装到一个房地产公司买房子，她和一个穿着入时的女人坐在一间会议室里，这里有很多文献资料，包括市政税费的资料。没过多久，她就开着车，穿行在城市西郊的一片高档住宅区里了。她把车停在兰康大道458号那幢巨大的石房子前，房子登记的主人是杰克和玛丽·麦克科德。

现在怎么办呢？艾维拿不准了。她可以走上去敲门——可要是开门的是曼德雷尔呢？她也可以坐下来等。于是艾维就坐下来等。一股风把草地上的枯叶卷起来，吹进了阴沟里。树叶落下来，堆成了一小堆；接着又一股风吹来，树叶又开始移动。艾维想到了“测量员”。许多事情与测量员测得的结果是不一致的。测量员务必要搞清楚——虽然搞清楚很痛苦——她测出的结果也是不一致的。也许测量员的所有经历并不是她想象的那样，或者不是别人告诉她的那样。

从哪里下手呢？斯玛莲安教授认为，有些小说之所以写得不好，主要是因为开头写得不好。艾维仔细考虑了一会儿，开始盘算用什么方法测量才有效。弄清楚所有这一切非常重要，一些具体细节需要——

艾维沉浸在这一切之中，连458号车库的门打开了她都几乎没有注意到。一辆宽大的黑色梅塞德斯开了出来，开车的是弗兰克·曼德雷尔，由于他的脸很黑，头上长长的金发显得非常古怪。艾维在座位上朝后缩了缩，这个动作实际上是无济于事的。曼德雷尔正从她身旁经过，离她只有五英尺之遥。他只要扫一眼就能看见她；可他正在打手机，对她视而不见。梅塞德斯转过街角，在交叉路段的两幢房子之间一闪，消失了。

艾维看了一眼克劳德特照片上的贝蒂·安，然后下车。照片上的贝蒂·安正站在甲板上。她上了那条石板路，然后用门环——一个米罗维纳斯[①]的青铜复制品——在门上“砰砰砰”地扣着。

门那边响起了脚步声。艾维的心开始跳起来，很快，很轻，仿佛一面小鼓。贝蒂·安·普里斯在那个斜坡上跟曼德雷尔会合之后，把钱带走了，他们用这些钱开了“俏女郎”，使弗兰克美梦成真。一旦他作为证人被保护起来，继而消失不见之后，那还有什么能阻止他们厮守在一起呢？什么也没有：也许他失踪的部分原因正是这个呢。虽然有些细节仍然不清楚，但主要部分都出来了。贝蒂·安要来开门了。然后怎么办呢？艾维虽然不知道怎么办，但结局肯定是哈罗重获自由。

门开了。

不是贝蒂·安。

贝蒂·安现在有三十了。可这个女人比她要大十五岁左右，棱角分明的五官，一头灰色的鬈发，嘴上叼着香烟。

“找谁？”她问。

“是玛丽·麦克科德吗？”艾维问。

“对啊？”玛丽·麦克科德从袅袅的烟雾中斜视着她。她的语调，她的目光，她歪着的脑袋：艾维从这每个细节中都能读出她的怀疑。“如果你是在推销什么东西的话，我没有兴趣。”

艾维摇摇头。“我在找贝蒂·安。”

“贝蒂·安？”玛丽说；艾维密切地注视着：这个名字对她来说毫无意义。

“贝蒂·安·普里斯。”艾维说，仍然不愿罢休。

玛丽耸耸肩。“你找错地方了。”

“我——”

玛丽把门关上了。

艾维退了下来。

不见贝蒂·安。

---

① 1820 年在米罗岛发现的爱神雕像。

有那么一会，艾维感觉很轻松。难道贝蒂·安和曼德雷尔什么时候分道扬镳了？或许把钱也分了？艾维不得而知：看来金尘一案也像测量一样，现实不是叠加起来的结果。还有些重要的东西悬而未决：曼德雷尔和贝蒂·安偷过情；他欺骗了哈罗；他实现了自己开脱衣舞夜总会的梦想；哈罗是无辜的。艾维驱车前往机场，把车归还之后，飞回纽约。

艾维从一座城市到了另一座城市。可她说不清楚是怎么到的。那灯光，那密集的阴影，人们脸上的表情，甚至她熟悉的脸庞：都有点异样，仿佛某种超自然的东西在企图复制纽约一样，一切都不太对劲；而她过去在纽约总有一种踏实的感觉。她很久才入睡，睡梦中她一直躁动不安。

艾维醒来后，煮了咖啡，打扫了房间，洗了澡，然后走了很长一段路，来到魏尔伦酒吧餐厅。对星期一来说，未免太忙了点：布鲁斯在酒吧里忙碌，还有一个苗条的黑人妇女，长得很好看，艾维从来没见过。艾维把头发扎成一个马尾辫，走到吧台后面的布鲁斯旁边。

他正在倒一杯红酒，没有看她。他固执地认为，智利比诺葡萄酒质量不错，只是还没有引起足够的关注而已。

“艾维？”他问。“怎么了？”

“该我上班了，来上班啊。”艾维说。

“该你上班了？”他说，把比诺推给一位顾客，那个顾客小心翼翼地闻了闻。

“星期一的11点到7点轮到我上班。”艾维说。这时他转过身来面朝她。她不喜欢他用那样的目光看着她。“对不起，迟到了几分钟。”她说。

一个男服务员也在看她。

“迟到了几分钟？”布鲁斯说。

艾维看了看手表。“迟到了三分钟。”

“再来一点。”一个顾客说。

布鲁斯没有理他。“你喝了什么迷幻药吗？”

“迷幻药？”艾维说。“当然没有。”

“那就是在开玩笑？”布鲁斯说。“想幽默一下？”

“我不明白。”

“比诺，”那个顾客说，“智利的。”

“今天是星期二，”布鲁斯说，“别假装这是一条新闻。”

“星期二？”艾维说。难道她睡了一整天？

“你这不是原创了，”布鲁斯说，“几年前一个女孩也对我耍过同样的花招。”

这时酒吧里所有的人都在翘首观望，目光来来回回地，像乒乓球迷似的。艾维放低声音。“不是花招，布鲁斯。我真的一定——”

布鲁斯用螺丝锥去开一瓶智利比诺。“太过分了，”他说，“我尽了最大的努力了。这一点你知我知。”他的手在颤抖。“你的支票在办公室。”

艾维泄气了。她瞥了一眼镜中的自己，脸上红彤彤的，都扭曲变形了，几乎认不出是自己了。比诺葡萄酒从布鲁斯手中的杯子里溢了出来。

布鲁斯的办公室原先是一个储藏室，在厨房旁边。新来的厨师正在高声喊叫，用的是什么语言，艾维听不出来。她走进办公室。德拉甘在里面。

“真的吗？”他说，“老板炒了你的鱿鱼？”

“是真的。”艾维说着，从邮箱里抽出支票。邮箱上用胶布贴着的名字已经不见了。

“我替你难过。”德拉甘说。

“别担心，”艾维说，“一切都会好起来的。”

德拉甘怔怔地盯着她。“太好了。”他说。这是典型的美国女人处理挫折的方式——“我在奥普拉[①]身上见到过。”艾维注意到德拉甘的一只胳膊下面夹着一个厚厚的用牛皮纸包起来的东西。“这样，”他继续说道，“你就有可能细读我的小说了。”

艾维盯着他，看见他长了些许绒毛似的小胡子。她想起曾经学过的关

① 美国著名脱口秀节目主持人。

于封建制度的一课，大概是三年级学的。在那幅插图中，国王在最上面，俯视着贵族们，最下面是农民，上面的说明是:农民没别的可踢，只有踢狗。

“很荣幸。”艾维说。

“你会仔细读吗？”

“把你的号码写在上面吧。”

德拉甘把他的号码写下来，末尾是个感叹号。“祝你诸事顺利，”他说，“过去，现在，将来都顺利。”

她接了那包东西。她的手也像布鲁斯的手一样，有点颤抖。

艾维回到了家，打开一个名叫“测量员笔记”的文件夹，准备把她到目前为止的所有想法构思成一篇小说。有一会儿进展非常顺利；后来她想起丹尼曾经给她的一个提议，就是给“测量员”这篇小说提供资助，这样她就可以放弃魏尔伦酒吧餐厅的工作。结果她什么也没得到，丹尼和工作都失去了。她的脑袋好像没用了，不太像河水断流，倒像变得无法驾驭了，好像河水变成了树木一样。

“天啊。”她说，把头埋在两只手里。这时她看见电话机上的信号指示灯在闪烁。

是丹尼吗？艾维有点希望是他：这是她最脆弱的时刻，真是不可饶恕。

可不是丹尼。

“我是托柯警官。可以去医院探视。如果你还有兴趣的话，就来找我吧。”

录音还没放完艾维就抓起了电话。

“你好，”托柯警官说，“怎么样？”

“很好，”艾维说，“你呢？”

“很好，”托柯警官说，“今天早上有几片雪花。”

“已经下雪了？”

“是啊，”他说，“还对医院之类的事感兴趣？”

“是的，”艾维说，“什么时间合适？”

“什么时候都行。告诉我一声就行了。”

“他要在那里待多久？”艾维问。

“这可说不准，”托柯警官说，“他有点感染，大概是牙刷所致。”

艾维发现自己跟电话贴得很紧。“严重吗？”

“不知道，”托柯警官说，“但医生说可以去探视没问题。”

“今天可以吗？”艾维问。

“今天？”托柯警官说。停顿：艾维可以想象得到，他本来就严肃的面孔在思考的时候变得更为严肃了。“看不出来有不行的理由。”他说。

她收起文件夹，打好一个短途用的旅行包，以防万一。以防万一什么呢？艾维不知道。她匆匆下了五段楼梯，来到大街上，朝车库走去，布鲁斯让她把萨博停在这个车库里是有条件的——还有些别的事情也得改变。要尽快，一回来就开始。艾维走了半个街区，一边走一边想现在拿什么来养活这辆萨博，这时她注意到一辆车从她身边驶过。吸引她的与其说是那辆车，还不如说是那个司机。这人大概是她见过的块头最大的了，非常粗壮，车里的空间似乎占去了大部分；车窗是开着的，赤裸的胳膊悬在外面，仿佛在比赛中有可能获奖的巨型火腿。

车子停了下来，正好停在她的公寓前面。那个大块头从车里出来，不慌不忙，从容不迫。刚才一直挡住没看见的那个人从车子的另一边下来。小小的个子，圆滚滚的身材，灰色的头发，剪着尼禄一样的发型：是维克·曼德雷尔。他们抬起头来看了一眼艾维的公寓，朝那扇门走去。

她疾步而去。

二十六

艾维出了城，向北驶去。她顶风而行。风越来越大，仿佛一只巨手压在引擎罩上一样。车里冷飕飕的，她冻得直打颤，好像时令已到隆冬一样；艾维不得不一路上开着暖气。弗兰克·曼德雷尔只是瞟了一眼她的驾照，时间那么短，肯定没有注意到她的地址，更不用说记住了。可他毕竟是记住了。尽管曼德雷尔的长相跟好莱坞的三流演员差不多，头发也非常滑稽可笑，但他很聪明。艾维对身后的情况非常留意，而且这种感觉总也挥之不去。她不停地看后视镜，一直到她把车停进普拉茨堡地区医院专供外来人员停车的停车场。

一个护士带着她乘电梯来到三楼，又领着她来到一扇锁着的门前。“这里以前是精神病人的病房，”她说，“监狱的医院住不下了。”她在门上敲了敲。“现在这里只有一个人。”

门那边传来钥匙咔哒咔哒的声音。那扇门——来自另一个时代的一扇笨重的铁门——猛地一下打开了。塔尼莎身穿制服，臀部上挂着枪，笑着迎了出来。

“嗨，你好，”她说，“听说你要来。”

“嗨，”艾维说着，走了进去，“一切还顺利吗？”

“无聊得快发疯了。”塔尼莎说，锁上身后的门。走道很宽，黄色的油地毡，绿色的墙壁，油漆有些斑驳了。“把夹子给我。”塔尼莎说。

艾维把夹子递过去。塔尼莎检查了一遍，放在桌上。“这里没有 X 光，要在你身上拍一下。”

“你要拍一下？”

“一下就好，”塔尼莎说，“把胳膊抬起来。”

艾维抬起胳膊。塔尼莎开始在她身上拍。

“现在拍你的两条腿。”

“我的腿？”

“张开。”

艾维张开双腿。塔尼莎用双手把两条腿上上下下地摸了一遍；缓慢、仔细、彻底地摸着艾维裤子的缝合处。

“好了。”塔尼莎直起腰来说。

她只是在干自己的活，干得也很出色，可艾维再也不能用同样的眼光看她了。塔尼莎见此情形，眼里的神情也发生了变化。

“他在走廊尽头的那间房，”塔尼莎说。她领着艾维走过五六个房间，这些房间都是空的，床上只剩下光秃秃的床垫。最后一个房间外面放着一把牌桌椅，四周的地板上散落着一些杂志。

“喂，”她喊道。“有人来看你。”

艾维在门口停下来。

“进去吧。”塔尼莎说。

艾维走了进去。房间很小，窗户上满是灰尘，里面的味道很奇怪。只有一张床：哈罗躺在床上，正在输液，身上盖着被单，只有胸部露在外面。他看起来非常消瘦，脸上的肌肉清晰可见，眼睛下面有凹陷的紫色污迹。两眼紧闭，一只眼睑有点抽搐。艾维正忙着看这些，几乎忽视了最显而易见的东西：哈罗是铐在床上的。

有那么一瞬间，她对塔尼莎充满了憎恨。

艾维朝那张床走去。

哈罗睡着了，却在呻吟。头部左右摇晃着，非常激动，仿佛在拒绝什么东西，又仿佛想把什么东西赶走。枕头上有两块血斑。

艾维站在床边。她想摸摸他的前额，看看是否发烧。她抬起了手。

这时哈罗的嘴唇——由于干燥已经破裂——张开了。他开始说话，声音非常微弱，仿佛在耳语，基本上只是一股气息。“我怎么能？”他说。他的嘴唇不停地动，可没过多久就安静下来了。接着又传来了他的声音。“我怎么能让你？”又安静下来了。这时门外传来吱吱呀呀的响声，是塔尼莎在椅子上移动时发出来的。哈罗深吸一口气，然后发出一声长叹。

“菲利克斯。”他说。

他睁开眼睛。目光慢慢向艾维移去。他的眼睛仍然很黑，却很呆滞，仿佛复印过三四遍的照片一样。

“你好。”她说。

“老师，”他说，这时声音有点力气了，但仍然很小，很粗糙。他的手腕铐在床两边的栏杆上，铁链有一英尺长。栏杆上的铁链可以在两个垂直的支柱之间滑动，宽度大概也有一英尺。哈罗虽然不能自由地侧着身子，但多少有些自由。

“你感觉怎么样？”艾维问。

他舔舔嘴唇:很干,裂得很厉害,舌尖白得像骨头。“我没什么东西给你。”他说。

“你指什么？”

“没写什么东西，老师，”他说，“最近没什么想法。”

“没关系。”艾维说。她环顾四周，看有没有水，只见一张装有滑轮的铁桌上有一个塑料杯，可是太高，他够不着。杯子是空的。“想喝水吗？”

哈罗点点头，幅度很小；在他脖子的一侧有根筋突了出来。艾维拿着杯子来到走廊上。塔尼莎坐在椅子上，靠着墙壁，眼睑低垂。这时她的眼睑闪了一下，睁开了。

“他要喝水。”艾维说。

塔尼莎指了指饮水机。艾维装满水，回到哈罗的房间。

“给你。”

他把胳膊肘支在一侧——每移动一下都伴随着刺耳的金属声——把身体支起来，脸色这时更加苍白了。艾维把杯子凑到他的嘴边，可他不喜欢这样。他用一只手支撑着，把另一只手抬起来。艾维把杯子放在他的手上。

哈罗倾着身子去喝水，铁链绷紧了，他的身子弓着，扭成一团。杯子刚好到他的嘴边。哈罗把水喝了，喝水时喉结上上下下地移动。杯子空了。艾维接过杯子。

“好些了吗？”

“好些了。”

“还要吗？”

“不要了。”

他倒在枕头上，在这之前她一直没有注意到他背上的绷带，绷带很厚，上面到处是粉红色的斑点。

“他们照顾得不好吗？”她问。

“无可抱怨。”

“医生怎么说？”

哈罗闭上眼睛。“这个感恩节他准备试试油炸火腿。”

“我是说你感觉怎么样。”艾维说。

哈罗舔舔嘴唇。舌尖不再那么苍白了，但看起来仍然不正常。

“我再去给你弄点水吧。”艾维说。她朝门口走去。

哈罗在她身后说。“啤酒比较好。”

她转向他。他的眼睛睁开了，脸上带着微笑。

“允许吗？”她问。

他的眼睛闭上了，笑容也消失了，仿佛这两样东西被同一个开关控制着一样。艾维出来问塔尼莎有没有可能给他一小杯啤酒。塔尼莎这时仍然坐在椅子上，仍然靠着墙壁，可她睡着了，嘴唇张着。艾维在饮水机上把杯子装满，回到床边。这一次，他让她喂了。

他一口气把水喝完，然后长舒了一口气，整个躯干都因这口长气而摇晃起来。他怔怔地看着她。

“还要吗？”

“还要。”他说。

她又去打水。这时塔尼莎打起了鼾，鼾声很轻。

哈罗又开始喝水。虽然这杯水还没有喝完，但他看起来脸色好多了。脸上苍白的颜色不再，恢复了正常，仿佛在他身体里面有种激流在翻滚一样。

“他们是怎么照顾你的？”艾维问。

“这会儿吗？”他说，虽然声音仍然很低，但不再那么粗糙。“最先进的方法。”

“我的意思是指医生。”

“无可抱怨。”

他瞥了一眼输液袋。

“医生怎么说？”艾维问。

“没怎么说。”

“是什么感染？”

“大概是血液感染。”哈罗说。“我有点昏昏沉沉的。”他看着她，目光不再那么呆滞了。“拿把椅子过来吧。”

艾维把一把椅子拉过来，在床边坐下。

“饿了吗？”她问。

“饿了。”他说，声音里有些许惊奇。

“我带了一根香蕉，”艾维说。她从包里拿出一根非常有光泽、黄澄澄的香蕉，只差不发光了。艾维剥了一半，伸到他嘴边。他咬了一口。

“啊。”他说。

艾维把剩下的香蕉喂给他吃了。他慢慢地、仔细地吃着，好像在享受美味佳肴一样。

“谢谢。”他说。

“不要客气。”

他盯着她。轻微的鼾声从门口飘进来。

哈罗的目光投向艾维大腿上的夹子。“我一直没有听见你在最后一次课上写的东西。”

艾维拿起包，找到那页纸，轻轻地读起来。

那张照片是在哪里照的——上面有你、贝蒂·安、克劳德特和弗兰克·曼德雷尔？克劳德特给我看过。你知道她住在兰塞姆路吗？

艾维抬起头来。他的目光落在她身上；目光差不多恢复了正常，那种咖啡色是如此深情。这篇东西似乎过时了——她现在知道的东西比这多得多了。不仅如此：她还有那张照片。艾维从夹子里把照片拿出来，举起来，让哈罗看。

哈罗盯着那张照片，目光慢慢地从他们脸上一一滑过。艾维发现自己正向他斜着身子，嘴巴离他的耳朵不远。

“我知道你是无辜的。”她说，声音很轻。“无论你说什么都不会改变我的看法。无论什么。”

他们四目相对。她看见他目光中有种新的东西——也许不是新的，只是没有隐瞒了而已——这种东西促使着她、引诱着她、逼迫着她仔细看看他的身体，从赤裸裸的胸脯一直到被单盖着的地方。现在被单被顶了起来。

艾维伸手把被单拉掉，解除了他下身的束缚。现在，她被某种力量控制住了，一种完全正当的冲动，无法遏制，好像接下来要发生的事情双方都已心照不宣。

她终于趴在了他身上，他们的脸庞紧紧地贴在一起，输液管缠在她的腿上。他们喘着粗气。艾维感觉身上湿乎乎的。她睁开一只眼睛。这只眼睛正好在他的眼睛旁边。他流泪了。她也开始哭起来。

艾维把嘴巴贴在他的耳朵上。“会好起来的，宝贝。”

不好！走廊里传来吱呀一声。

塔尼莎把头从门口探进来。

“没事吧？”她问。

艾维坐在椅子上，大腿上放着夹子，遮住了穿反的裙子。哈罗躺在床上，盖得严严实实的。

“没事。”艾维说。

塔尼莎抬眼看着哈罗；她的注意力与其说在哈罗身上，还不如说在那些镣铐上面。

“一定得戴上镣铐吗？”艾维问。

“窗户上没有铁条时，这是例行程序。”塔尼莎说。

艾维扫了一眼窗户：污垢遍布，结实厚重，虽有铁丝加固，却没有铁条。“我们这是三楼。”她说。

“不管用，”塔尼莎说，“晚饭马上就上来了——你吃点吗？”

“我没事。”艾维说。

“免费的。”塔尼莎说。她退了出去。她的椅子又吱吱呀呀地响起来。

艾维站起来，拿起哈罗的手。他的手很干很暖和，冰凉的镣铐顶在她的手腕上。她的心脏发疯似的跳着。她只想看着他，让自己镇定下来，从各个角度搞清楚刚才发生的一切。可他们没有时间了。或许哈罗也意识到了这一点。

“你为什么说我是无辜的？”他问。他说话的语调有些不同了，到底有什么不同，她也说不清楚，仿佛他们认识了好多年似的。

“我告诉过你，我看过赌场的那盘录像带。”艾维说。

“那又怎么样？那盘录像带能说明什么？”

沉默。他手背上的一根血管在艾维的手指下怦怦地跳着。再爬到他的身上去一次怎么样？现在就爬，只要有那一瞬间其他的就他妈的顾不得了？艾维深吸了一口气。

“你真的想谈那盘录像带？”她问。“那好吧。给我解释一下，你为什么一定要那么用力地推那个上了年纪的黑人一下？”

哈罗盯着她。

“那个拿着购物袋的人。”艾维补充道。

“他挡了我的路。”哈罗说。

“录像带上没有什么上了年纪的黑人，”艾维说，“不管是拿着购物袋的还是没有拿购物袋的，都没有。你不在那里。”

哈罗笑了笑，笑得很勉强，而且瞬间就消失了。

“承认了吧。”艾维说。

“然后呢？”

“我们就能重新开庭，”艾维说，“但得从你开始。”

“这是永远不可能的。”

“你打算放弃？”艾维问。“你难道没有意识到自己的前途？”

“什么前途？”

“你这么有才华。”艾维说。

他把手抽回去。“我说过，最近没什么写作的念头。”

“会有的，”艾维说，“尤其当你重获自由的时候。”

他的目光发生了微妙的变化：不是这种目光的威力——兽性和理性的混合体，根据她的经验，这种混合体是非常独特的——减弱了，而是他的目光对准了别的地方。

“你知道这是事实。”艾维说。

他的目光又变了，回到了她身上。“十八年后更会是事实。”他说。

她的嗓门高了起来，连她自己都吃了一惊。“你怎么了？”她问。“你为什么要保护她？”

哈罗朝门口扫了一眼。“谁？”

艾维放低声音。“别把我当白痴。贝蒂·安。”她说。

哈罗没有回答。他的沉默激怒了她。

“你为什么不明白呢？”她说。“你只需要说出她在哪里就行了。”

铁门上传来钥匙咔哒咔哒的声响。哈罗还是不回答。

“你什么都不欠她的，”艾维说，“他跟弗兰克·曼德雷尔还偷过情。”

没有反应。

外面的油地毡上响起了脚步声。

“顺便说一句，我正在找她。”艾维说。

哈罗坐起来，动作非常迅速，铁链一下子拉紧了，几乎吓了她一跳。

塔尼莎进来了，后面跟着一个胡子拉碴的人，脖子上挂着听诊器。

“医生来了。”她说。

二十七

在医生造访的这段时间里，艾维和塔尼莎坐在这间以前用作精神病房外的走廊里，艾维坐在塔尼莎旁边。

塔尼莎打了个哈欠，看了看手表。“还有三个小时？”她摇了摇头，好像想让自己变得清醒似的。“知道这个活让人发疯的是什么吗？”

“是什么？”

“当你值班的时候，”塔尼莎说，“时间慢得好像停止了一样，仿佛你也是个犯人一样。而当你一下班，时间过得飞快，让你非常紧张。”

“犯人们出去以后呢？”艾维问。“他们是不是也很紧张？”

“谁知道？”塔尼莎说。“他们从来没有在外面待很长时间。”她把手伸进那堆杂志里，自己拿了一本，递给艾维一本。

是一本娱乐杂志，全是关于好莱坞的。艾维翻得很快，可她并没读，甚至都没看，任凭那些照片从她眼前一闪而过。她差点连约尔都错过了。但她最终还是注意到了。在第二十七页底部，跟亚当·桑德勒站在一只塑胶的火烈鸟旁边。上面的说明文字是：人以类聚：亚当·桑德勒和炙手可热的新人、电影剧本作家约尔·卡特勒联袂拍摄《本末倒置》。

本末倒置？是约尔的电影剧本的名称吗？

亚当·桑德勒笑得非常开心。约尔也笑得非常开心。火烈鸟的黄牙露了出来，也是非常开心的样子。背景是个女服务员，端着饮料盘，欠身于桌子上方。她肩膀上有个文身，红的，大概是一朵花。

艾维转向塔尼莎。她的眼皮子又开始下垂了。

“塔尼莎？”

塔尼莎的眼皮子慢慢抬起来。“怎么了？”

"他们把莫里斯转走了吗？"

"你是说送回到了监舍里？"塔尼莎说。"据我所知，还在医院里。"

"可托柯警官说，莫里斯要送到别的监狱。"艾维说。

"这我还是第一次听说。"塔尼莎说。

"你是说不可能？"

塔尼莎耸耸肩。她翻开一本杂志，拿出一支铅笔。"向下第十三个，"她说，"《后窗》的导演。九个字母。"

"希区柯克[①]。"艾维说。

"哦，对了。"塔尼莎用铅笔填了上去。"我知道这部电影。"

"是谁杀了菲利克斯，他们搞清楚没有？"艾维说。

"没有，"塔尼莎说，"'褒曼和鲍耶的恐怖片'，八个字母。"

"《煤气灯下》[②]。"艾维说。

"不知道，"塔尼莎说，"好看吗？"

"好看。"艾维说。

塔尼莎写上《煤气灯下》。"你见过监狱长吗？"她说。

"没见过。"

"他对菲利克斯在他的监狱被杀非常生气。"

"他有麻烦吗？"

"什么？"

"监狱长？"艾维说。"一个相当优秀的犯人在他的监视之下被杀害了。"

"菲利克斯非常优秀？"塔尼莎问。

"在某些方面吧。"

"在这里没有。"塔尼莎说。"犯人唯一能让监狱长难受的就是越狱。菲利克斯正是这样。"

"我不明白。"

---

① 英文名为 Hitchcock，名字由九个字母组成。

② 英文为 Gaslight，八个字母。

“大多数犯人都相当木讷，对不对？”塔尼莎说。“他们之所以坐牢部分原因就是因为这个。菲利克斯不是这样的。据说他在我们的安全系统上动了些脑筋，多少找到了些漏洞。”

“菲利克斯正在策划越狱？”艾维问。

“嗯，”塔尼莎说，“他想做笔交易。”

“什么交易？”

“想用他找到的这个漏洞换个缓刑。”塔尼莎说。

“但是监狱长拒绝了？你想说的是这个吗？”

“因为菲利克斯的这种结局，”塔尼莎说，“他这个想法一直没有机会说出来。”

“这是不是说‘拉丁王’——”艾维开口说道。

这时医生出来了，看了看表。

艾维起身自我介绍。“我是教——以前是教——写作课的，在丹尼摩拉。哈罗在这个班上。我——”

“哈罗？”那个医生说。

“那个病人，”艾维说，语气强硬起来。“我想知道他情况怎么样。”

“非常好。”那个医生说。“从生理学上讲，他们其中有些人就像另外一个人种似的——也许可以写一篇研究论文。我建议他明天就回去。”

“回去？”艾维说。

“回监狱的医院去。”医生说。“按这样的速度，他一两天就可以下床走动了。”

“谢天谢地，”塔尼莎说，“我困在这里都快要疯了，医生。”

医生环顾着四周。“我理解。”他说。

塔尼莎拿出钥匙，面向艾维。“还是让你们两个人一起出去吧。”她说。

“但是——”艾维说。

塔尼莎拍拍她的手表。

“我能不能跟他说声再见？”艾维问。

“你已经超时了。”

“就两分钟。”艾维说。

塔尼莎的目光在她脸上停留了片刻。然后点点头，领着医生朝铁门走去。

艾维一路小跑，回到哈罗的房间。他这时已经坐起来，靠在枕头上。

“曼德雷尔在哪里？”他问。

“我们没时间说这个，”艾维说，“他们明天要把你弄回去。”

“是蒙特利尔吗？你是在那里找到他的吗？”

“你听见了吗？”艾维说。“你明天又要进去了。莫里斯还在那里。”

“很好啊。”

“很好？你在说什么啊？难道你不明白？你告诉我贝蒂·安在哪，现在就告诉我。”

“你别管了。”他说。

“可她可以证明你是无辜的，”艾维说，“你就自由了。”

哈罗盯着她。“你很漂亮。”他说。

艾维向前走了一步，把他的脸捧在手里，动作并不轻。“她在哪里？”

“你永远找不到她。”

“为什么找不到？”

“弗兰克最终是不是开了那些脱衣舞夜总会？”

“跟这没关系。”艾维说。“她跟他不在一起。”走廊上响起了钥匙叮叮当当的声音。他为什么不明白呢？他又要回到监狱去了。“拉丁王”会把他干掉的。她还会不会再见到他呢？“你为什么不告诉我？”她轻轻地摇了摇他，问道。她突然有了主意。“你不知道她在哪里？是这样吗？”

哈罗眼神恍惚。“我知道。”他说。

“如果你告诉我的话，我怎么可能找不到她？”艾维说。她听见塔尼莎的脚步声越来越近。“只有你能告诉我啊！”

哈罗点了点头，动作轻得几乎无法觉察。艾维放开了他。

她的思绪快速奔跑起来，带着她一路向前，速度之快，她几乎跟不上。只有哈罗才能找到贝蒂·安，为什么？艾维不知道，但是，只有找到贝蒂·安才能证明他的清白。在那一刻，她终于明白了有一类人心里的想法，以前她总是理解不了：那些放弃一切帮助非洲艾滋病患者的女人和站在坦克前的男人。“如果是那样的话，”她说，“我来接你。时间就在今晚。”

艾维没有看看他的反应就走了。她飞奔至窗口。这是一扇双挂拉窗：她脱开窗钩，把窗户抬起来半英寸，手指刚好可以伸到下面。

在她身后，一直保持沉默的哈罗这时说道：“断线钳。”

虽然艾维从没使用过断线钳，也从没使用过这个术语，也描述不出它是个什么样子，但她已经知道它是个什么东西了。她转过身来，抱着双臂，一副坦率天真的样子。

塔尼莎走进来，瞟了一眼哈罗，然后瞟了一眼她。“时间到了。”她说。

这天晚上很冷，这一年中还从来没有这么冷过。风渐渐停了，但在高空一定还有风，因为一团结结实实的云正慢慢划过布满星星的天空，仿佛一个巨大的眼睑正在合上一般。艾维找到了一家“家得宝”，在张伯伦湖的佛蒙特这边，现在她正赶回普拉茨堡，信用卡用得精光，车顶上绑着一架可伸缩的铝制梯子，梯子上盖着一块帆布。那把断线钳的铁制手柄有两英尺长，用塑料套套着，此时正放在她旁边的座位上。她虽然感到紧张，但也没有要她做个演讲，或者参加什么考试那么紧张。她的思想还在带着她奔跑，比以往任何时候都富有逻辑和条理。在她思想里已经分出了两条路。

第一条路，她的本能告诉她，走这条路的可能性很大：贝蒂·安就在附近，这一点到了早上就会真相大白，而这个时候几乎还没有发现哈罗不见了，当然她也还没有受到怀疑。

第二条路：贝蒂·安在很远的地方，他们还需要时间。艾维对此已有打算，感觉好像是命中注定似的。她与生活的关系完全发生了变化，仿佛是从另一个角度来面对生活一样，这种角度促使她必须应对不断变化的事情——也许只有一件事情——向好的方向发展的事情。

艾维拐进医院外来人员的停车场，一直开到后面，经过最后一根灯柱，来到一个阴暗的角落里。这座三层高的医院呈T形，精神病房在右翼末端的三楼。从停车场的一端到右翼之间隔着一个大约二三十码的长方形草坪。

很多窗户里的灯光都很明亮，只有精神病房的灯光很微弱，而最后一扇窗户里一点光亮都没有。艾维把手伸向门把手，这时手机响了。

艾维起初不知道接不接。后来她想起了深夜从丹尼摩拉打来的电话，他用手机打的电话，她对谁都没有提。他还有手机吗？

“喂？”她说。

“是艾维吗？”一个男人，声音有点熟，不是哈罗。

“是啊？”

“我是惠特。”他说。

她一时没想起这个名字。“惠特？”

“《纽约客》的。”

“对不起，”艾维说，“我没想到——”

“这个时间不方便吗？”惠特说，“如果你愿意的话，我可以——”

“没有，没有，”艾维说。二楼的一整排灯光都暗了下来。“没事。”

“肯定没事？”

“对。”

“好的，”惠特说，“首先，让你等这么久非常不好意思。”

“哦，没关系。”这时，医院主楼侧面的一扇门打开了，椭圆形的灯光里映出一个身着制服的男人：是保安。他出来，把门关上，黑暗之中只见一团阴影，很难看清。

“我打电话的目的当然是关于‘穴居人’的。”惠特说。“过去发生的事情只是个意外。”

“发生了什么事？”艾维问。

“关于‘穴居人’的事。”惠特说，“你肯定这个时间说话方便吗？你的声音有点——”

“方便，”艾维说，“说吧。我的意思是——没问题。”

惠特就像人们开始说话时那样清了清嗓子。“根据我的经验，”他说，“一个故事如果成形了，再怎么修改也不会让它再上一个档次。可你的修改——我是指你的吃人故事系列——简直不可思议。后来，当他设法给他的母亲打电话时——非常恐怖。”

“哦，”艾维说，“嗯。”那个保安突然从黑暗中走出来，离她只有几英尺远。艾维呆住了。保安没有向车里看，甚至好像连车子都没有看见。他点燃一支烟，靠在汽车驾驶室的门上——由于车轮有弹性，萨博摇晃了一下——扔掉火柴。

“不介意我问你一个问题吧？”惠特说。他也许把她的沉默看做是默许了。“你是怎么想到的？”

保安低声哼着：“都比都比都。”

艾维屏住呼吸。她把电话紧紧贴在耳朵上，以免声音泄露出来。

“我是指你修改的时候，”惠特说，“是你突然想到的呢，还是你一开始就感到这个故事需要这么一个要素。”

艾维没有回答。

“你当然不必回答，”惠特说，“我只是感到好奇而已。我好像记得你曾经提到过什么人给过你一个建议。”

艾维没有回答。

“我不是有意冒犯你，”惠特说，“我在给《大西洋》写篇短文，从历史角度看创作过程。梅尔维尔的杂志真的是令人惊讶。”

保安离开车子，慢吞吞地向医院走去。

惠特又清了清嗓子。“无论怎么说，”他说，“所有这些都跟我下面要说的不相干，我们接受了‘穴居人’。”

保安扔掉香烟，打开侧门，烟头在黑夜里仿佛红色的焰火。

“你们接受了？”艾维说，声音很轻。

“我们杂志首次开辟小说版面发表这样的小说，”惠特说，“在这个版面，我们还介绍了另外两位年轻作家，你将在我们举办的一个小型聚会上见到他们。具体日期还没有确定，但支票已经寄出去了。”

“谢谢。”艾维说。那个保安消失在楼里。

“别客气，”惠特说，“我喜欢打这样的电话。”

“谢谢，”她又说了一遍，然后又补上了，“非常感谢。”

他们说了再见。

这是个好消息，也许是她这辈子收到的最好的消息，甚至是她这辈子最大的成功。从理性上她是这样看的。至于情感上嘛，她感觉也很好，不过，如果这样的事情发生在别的什么人身上，她正在帮助的某个人身上，而不是此时此地的她身上，她也有这种感觉。她知道这会给她带来变化；哈罗将和她一起参加那个小型聚会，得到他应得的荣誉。

艾维下车，把断线钳挂在腰带上，拉掉防水布，解开梯子。

这架梯子共有三节，虽然很重，但并不是很难拿。艾维把梯子夹在胳膊下，穿过长方形的草坪，来到右厢房的尽头。梯子发出咔哒咔哒的声音，可她也无任何办法。唯一的解决办法只有勇往直前，仿佛现在是大白天她在干活一样；任何别的办法只能破坏她的好事。艾维平静下来，感觉比平时更坚强，更有力。

现在，右厢房几乎所有的窗户都暗了下来，没有暗下来的窗户也都拉下了帘子。梯子上闪烁着星光，虽然非常微弱；天上，那排排成一线的云朵移动得更快了。

艾维把梯子放下来，位置正好在三楼的最后那扇窗户下面，梯子底部离墙壁约有十英尺，她按照“家得宝”的售货员给她示范的方法把梯子展开。下一步:从另一头把梯子提起来,把梯子一级一级地拉出来。梯子很重，尤其是快到顶部的时候，可艾维几乎没有感觉到它的重量。她摆动着梯子，向墙上靠去，并拉住梯子上齐胸高的一个横档，慢慢向下放。上面，在离窗户底部两三英尺的地方，有橡胶涂层的梯子末端砰的一声靠在墙上——声音不大，她暗想，虽然仍然咔哒有声，甚至还有回音。她最后朝周围看了一眼。没什么动静。

艾维爬上梯子，跑鞋踩在横档上一点声响都没有。她爬过一楼的窗户——黑乎乎的——第二扇窗户，窗帘上透着蓝色的光。她听见电视机的声音，继续向上爬。

还剩两个横档就到顶部了,艾维停下来。她可以够到三楼窗户的窗台了。

窗户是开着的，她的手指伸到下面绰绰有余。还真管用。艾维又向上爬了一级，手掌向上，放到窗户下面，向上抬。窗户上升了一英尺左右，或许还多一点点，然后不动了。够了。

艾维朝里面窥视着。里面很暗，只有从门里透进来的微弱的黄色亮光。这黄色的亮光映射在床栏杆、手铐、哈罗的眼睛和金色的门牙上，发出微弱的光芒。他的两只眼睛这时也变成了金色，正转过来看着她。艾维爬了进去。

她扭转身子，双脚落在地上。她的右脚踩在一个黏糊糊的东西上，发出吱的一声。她站着一动也不敢动，目光盯着门口。门外没有动静。从她站立的地方能够看见一条腿膝盖以下的部分，裤子是蓝色的，还能看见地板上一只大黑鞋的脚后跟——这是一只男人的鞋子——一个身着蓝色制服的士兵的一条腿，足尖翘起，姿势悠闲，或许正在睡觉呢。艾维像个小女孩一样，迈着轻盈的脚步，靠近床边。

哈罗躺在那里，一动不动，眼里反射出黄色的光芒。艾维没时间跟他说话，也没什么可说，只是从腰间取下断线钳。明智的做法是不是事先练习一下呢？也许吧。她放低断线钳。

“喂！”走道里传来一个男人的声音。艾维吓得跳了起来。她屏息凝气，感到毛骨悚然、心惊胆寒，差点就向窗户扑去了。这时只听见那个男人说：“我没把你吵醒吧？”停顿。“没有。我值夜班。”停顿。“是吗？像那样的水平，名次不可能很好。”

没时间了，一点时间都没有了。艾维身体前倾，用钳子夹住最近那个手铐的边缘使劲压。钳口发出咔哒一声，手铐剪断了。

“你看到了那个守门员吗？星期一晚上把马塞纳队封死了。”

艾维绕到床的另一边，把另一副手铐也剪断了。

“一定封住了五十次射门。”

哈罗把手从手铐里移出来，坐起来。他裸露的肩膀碰到了她的胸脯。一股电流嗖地传遍了全身。这个时候还会这样，不可能吧。

“争权夺利太多了。”

哈罗抓住输液管的末端，把针从胳膊上拔了出来。血液渗了出来，仿佛象牙上的一滴墨汁一般。

“这个俱乐部联盟成立之初就有这个问题。”停顿。“那个白痴。什么时候？”

哈罗把双腿从被单里移出来；他身上除了睡裤之外再没别的东西。他把双腿移到床边，起身，站在艾维旁边。她无声地问行吗？哈罗点点头。这时他好像浑身的骨头都融化了一样，开始朝地板上坠。艾维抓住他，刚好把正在下坠的他引导到床上。他们倒在一起，纠缠在一起。一条铁链碰在栏杆上，叮当有声。

“等一下。”

艾维抓住被单，拉起来盖在他们身上，只让哈罗的脸露在外面。外面传来了脚步声；向前；停顿；后退。那把椅子吱地响了一声。

“没什么。他妈的这些晚上永远没有尽头。”停顿。“加班？你在跟谁开玩笑？”

艾维把嘴巴凑到哈罗耳朵旁。“行吗？”

他捏了捏她的胳膊。

“是吗？那个胸脯很大的女人？”

他们下床。艾维听见哈罗深吸了一口气。她伸手抓起他的胳膊，一起穿过房间，向窗户走去，哈罗有些不稳。她拍拍他的肩膀，指指外面。他把一只光脚——这只脚很有力，很好看，即使到了这个时候她都没法不注意这个——放在梯子的横档上，扭过身子，背朝外爬了出去。他把身子团起来的时候，喉咙里呼哧有声。尽管他的身体很软，却疼痛难忍。

艾维把头探出去，看着他慢条斯理地沿梯而下，除了最后几级之外，他每下一级都要停顿一下。脖子和肩膀上的肌腱和血管仿佛电线似的突了出来。

“如果有机会，我不介意找人上床。”

她把断线钳重新别在腰上，爬了出去，从梯子上下去的时候速度很快，手脚几乎没有跟梯子接触。哈罗摸了摸她的背。“草地的感觉真好。”他说。

“我们走吧。”艾维说。

“梯子。”哈罗说。

“我们还要带着梯子吗？”

“每个人都喜欢有一点点神秘的事情。”

他们把梯子放下来，把展开的部分收回去。艾维扛着梯子回到车旁，哈罗走在她旁边，抬头望着天空。那片云已经合上，留给星星的那片天空也被遮住了。

在外来人员停车场，除了那辆萨博之外，再没别的车。他们把梯子绑在车顶上，用防水布把梯子盖起来，然后坐进车里。艾维把车发动起来，转向哈罗。他微笑着，看起来就像个去野外实习的愉快的孩子。

“去哪里？”她问。

二十八

“摩洛哥。”哈罗说。

“贝蒂·安在摩洛哥？”艾维问。

哈罗笑起来。她以前听他笑过吗？如果笑过的话，也不是这样的。这笑声很可爱——很轻，很自然，有点出其不意。“摩洛哥是个我总想去看看的地方。”他说。

“我也是。”艾维说。

“那就走吧。”哈罗说。

他们望着对方，然后亲吻，完全沉浸在这片小小的天地之中。艾维愿意就地把衣服扒光。

哈罗把身子收回来。“出了停车场再开灯。”他说。

好，艾维心想，那我们走吧。这个决定是对的，她觉得就应该这个样子。她倒车，表演了这辈子当中最快、最难的一次三点掉头。车子穿过停车场，到了路上才放慢速度。

“左边还是右边？”她问。

“要看弗兰克在哪里。”哈罗说。这时，一辆车从他们身旁经过，车灯照在他裸露的胸脯、绷紧的肌肉和遍布着鸡皮疙瘩的皮肤上。

艾维把车停下来，看着他，只见他额头上全是汗，闪闪发光。“可我告诉你——他们不在一起。我甚至去过他家。他娶的那个女人不是贝蒂·安。”

“我知道。”哈罗说。

“那——那他知道贝蒂·安的下落，”艾维问，“是不是这样？”

“毫无疑问。”

“我知道他住在哪里，在哪里工作，”艾维说，“至于他现在在哪里，那就……”

“那就怎么样？”哈罗问。

“他可能在纽约。”艾维把有关她的驾照，以及不久前维克·曼德雷尔和那个大块头如何出现在她公寓门口的情况说了。

“他们联系过你和我吗？”哈罗问。

“没有。”艾维说。

哈罗抬起右手，向北一指。

艾维上了高速。“蒙特利尔？”她说。

“没有那么远，”哈罗说，“我们要让弗兰克来。”

“我们怎么做才能让他来？”艾维问。“你为什么认为他会告诉我们贝蒂·安的下落？”

“太容易了，”哈罗说，“除非他完全变了。有他的号码吗？”

“没有，”艾维。“但电话簿上有维克的号码。”

“慢一点。”

艾维这时才发现车速已经达到了九十五英里。她把车速减到正常速度，看了看后视镜。什么也没有。她心跳的速度也慢了一点点。他们不声不响地开了一会。“友好的寂静”这个词她是熟悉的，可还不是这种感觉。现在的这种感觉也很好；在这样的时候还有这样的感觉几乎难以置信，因此这种感觉就更好了。

“后面有些衣服。”艾维说。

“是吗？”他扭过身子，看到一个包，是她在“家得宝”附近的“马歇尔”服装店买的。他把衣服拿出来——一件深蓝色的法兰绒衬衣，白色的短裤，天蓝色的棉袜，卡其裤，“新百伦”运动鞋——借着仪表板上的灯仔细看着。“嗨。”他说，声音很温柔。

“喜欢吗？”

“哦，喜欢。”

哈罗开始穿衣服。这就是说他要脱掉睡裤。她一想到这个，一种热辣辣的、堵塞的冲动就在她体内积聚，睡裤一脱下来，艾维就难以自持地伸手抓住他。他在她的手里迅速蓬勃起来。他笑了，声音很轻很短，她明白是兴奋的意思。两种不同的反应，她都喜欢。

“最好给维克打个电话。”他说。

她松开手，掏出手机，从查号台查到了维克的号码。

“跟他说什么呢？”

哈罗这时已经穿好衣服，正在扣衬衣的扣子。衬衣太大了。“说你想见弗兰克，”他说，“摆平一些事情。”

“摆平一些事情？”

“十万美元差不多了。”

“勒索啊？”艾维说。“我们要从弗兰克 · 曼德雷尔那里搞些钱吗？”

“这是他为那番谎话所要付出的代价，”哈罗说。他用手背碰了碰她的脸颊：她像通了电似的。“告诉我的恰恰是你。”

“那番谎话吗？”

“对啊。”

“你知道的比我多。”艾维说。

他点点头，什么也没说。

“在哪里见面？”艾维问。

“你认为呢？”

她想了想。如果弗兰克当时说的是谎话，那她就要编个故事把弗兰克牵扯进来，这样他们才有可能找到贝蒂·安，这个见面的地点就应该在——“那个渡轮停泊的斜坡上。”

“听起来不错，”哈罗说，“那就赶快行动。”

要多快？也许要赶在越狱被发现之前，当然也要在曼德雷尔得知越狱之前。

艾维拨了维克 · 曼德雷尔的号码。

“喂？”声音有点慢，有点模糊不清：是吉娜 · 曼德雷尔。

“维克在吗？”艾维问。

“不在。”

“还在纽约吗？”虽然是突然蹦出来的一句话，但感觉不错。看见维克和那个大块头的一幕浮现出来：她不喜欢被人跟踪。

“嗯？”吉娜说。

“也许维克没有告诉你他去哪里了。”

“你是谁？”

“艾维·塞德尔。”

吉娜飞快地吸了一口气。

“有铅笔吗？”艾维问。“这是我的号码。弗兰克一小时内必须给我回电话。”

“弗兰克？”吉娜说。

艾维挂断了电话。

哈罗用胳膊挽住她的肩膀。“再好不过了。干得漂亮。”他说。

艾维一秒钟就把油门踩到了底。

“呜——”哈罗说。“就像电影里的邦尼和克莱德一样。”

“结尾不一样。”艾维说。

“别担心。”他捏了捏她的肩膀。

“你知道些什么？”艾维问。

“什么？”

“我们很快就能到摩洛哥，”艾维说，“比如下个星期。”

那种笑声又来了，很轻，很兴奋。

“你已经想到了吗？”她问。

“我现在就想，”哈罗说，“我打算想的只有——菲斯古城，梅克内斯，马拉喀什和丹吉尔[①]。”

路上除了他们之外空空荡荡的，漆黑一片。

“别忘了卡萨布兰卡。”艾维说。

“卡萨布兰卡不像那几座城市。”

---

① 均为摩洛哥著名城市。

“不像吗？”

“那几座城市可以追溯到过去，非常古老，”哈罗说，“卡萨布兰卡很新。可以忽略不计，没问题。”

“卡萨布兰卡很新？”

哈罗点点头。“你知道‘优良标志’这个词吗？”

“知道。”

“是法语，对不对？”

“我觉得是的。”

“是从电视上知道它有这个‘优良标志’的。我指的是卡萨布兰卡这个城市。”

“是吗？”艾维说。“真让人神往。你一定读过很多关于摩洛哥的文章，以及其他一些各种各样的——”

这时电话响了。

艾维接了电话。

“收到了你的留言。”电话那头的那个人说。

“你好，弗兰克。”艾维说。

“我叫杰克。”曼德雷尔说。

“当然，”艾维说。有哈罗在她身旁，她莫名其妙地知道了怎样来扮演这个角色，非常自然地就进入了角色，好像是她本性的流露似的。“给我十万美元，我才能保证不会记错。”

哈罗咧开嘴笑了笑，牙齿因为仪表板上的灯光有一点点发绿。

“那是很大一笔钱。”曼德雷尔说。

“对你来说不值吗？”艾维问。对方没有回答。“在那个斜坡上见。”

“那个斜坡？”

“不可能忘记那个斜坡吧，弗兰克，”艾维说。她举起两根手指。哈罗点点头。“凌晨两点到那里。”

“那么早我到不了。”曼德雷尔说，“如果你想要钱的话，那么早到不了。”

“那就 3 点。”艾维说。

“为什么那么急？”曼德雷尔问。艾维没说话。“最迟5点。”

“我等到那个时候，弗兰克。”艾维说。哈罗的胳膊这时仍然绕在她肩上，他用指尖压了压她的肩膀，很快，很轻。她得到了这个信息。“你要一个人来，”她补充道。“这点不用说了吧。”

“好。”他说。咔哒一声，电话挂了。

艾维放下电话。

“干得棒极了。”哈罗说。

艾维非常得意。简直是发疯了。她从来都不太明白的莎士比亚的那些十四行诗，现在终于明白了。

“你觉得他会带着钱来吗？”艾维问。

“会带点吧，”哈罗说，“否则怎么办？”

“我不知道。”艾维说，“威胁我？”

“求之不得呢，”哈罗说。他瞟了一眼仪表板上的时钟。“给我们自己留点时间吧。”

差不多还有六个小时。艾维深吸了一口气。似乎是很长很长的一段时间。“我知道一个地方。”她说。

“哦？”

“走近路。”艾维说。

“去哪里？”哈罗问。

艾维虽然还没有在晚上走过那条近路，但事实证明也不难：从那条狭窄的柏油路到车辙遍布的乡间小路，再从这条小路到那片空地。

“我就是在这里看见那头熊的。”她说。

那片空地现在空空如也，周边一片模糊，一切都静悄悄的。哈罗点点头；一路上他都沉默不语，只有眼睛在眨着，睫毛——很长，外形精致——末梢上镀上了银色的光芒。她能感觉到，这一切他都看在了眼里。她想说：多亏你，他们接受了我的故事，可还是决定再等一等。沿着那条车辙遍布的小路而下，他们来到了那条土路上，其间经过了那块光滑、表面一片空白的大石头。

“我一直在想写点这里的什么东西。”艾维说。

“比如说？”

“不知道。”

她继续开着。哈罗把车窗摇了下来。

“我闻到了湖水的味道。”他说。

过了片刻，艾维把车停在“荒野中的湖边小屋”前面。小屋漆黑一片，小屋那边的湖水更黑，但有一丝丝光亮，仿佛黢黑发亮的煤炭一样。车灯照在第一栋小屋的门上。只见一块牌子上写着：暂停开放。明年春天再见。

艾维又朝前开了一点点，停在最后一栋小屋，也就是四号小屋前。她从手套箱里拿出手电筒和钥匙。

“你为什么有钥匙？”哈罗问。

她忘了把钥匙放回到门前的垫子下面；很愚蠢的一个错误，她当时这样想。“是个意外吧。”艾维告诉他；但也许正如某些人所说，意外是不存在的。

他们下车，向小屋走去。没有星星，没有风，除了他们的脚步声，没有任何声响。艾维打开手电筒。哈罗从她的手电光圈中走过时，她看见了他前额上那些闪闪发光的汗珠。

“你没事吧？”她问。

“没事。”他把脸避开。她把手电筒从他脸上移开，在这之前她已经注意到，不仅仅是衬衣：还有她买给他的裤子，也许还有运动鞋——都太大了。

她把门打开。他们走了进去。艾维用手电筒把整个房间照了一遍：多节的松木地板，收拾整齐的铜床，干净的白色枕套，玫瑰色的羽绒被，窗边的木桌木椅，石头砌成的壁炉以及炉格栅上的木柴。

“我把壁炉点起来吧。”她说。

“我来吧。”哈罗说。

他走到壁炉旁，打开烟道，划燃一根火柴。小小的火苗在他眼里发出明亮的光芒。点火，这可能意味着：自从他上一次可以自由自在地生火以来过了很久。艾维脱掉衣服，爬到床上。过了片刻，柴火噼噼啪啪地响了起来，他也躺到了她的旁边，火光像金子似的在小屋里流泻。

“饿吗？”她说。“车里有三明治。”

“等会吧。”哈罗说。

他翻身爬到她身上，没有前奏，也没有亲吻，甚至没说一句话，就进入了她的身体，这些省略对像她那样一个人来说，明显是不能忍受的，没有人敢对她做这样的事情，也没有人对她做过类似的事情。

可这一次太完美了。

而这才刚刚开始。他们要多久才能找到贝蒂·安？她把自己的经历向官方陈述之后,最困难的时期就过去了吗？二十四小时？不到二十四小时？摩洛哥可能真的会去，可在这里待一个星期左右似乎也很好。

“也许我应该道歉。”艾维说。

“因为什么？”他瞥了她一眼，火光在他眼睛里跳跃着。“我敢打赌，你在想摩洛哥。”他说。

“赌多少？”

“多少都行。”

“你赢了,”艾维说，但我也在想贝蒂·安。“我道歉就是为她。”

“噢？”他说。

“由我来向你揭发这样的事情太可怕了。”艾维说。

“揭发什么？”哈罗问。

“她跟弗兰克偷过情,”艾维说,“我得让你不要再保护她了。”

沉默。他感到痛苦吗？心里被贝蒂·安搞乱了吗？艾维觉得是这样。

“你是从哪里知道的？”他终于问道。

“克劳德特那里。”

他们躺着不说话了，肩挨着肩。他在颤抖吗？也许有那么一点点。柴火噝噝作响，火焰烤干了树皮下面的湿气。

“你生气了。”艾维问。

“谁会对你生气？”他拿起她的手，“你是我的救星。”他说。

“别傻了，”艾维说。她突然感到很困，疲倦就像翻滚的云朵在她脑海里围拢过来。她想把它们赶走；还有些事情要处理，她现在就想处理这些事情，就在这间小屋里，在他们共同度过的第一个晚上和真正开始之前。

“你知道那次抢劫吗？”她问，“贝蒂·安也没告诉你这件事情吗？”

他放开了她。“这些再也不重要了。”

“当然重要，”艾维说，“贝蒂·安知道内幕，一定自始至终都在瞒着你。她在那个斜坡跟弗兰克会合后，携款潜逃了。后来他把你告了，达成了他的交易。或许没过几天，他们就在一起了。”

“你很擅长推理。”哈罗说。

“说实话，我不擅长。”艾维转过来，吻了吻他的脸颊，盯着他的眼睛。考虑得够多了，推理得也够多了。现在是去感觉的时候了。她开始把眼睛闭上；除此之外她什么也干不了。考虑得够多了。

过了一段时间，艾维醒了。这时炉火已经熄了，只剩下灰烬上微弱的红光。哈罗钻到了被子下面，不顾一切，就像个饿得要死的人一样。艾维立即想到了那头熊和那只鹿，也只是一种模糊的想法而已，接着她就兴奋起来，双腿像钳子一样紧紧夹住他，压在他背上的绷带上。她高高在上，也许跟他相距几英里，老也下不来。

艾维又睡了。夜里，她脑子里一直想着“测量员”那篇小说。第一个句子她想出来了，实际上是一段对话：“一英寸跟一英里差不多。”故事的主要情节都构思好了，高潮是在某个遥远可怜的山村，一个大坝决堤了。甚至连最后一个句子都有了，没费她一丁点力气，几乎是信手拈来：太阳碰到了地平线，扁了，摇晃着变形了。

二十九

艾维醒来，四号木屋里一片漆黑，壁炉里的灰烬都灭了。她摸了摸四周：他不在。她知道他不在，四周摸索完全没必要。

她坐了起来。门开了，是哈罗。艾维从夜色的轮廓中就知道是他。

“你起来了。”她说。

他不声不响地进来，把门关上。桌旁响起一声短促刺耳的声音，一支蜡烛点燃了。

“早上好，懒鬼。”他说。

“什么时间了？”艾维问。

“还早呢。”哈罗说。

“你究竟睡了没有？”

“睡得很香。”

她注意到，他身上穿的不再是她在“马歇尔”买的衣服，而是更为合身的T恤衫和牛仔裤。

“我到周围看了看。”他说。

“我下次就知道你衣服的尺码了。”艾维说。哈罗笑了笑，烛光在他的齿间隐约地闪烁。艾维拍拍她旁边的床垫。

“虽然还早，但也没有那么充裕。”哈罗说。

艾维起床穿衣。她感觉他在看她，于是做这一切的速度比正常速度慢了一点点。

“都准备好了？”他问。

她看见他的绷带堆在地上。

“你没事吧？”她问。

“棒极了。”他说，“一点都没说谎。”艾维相信他说的是真话。他看起来很精神，前额上闪闪发光的汗珠没有了，脸也比在医院甚至比在丹尼摩拉的时候丰满了，好像一夜之间长了很多肉似的。从生理学上讲，他们其中有些人像别的人种似的。这是一句让人作呕的话，从很多方面来说都是错误的：为什么有些人不能变得坚强起来，哈罗经历了那么多苦难都变得比以前更坚强了？

哈罗捡起绷带，把床整理了一下。他们来到外面，天上没有星光，天气很冷，没有风。“你喜欢游泳？”他问。

“喜欢。”

“我也喜欢。”他下到湖边，把绷带扔进水里。“拉斯科一家人一点都不会游。都怕水，他妈的每个人都怕。”

他们绕着木屋走着。艾维能够从外形上认出她先前停在前面的萨博——现在变形了，车顶上绑着防水布盖着的梯子，在车旁边还有一个更大的影子。她打开手电筒，认出那是吉恩·萨瓦德放在第一栋小木屋旁的有些破旧的敞篷小货车。

“换车。”哈罗说。

“他们已经在找我们了吗？”艾维问。

“大概还没有，”哈罗说，“8点钟才换班。即使到这个时候，他们首先找的也只会是我。可为什么要冒险呢？”

“对。”她说。接下来的这个问题似乎并不可笑。“你觉得贝蒂·安也在附近吗？”

他点点头，坐进了驾驶室。艾维绕过去，爬上了座位。这是一种长凳车座：她滑到他的旁边。

“也就是说，这一切很快就结束了。”艾维说。

他又点点头，然后转了一下钥匙。小货车发出一声刺耳的爆炸般的声音。

“钥匙在车上吗？”艾维问。

“在第一栋小木屋里找到的，这些衣服就是在那里找到的，”哈罗说。大概看见她正从侧面盯着自己看，他瞟了她一眼。“门没有锁。”他说。

“真的吗？”这时艾维想起了吉恩和她的杜松子酒：有可能，很有可能。

哈罗沿着那条土路行驶。一只车头灯坏了，另一只不在正中：可他还是非常镇定，两只手放在方向盘上。

“这种感觉一定很好。”艾维说。

“一切都感觉很好。”他说。

那块扁扁的空白的石头伫立在那段车辙遍布的土路的入口，车灯在石头上面扫了一下。哈罗放慢车速，好像要转弯，却没有转，而是停了下来。他下了车，把手伸进衣袋，走到石头旁，此时石头上已经没有灯光。他俯身向前，停了片刻，然后转身。

“怎么了？”她问。

“没什么。”他拐上了那条满是车辙的小路。艾维扭过身子，用手电筒朝小货车上小小的后视镜上照了照，正好看见那块石头。石头上面不再是空白。她看见上面用粉笔画了一个心形，心形里面写着“你和我”。没有名字。只有你和我。艾维把手臂搭在他肩上，这个姿势表明她正沐浴爱河。

他穿过坡顶上的那片空地，下坡来到那条狭窄的柏油路。没过多久，他们就上了通往拉奎特的路。一两辆小车迎面向他们开过来，都是一般的车，车顶上没有一排一排的灯光。艾维注意到车上的钟停了。

“几点了？”她问。

“还早。”哈罗说。

“到底几点了？”

他的手腕上是空的。犯人是没有手表的，艾维也不戴手表，看时间主要依靠手机。她拍拍衣袋：不在，大概在萨博上吧。

“别紧张。”他说。

她放松下来。

“我带了些三明治。”他说，头朝座位后面长长的存放架上偏了偏。

艾维伸手去够，发现装着三明治的袋子下面是一条卷起来的毯子，毯子里面的东西摸起来硬硬的，好像是工具。

"是烤牛肉的还是鸡肉的？"她问。

"烤牛肉？"他说，"你真的吃烤牛肉的？"

他们吃着三明治。艾维看得出来，他尽量让自己吃得慢一点，不要狼吞虎咽，可他又控制不住自己。后来，他们喝了一瓶可口可乐。

"该死的。"他说。他看着她，咧开嘴笑了一下。

又走了一两英里。东边的天空亮了一点点，好像脱脂乳漏进来了一样，不知是她的想象，还是天确实亮了。

"给我说说拉斯科一家。"她说。

他的手在方向盘上抓得更紧了。

"对不起，"艾维说，"他们一听起来就很可怕。这种感觉一定非常糟糕。"

"我想这事都是我引起的。"哈罗说。

"怎么呢？"

"给你写了那个冰暴的故事。"

"什么意思？"艾维问。

"都是好意思。"说着，拍了拍她的膝盖。她浑身嗖的一声，好像每个细胞都在等着这个动作似的。"你想知道什么？"

从你出生到我们死去这之间有关你的一切，包括我们打算要多少个孩子，他们叫什么名字，标准答案应该是这样。这种奇怪的请求应该出自别人而非她艾维；然而却是事实。可艾维只是说道："从那场冰暴说起吧。"

又走了半英里，他什么话都没说。艾维以为他没有听见，可这时哈罗说道："到处都是玻璃。"

"我喜欢这个句子，"艾维说，"非常吓人。可实际是怎么回事？"

"实际是怎么回事？"哈罗说，"我觉得写作游戏是不涉及实际的。"

她把胳膊从他肩膀上拿下来。"这不是写作游戏。"

他把目光转向她。"我们在这点上不是步调一致的吗？"

她笑了起来。他也笑了起来。"这场冰暴没什么可说的，"他说，笑声渐渐消失了。"我父母在加拿大的一次车祸中丧生了，这一点我想你早就知道了。后来我就跟拉斯科一家生活。拉斯科夫人和我妈有点表亲关系。"

“这时候你七八岁？”艾维问，试图回忆起西拉奎特中学那个教练对她说的话。

“五岁。”哈罗说。

“拉斯科夫人是个什么样的人？”艾维问。

“她是个妓女。”哈罗说，“虽然一两年后我才真正明白妓女是什么意思。由于她对用自己和丈夫睡的床有顾忌，就把嫖客带到我和马文睡的地下室的床上。拉斯科本人倒是没那么多顾忌。真是讽刺——对不对，老师？他是个卡车司机，可后来执照被永久性地收缴了——他染上了酗酒的毛病，当然是恶作剧的那种。要我形容一下他喝的那种烈酒吗？”

“不用了。”艾维只想哭，再也说不出更多的话来。她清清楚楚地看见一个小孤儿如何隐藏在这个虚伪的世界里。她想起他在丹尼摩拉图书馆写的那些句子，这些句子后来大声念出来过：生活都是互相联系的，这是件好事。可当脑袋里想的和眼睛看到的对比起来的时候，你知道两者是不同的。她当时非常佩服他的洞察力，很有天赋，现在她终于理解了。她当时想：还有其他的选择吗？这时她突然说道：“我还想过那个鬈发女孩。你故事中的那个女儿。起初我以为是你和贝蒂·安的女儿。可大家都说你们没有女儿。是真的吗？”

“是真的。”哈罗说。

“因此我就一直在想那个鬈发女孩是不是你的妹妹，或许她也在那场车祸中丧生了。”

前方，视野变得开阔起来。黑乎乎的原野开始向下倾斜，向更加模糊的地平线延伸而去。前方是一条河。灯光在对岸闪烁着。

“你太好了。”哈罗说。

“什么意思？”

“不可能推测出来的东西你都能推测出来。”哈罗说，“我没有妹妹。”一块牌子一闪而过：拉奎特：现在你已进入部落的领地。他走的这条路她不认识。“除非你把马文的妹妹也算上，”他补充道，把车速降下来。“她已经很大年纪了，也是个妓女。”

哈罗拐上一条小路，这条路向杂木丛生的树林蜿蜒而去，尽头是一栋破败的小屋。他把车停在小屋后面。“早了点。”他说，虽然艾维并不清楚他是怎么知道的。但这种冒险的活，最好还是先到。“有手电筒吗？”

“有。”

他伸出手。

“我一直在想他可能会问我一些问题，”艾维说，把手电筒给他，“比如，我是怎么找到他的，还有谁知道。”

“别担心这些。”哈罗说着，从小货车里下来。

“可我怎么说呢？”

“‘我们看看钱吧，’”哈罗说，“谈这个他会感到很轻松的。”

她跟在他后面，沿着一条狭窄的小道，穿过一片树林。他虽然拿着手电筒，可并没有用。“还有一件事。”她开口说道。

他紧紧抓住她的胳膊。

艾维不作声了。

他们大约只走了三十码，就出了树林，来到河边那条崎岖不平的土路。那棵柳树就在路的对面，夜里看起来就像一朵巨大的、低垂的蘑菇云；树的下面是那个斜坡，向水中倾斜而去。

哈罗打开手电筒，用手罩在电筒上。然后飞快地从一个地方走到另一个地方，把光柱射向暗处：斜坡的两侧，岸边的石头缝里，路旁的灌木丛里。他甚至走到斜坡尽头的水里，用手电筒朝水里照。他停顿了片刻，歪着头——像熊那样，看着那棵柳树。

哈罗沿着斜坡来到树下，用手电筒到处照，沿着树干向上，树枝里，向下照回来。灯柱很稳。他笑了笑，笑声很小。曼德雷尔藏在上面吗？艾维朝它靠近了一点。树干上她能看见的东西只有一个长方形的洞，大约在十英尺以上的地方，虽然很大，但还没有大到藏下一个人。

艾维抬起手，手掌向上，向他无声地提出了一个问题。哈罗关掉手电筒，弄乱她的头发，低声说道：“那个弗兰克。”

“什么？”她问，尽量把声音压得很低。

“以后再告诉你。”他把手电筒递给她。“用这个一直照着弗兰克。一定要照着他，只管照着他。”

“你去哪里？”

他俯身靠近她，嘴唇碰到了她的耳朵，这给她带来了很大的干扰，她几乎没听见他说的话。“别想着把他吓跑。我就在附近。保持镇定。”

他静静地走开，然后就消失了。

艾维拿着手电筒，站在那棵柳树下。曾经的一幕也是在这里发生的，也是在晚上——贝蒂·安跟弗兰克会合后，带着那袋偷来的钱驱车逃走。这一幕她能想象得出来。小河里发出的声响大概仍如当初：河水拍打着岸边；小河中间，流水潺潺。

艾维仔细听着还有没有别的声音——汽车声，脚步声，衣服的沙沙声——可除了河水的声音，什么都没有。她又复述了一遍她要说的话：我们看看钱吧。很容易记。之后呢？哈罗就会出现。曼德雷尔就会说出贝蒂·安的下落。不管他用什么方式说出来，大概都会带来打击。对此艾维已经做好了准备，而哈罗以这种方式出现，一定会让曼德雷尔感到震惊，这样他大概会相当快地就把她的下落说出来。他一心想的是如何脱身，回到“俏女郎”，回归杰克·麦克科德的生活。

一定会是这样。他们会以那笔钱结束吗？艾维并不想要钱，可哈罗拿到那些钱就会算了吗？或许真正管用的是某种平衡，设法为逝去的七年找到一种平衡。你这样一想，十万似乎就有点微不足道了。可多少钱可以——

什么声音？她听见什么声音了吗？汽车的声音？也许吧。艾维盯着那条路上看，可什么也没看见。她面朝树林，等着车灯在树林里闪现，可什么也没有。至于声音嘛，她再也没听见。只有河水，拍打着岸边，在远处潺潺地流着……这时又响起了一个声音，很轻，是水波起伏的声音。艾维转过身来，盯着水面。

黑暗中渐渐现出一条船来，轻轻地滑过来，船一碰到斜坡就几乎不动了，它向一侧一摆，摇晃了一下，停了下来。这是一条机动船，敞开式，很大，有二十英尺，甚至更长，船上除了控制台上的一个人之外，没有其他人。那人抓住一根绳子，从一侧爬出来，把绳子拴在斜坡一侧的耐磨钉上。他抬起头，怔住了；他的眼力真好，居然在那么暗的光线里认出她来了。是哪里来的光线让他白金色的头发闪闪发光：弗兰克·曼德雷尔。

“你很早啊。”他说。

非常容易记住的一句话：*我们看看钱吧*。艾维开口了，可说出来的并不是这句话，而是：“贝蒂·安在哪里？”

“嗯？”他说。

尽管手电筒就在她手里，可她刚才还是把它忘得一干二净了。她打开手电筒。

“喂。”曼德雷尔说，把脸躲到一边。他穿了一套预防恶劣天气的衣服，仿佛一场暴风雨就要来临似的。

“她在哪里？”艾维说，“我就想知道这个。”

他沿着斜坡上来。“为什么？”他问。

艾维向后退了一两步。

“把他妈的那个东西从我脸上移开。”他说。

艾维把手电光向下移了一点点，照在他的胸前。“她正是在这里跟你会合后，才拿着钱逃走的。现在你开了那个无聊的脱衣舞夜总会，所以你不可能不知道她在哪里。”

他靠近了一点点。“你把我搞糊涂了，小女人。”他说，“起初我以为你只是想敲诈一点钱而已。现在说出这样的话来，让我觉得还有人知道我们这个小秘密。”现在他竟然莫名其妙地站到了她的面前。

艾维不记得他有这么大的个头。这时她说出了那句话，虽然也许晚了一点。“我们看看钱吧。”

他的目光越过她的肩膀，越过那条土路，投向那片树林。“首先要问的问题也许是，你是怎么发现的。”

“十万，”艾维说，“带来了吗？”

曼德雷尔将视线向下移到她脸上。她一点也不喜欢他眼里的神情。他把手伸进夹克，抽出一沓并不是很厚的、用带子绑着的钞票。

“在我看来，不像有十万的样子。”艾维说。

他笑了笑。“那个作家写的故事非常有说服力，”他说，“那么有说服力，或许让人不会有别的想法了。”

“不包括我，”艾维说，“我只想要钱。”

他挥着那沓钞票。“十万是有的，”他说，“这是预付金。为安全起见，我把其余的放在附近了。”

“哪里？”艾维问。

“要上船走一小会儿才能拿到。”曼德雷尔说，“真有趣。我们去取钱怎么样，尽管这地方也很好很安静。”

艾维用手电筒照着那条船。从这个角度，沿着斜坡往上，她可以看见舱面。船头放着一个类似航海的东西，好像是卷起来的绳子和一个很大的锚；还有些不太像航海用的东西，像是四五个大哑铃和几卷布基胶带。

“我在这里等。”她说。

曼德雷尔大笑起来。“不行。”他说。

艾维向后退着。这时她听见身后响起了脚步声。谢天谢地，哈罗来了。她转过身，照了照路那边。两个人肩并肩从树林里走出来，正好在那道光圈里：是维克·曼德雷尔和他的那个大块头同伙。

艾维心想：他们发现了他。我现在要孤军奋战了。她朝路上跑了一步。事实证明，那个大块头身手非常敏捷，在她还没来得及再跑一步之前就堵住了她的去路。

“谁想去坐一段船？”曼德雷尔问。

“听起来不错。”维克说。

几个男人把艾维团团围住，慢慢向她靠近。

这时传来一个声音。声音是从上面来的，仿佛《圣经》里的故事一样。“今晚别想开船了。”

他们都抬起头来。维克也有一只手电筒，他照到了那棵柳树上。哈罗坐在一根粗大低矮的树枝上，膝盖上放着那条从小货车上拿下来的卷着的毯子。

曼德雷尔立刻认出了他，向后趔趄了几步，好像要躲开扔到他身上的某个硬物似的。哈罗发出一阵轻柔愉快的笑声。

维克说："到底是怎么回事啊？那是——"

"闪到一边，老师，"哈罗说，"如果你不介意的话，继续用手电筒照着弗兰克。"

艾维从那个大汉身旁飞奔而过，来到路上。

"抓住那个婊子。"弗兰克·曼德雷尔说。

那个大汉向她扑过去。这时一道炫目的光从那条毯子里射出来——一瞬间里还是蓝色的，可接着就变成了火红色——砰的一声，那个大汉好像被一股杀人之浪击倒，他向一侧栽了下去。

"手电筒。"哈罗说。

艾维用手电筒四处照着，想找到曼德雷尔，可灯光首先落在了维克身上。他手里拿着枪，此时正抬起来。他只能到此为止了：只听见柳树上又传来一声巨响，维克的脸在空中变成了血肉模糊的碎片。

艾维的手有些颤抖，手电筒里射出来的光摇曳不定，曼德雷尔蹲在灯光边缘的阴暗处，这时也拔出了手枪，他的枪比维克的更大。他用枪对着柳树，可除了它蘑菇状的外形之外，上面黑乎乎的，什么也看不见。曼德雷尔转过身，把枪对准艾维，脸上浮现出即将大快人心的表情。

她突然想到了一个主意，虽然很简单，却可能是她这辈子当中最好的一个主意：她关掉了手电筒。曼德雷尔的枪开火了。她站在原地，毫发未伤。这时从树底下传来砰的一声，接着是奔跑的脚步声。

艾维的眼睛已经适应了黑暗，只不过这时天不太暗了。由于手电筒强光的遮蔽，他们没有看见天边这时已经铺上了黎明前稀薄的乳白色，艾维借着曙光看见曼德雷尔正向那条船跑去，哈罗紧跟其后。哈罗手里拿着猎枪——是一号小木屋里的那支猎枪吗？他握着枪管，把枪托高高地举在空中。曼德雷尔喉咙里呜呜有声，仿佛受到惊吓的动物一样。哈罗使劲抡下枪托，枪托打在了曼德雷尔的后脑勺上，由于用力很猛，枪托抡下时在空中呼呼有声。曼德雷尔一头栽进了水里。哈罗扔掉枪，跟着他走进水里。

艾维也到了水里。哈罗压在曼德雷尔身上，把他朝下按。

“住手。住手。”他必须住手了。这一切都必须住手了。

可哈罗无法住手。他在咆哮，浑身的肌肉都突了出来。

“住手。”艾维对他又是拉，又是扯，又是拖。最后她抓住了他的一绺头发，使出全身力气，用力猛扯。他松开手，转身朝着她，好像不认识她似的。

曼德雷尔浮到了水面上。艾维把手掬成杯形，抬起他的后脑勺——应该是硬硬的地方现在却变得软软的，黏糊糊的了——托到水面上。他的眼睛是睁着的。他咳出了一些水。哈罗俯下身子，咬牙切齿地看着他。

“看在上帝的分上，住手吧。”艾维说，“他得告诉我们贝蒂·安的下落了。”

曼德雷尔怔怔地望着她。他的嘴巴张开了。“你有毛病吗？”他问。鲜血以无法阻挡之势流了出来。

三十

这之后，他们继续行动。有那么一会，艾维不太明白是怎么回事，刚才发生的一幕幕在脑海里一遍一遍地回放。她只记住了几件事情：哈罗把曼德雷尔的尸体扔进船里时很轻松，好像里面填的是稻草一样；哈罗解开绳子，小船向下游漂去。哈罗捡起猎枪，他们穿过那条土路，虽然没跑，但给艾维的印象是速度很快。她还在路中间，哈罗就已经上了那条通往停在破败小屋旁小货车的那条路。这时，艾维看见右边有点小动静。她转过身来，正好看见那个大汉，血肉模糊的一团，脑袋从地上抬起来，约有一两英寸。他的眼睛轻轻动了一下，看见了她，发出了某种信息。艾维虽然不知道这个信息的内容，但它与仇恨、报复、贪婪和犯罪之类的毫无关系。

她继续向前走。

因为——因为还有别的办法吗？告诉哈罗？然后会发生什么事呢？艾维不愿看到这样的事情发生。而她又想不出自己让那人活着留在路上的理由。又走了几步，这时响起一个声音，让她很不愉快，起初她思想上并不接受这个声音，可后来接受了：警报声，正在向他们逼近。

他们爬上了小货车。这一次艾维坐在了长凳车座的另一头。哈罗把小货车从那栋破败的小屋旁开走。她的身体好像仍处于高速行驶之中，仿佛坐在过山车里正在进行最后一次大幅度的下落一样，虽然里程表上的指针从未超过限速。他们穿过灌木丛生的树林，上了那条柏油路，然后回到了土路上：艾维彻底迷失了方向。

“我们去哪里？”她问。

“我们有几个选择。”哈罗说。

“比如说？”

他发出一个很轻的声音，一半是笑，一半是轻蔑。“我们说话的样子开始像老夫老妻了。”他说。

这句话意味深长，让她大吃一惊，她马上想到的最明显的有三点。第一，他怎么知道这样的事情——老夫老妻说话的样子？第二，他心里在想什么？刚刚发生这样的事情，这么快就有了这么一个想法。第三，他说的是对的。

艾维直视前方，只见挡风玻璃上脏兮兮的，有死虫子，还有鸟粪。“你在利用我？”她问。

“利用你？”

“作为诱饵。”

“别胡扯啦。”哈罗说，“弗兰克是你一个人找到的。你不是跟我说，他们在你的住所外面吗？”

“是啊。”

“觉得弗兰克会一直那样呆着吗？”她没回答，“碰巧朝船里看了一眼吗？”他问。

“是的。”艾维说。如果不是哈罗的话，她现在可能沉入圣劳伦斯河的河底了，很可能永远都找不到她的踪迹了。

“我们谈点什么呢？”哈罗问。

他们一声不响地往前开，穿过一条高速公路，又回到了一条土路上。此时天已经破晓，但还没有大亮，云层又低又厚。

“说说贝蒂·安怎么样？”艾维问，“我觉得她是整个事件的关键。”

哈罗看了她一眼。“正是从这里就开始错了。”

“这是一种说法。”艾维说。

“事情发生的顺序错了。”哈罗说，“就像你的小说中弗拉德克去面试时的那一幕一样。”

“我不想谈我的小说。”

“那你想谈什么？”

“现在发生的事情。”艾维说。“还有什么别的事情吗？”

"什么意思？"哈罗问。

"看在上帝的分上，"艾维说，"我们怎么才能找到她？找到了她就能证明你的清白——你还隐瞒了什么，之前——之前……"等候在这个句子末尾的乱七八糟的事情，她下不了决心说出来，这些事情很可能已经发生。

"我们得再想想，就这么回事，"哈罗说，"我们做出这些选择为什么是合理的。"

"也许我太愚蠢了，"艾维说，"给我说说这些选择。"

"你一点也不愚蠢，老师。"他说。

"别再这么叫我，"艾维说，她的声音高了起来，"我不想再听到你这样叫我。"

"我是尊敬你，"哈罗说，"但无论你说什么，我都听。"

现在，他们行驶在一条两车道的高速公路上，沿着陡峭的山坡蜿蜒而上，天空雪花飞舞，这时候下雪还太早了点。在弯道处迎面开来几辆车，哈罗关掉车前灯——艾维记得车前灯只有一个了。这些车子纷纷从他们身旁经过，最后一辆是州警的巡逻车。这个州警一只手里拿着咖啡杯，连看都没有看他们一眼。

哈罗轻轻笑了一声。"他们没理由知道我不见了，还没有充分的理由。"他说，"他们还有些工作要做。没什么理由把你和我联系在一块，也没什么理由把我们和曼德雷尔联系在一块。说不定他们会以为那三个家伙因为毒品生意砸了而互相干了起来呢。"

*条件是那个大汉在警察发现他之前快点死掉。*这是艾维最直接的想法。是的，快点死掉。否则她也会像哈罗生命中的其他人一样，什么用处都没有。他有暴力倾向，是的，但只是为了自卫，或者为了保护她。他杀死了三个杀手。很可怕，她知道她对自己的所见所闻无法释然，但她得紧紧抓住一个事实：在这一切开始之初他是无辜的。只要他们找到了贝蒂·安，斜坡上发生的一切是可以解释的。

"还有什么吃的吗？"哈罗问。

这句话也吓了她一跳，不过，只是片刻而已。她得坚强起来，迅速行动。

“只有一个苹果了。”艾维说着，在包里摸索着。

哈罗咬了一口。“以前没见过这种。”他说，“什么苹果？”

“‘粉红女士’。”

“这是我吃过的最好的品种。”他把果核扔到窗外。他手上血迹斑斑。

他的身体放松了一点点，这个饥肠辘辘的男人刚刚解决腹中之饥。“他们首先得作出合理的推测，”他说，“然后才会开始搜查。”

“我知道，”艾维说。她身上开始发抖。她感到震惊吗？不，她已经从震惊中走了出来；现在恐惧攫住了她。她紧紧抱着自己。

“这种寻找就像一个充气的气球，”哈罗说。他似乎一点都不害怕。“人消失的地方是搜查的中心。然后才开始扩张，而且不断地扩张。此时正在设法潜逃，他们都会这么认为。所以最好的办法是，潜伏下来，等待气球消下去。”

对艾维来说，这个比喻是合理的。“那贝蒂·安呢？”

哈罗叹了一口气。“这件事等我们潜伏下来的时候会有时间商量的。”他说。

“潜伏在哪里？”艾维问。

“你知道潜伏在什么地方，”哈罗说，“就像个隐居的地方。”

她笑起来。笑声中充满了辛酸，她清清楚楚地听出来了。

他伸出手，摸了摸她的膝盖，动作虽然很轻，可那种触电的感觉还是一样的。“我们别吵了。”他说。

这句话充满了孩子气，或者说大概是十几岁的孩子说的话：这个艾维知道，可她还是禁不住回应了一句。“你至少把钱带回来了吧？”她说，因为她心想，他们这一路上说不定什么地方要用钱呢。

“什么钱？”哈罗问。

“那一万啊。”艾维说。

“我不是贼。”哈罗说。

问题的症结就在这里。艾维移到了他的身旁。

他们回到湖边的四号小屋，躺在玫瑰色的羽绒被下，融入这样一个小小的世界里：起初这个世界是骚动的，后来就静了下来，只有窗外的雪花在飞舞。

“克劳德特给我看过情人节那天你送给贝蒂·安的卡片。”艾维说，“那个写着‘始终不渝，一往情深’的卡片。”

“是吗？”

“你一定真的很爱她。”

“一定是吧。”

湖边的四号小屋是那么静，艾维居然听见了雪花落在窗户上发出的极其微小的声响。“现在呢？”她问。

他面朝她，眼里浮现出疲惫的神情，这在他越狱以来还是第一次。“差远了。”他说。然后笑了笑。剩下的话——你是我爱的人，或者我爱上了你之类的话，他没有说出来，可是艾维已经听见了，在她心里。

他闭上了眼睛。她也闭上了眼睛。

艾维这一觉睡得很沉，到最后才做了一个梦，她梦见母亲在用电动搅拌机噼噼啪啪地搅冰块，艾维坐在案台上，等着舔搅拌臂上的冰。

这时她身边突然有了非常剧烈的响动，仿佛火山爆发似的。艾维醒了，惊恐不已。哈罗向窗户冲去，正走到房间中间。从不远处，传来了直升机嗡嗡的声音，声音越来越大。哈罗透过玻璃向外窥视。只见他背上的伤口红红的，令人痛心。

“是州警。”他说着，离开窗户。

声音越来越大，有那么片刻，屋顶都跟着动起来了，随后安静了下来，最后一点声响都没有了。

“谢天谢地，我们没有烧火。”艾维说。

哈罗转向她，不明其意。

“否则从这些烟雾中他们就会发现我们，”艾维说，“这里是个空下来的营地，现在是淡季。”

“你那辆红色的车？”哈罗说。那辆车就停在小屋外面。

艾维从床上跳起来，匆匆穿上衣服。

“你要干什么？”他问。

“我们不是要离开吗？”艾维说，“开小货车离开。”

“没用的，”哈罗说，“他们在一个小时之内就会设上路障，如果通过无线电广播的话会更快。”

“可我们也许能先跑出去。”她情不自禁地要朝门外冲。

“也许吧，”哈罗说，“但我们跑不远的。”

艾维来回踱着步，一个又一个念头从她脑海里疾驰而过，可都不如意。后来她想到了那个膨胀的气球，以及潜伏下来的策略。“我们再来一次怎么样？”她问道。

“再来一次什么？”

“潜伏下来。”

“怎么潜伏？”哈罗问。

事实证明，全部过程分为三步。

第一步：艾维把萨博开到码头的尽头，打开窗户，挂到空挡，下车。哈罗把车一推，车扑通一声滑进了水里。车在水里漂浮片刻，然后变得越来越缓慢，最后由于重力增加，车子摇摇晃晃地沉了下去，再也看不见了。水面上鼓起了水泡，大的，小的，后来全是小的了。一本平装书浮了上来。艾维认出来了，是弗迪·加依借给她的那本小说。由于吸水过量，书最终沉了下去。她这时候才想起她的手机，太晚了；可她要手机打给谁呢，又说什么呢？

第二步：他们把那只卡普丽斯划艇从冬天的存放地、二号木屋的下面扛到水边。把所有的东西都放进去，包括那支猎枪和哈罗在一号小木屋里找到的一瓶杜松子酒。他们把小屋里的一切都还原之后登上小船。艾维回过头来，发现一号木屋侧面的一扇窗户玻璃破了。是不是一直是这样的呢？

第三步：他们向那个悬崖峭壁的小岛划去，这个小岛很可能是从中世纪的油画中移植过来的。哈罗首先划了几百码，后来艾维见划船对他不好，就接过来划完了其余的路程。他们把小船藏在小岛最远那边的树枝下，爬到山顶上，这里距离水面大约有四五百英尺。艾维带哈罗看了那个洞，还有那个小小的只够一个人弯着腰进出的入口。

“你是怎么发现这个地方的？”他问。

“偶然发现的。”如果她还相信有碰巧的事情的话。

“太完美了。”哈罗用手臂揽住她，吻了吻她的嘴唇。“主动权在我们手上呢。”

雪花还在不停地飘着，雪花不多，很稀薄，落在地上就化了。这场雪很奇怪，它使艾维想起了碎花纸。

没过多久，大概只有十分钟，那种嗡嗡的声音又回来了。艾维和哈罗并肩坐在洞里，刚好在光线照不到的地方。声音越来越大，在头顶嘎嘎地响着，非常刺耳，然后逐渐减弱，直至毫无声息。哈罗蹑手蹑脚地从洞里出来。艾维跟在后面。他们爬到那块突出来的岩石上，从石头缝里向外窥视。

那架直升机——暗绿色，桨片停止了转动——停在小屋前的小小的沙滩上。四处停了一些巡逻车，大概有五六辆，也可能更多。有很多人，看起来很渺小，都穿着制服，在四处走动——有的在小屋里进进出出，有的在那条土路上走，有的站在小货车旁，有的进了树林。有个小小的人影在码头上站了几秒钟。他们时不时地在一起聚一两分钟，然后散开，去别的地方寻找。后来警犬队来了，一只警犬领着它的主人在营地周围转。

树林里黑了下来，接着天也黑了下来，最后湖水也黑了下来。营地周围，灯光忽隐忽现。接着车前灯打开了，直升机也起飞了，轰隆隆地拉了一个很长的上升的弧线，消失在夜幕中。艾维和哈罗待在那个岩脊上，没有被发现。巡逻车一辆接一辆地开走了，尾灯在树林间闪了几下之后消失了；他们都在寻找一辆红色的“萨博”。

“我要早认识你就好了。”哈罗说。

三十一

“这地方太好了。”哈罗说。

他们待在洞里，洞里漆黑一片，外面的风越来越大，积雪开始在洞口堆积起来——这一点是艾维从雪花积聚时发出的轻柔的声音得知的。他们什么吃的都没有；喝的除了吉恩·萨瓦德的杜松子酒之外也什么都没有。好在地上虽然很脏，却异常暖和。

“喝点怎么样？”哈罗问。

“我不喝。”艾维说。

“你介意？”

“当然不。”

只听见咔哒一声：瓶盖上的金属封条撕了下来。接着传来轻轻的咯咯之声。

“啊，”哈罗说，“真不错。”

“你喜欢杜松子酒？”

“以前从没喝过，”哈罗说，“我不太喝酒——有时候喝几瓶啤酒，如此而已。”又是咯咯声。

“贝蒂·安呢？”

“她怎么了？”

“她能喝酒吗？”

他沉默了片刻。下雪的声音渐渐变小了，此时已经很难听见。

“你问这个问题有什么意义？”哈罗说。

“意义？”艾维说，“好奇而已。”她笑起来。

“什么事那么好笑？”

“我见过克劳德特喝酒，”艾维说，原指望他会笑，可他没有。

“她告诉你这个关于——你叫它什么来着——偷情的事的时候吗？”

实际上她是在吃火锅的时候告诉她的，但艾维不想说这个。“你是说你不相信这件事，她和曼德雷尔之间的事？”

沉默。

“因为我真的希望她告诉过你，”艾维说，“当时就告诉过你。”

咯咯。

“你在听吗？”

“在啊。”

“那样的话这些事就不会发生。”

“为什么呢？”

她没明白这句话的意思。难道还不明显？“你就不会关心保护她的问题，”艾维说，“她是你不在犯罪现场的证明。你就可以抗辩、获得自由，甚至很可能根本不会受到指控。”

“你为什么那么擅长推理呢？”哈罗问。

“我不擅长。”艾维说。

黑暗中他动了一下。酒瓶碰到了她的手。她改变了主意，喝了一小口，知道了是液体，但尝不出味道；她把酒瓶还给他。

夜色似乎并不是那么暗。艾维从洞里出来，站在山脊上。周围的空气纹丝不动，但高空中一定在刮着大风，因为乌云被撕碎、赶走了。月亮出来了，起初还戴着面纱，接着就完全露了出来。月光照在湖面上、森林里、高山上，真是一幅晶莹闪烁的风景画。什么人类的痕迹都没有。她曾经见过这么美丽的风景吗？艾维感觉自己仿佛置身于一幅巨大的油画之中，一幅描绘夜景的杰作之中。

哈罗从后面走上来，拦腰将她抱住，酒瓶在她的大腿旁摇晃着。

“我担心的是，”艾维说，“也许你还在保护她。”

“那你可以不用担心了。”哈罗说，他的嘴唇从她脸上轻轻拂过。

她迫使自己不要说出来，可还是说了出来：“发誓？”像个中学生一样。

哈罗轻轻捏了捏她。“我发誓。”

这时，一只很大的鸟，也许是猫头鹰从天空中滑过，翅膀被月光照得闪闪发亮。

“我相信你，”艾维说，“不过也没什么意义了。”

“什么没意义了？”

“现在要逃命了。”艾维说。

“我迟早会出来的。”哈罗说。

艾维大笑起来。“十八年几乎不是迟早的事。”她说。

哈罗向后退着，喝了一口酒，杜松子酒在月光下看起来像水银一样。酒瓶里的酒已经下去了一半。

“我再喝一点。”艾维说。

他们并肩站在洞外的山脊上，一起喝着那瓶酒，四周是冰冷的美景。

“我们什么吃的都没有，”艾维说，“甚至连水都没有。”

“湖里都是水，”哈罗说，“我可以打猎，钓鱼。”

这是个什么样的想法啊：永远住在这幅杰作里，只有他们两个人，平平安安的。“可实际上呢。”艾维说。

他又半是嘲笑，半是轻蔑地哼了一声。“实际上，”他说，“没有吃的和喝的，我们只能过一两天。”

“这是不是说这之后我们就要消失？”艾维问。

“一定是这样。”

“得找到贝蒂·安，是不是？”

他抬头望着月亮。“知道我喜欢这个星球上的什么吗？”他问。

“什么？”

“就是你无论在这个星球上的什么地方，太阳和月亮都是一样大小。这是指什么呢？”

“一定要指什么吗？”艾维问。

“非常有趣的问题，而且是一个作家提出来的，”哈罗说，“想想看，那样不可能发生的事情都发生了。得给我们发个信息。”

"谁是我们？"

"在这个星球上生活过的人，"哈罗说，"你和我。"

"什么信息？"

"具体是什么我不知道，"哈罗说，"但我知道是关于死亡的。"

艾维又喝了几口酒。这时湖里溅起一个银色的东西，离小岛大约二三十码远，在寂静的空气中，声音非常清晰。她颤抖了一下。

"谁发送的？"她问，"你的意思是说有一个上帝吗？"

"绝对不是。"

他们默默地站着，身体相触。宇宙的广袤，人类的渺小，眼下生存的需要：这些概念的真正含义第一次击打在她的内心深处，所有这些是如此明显，毋庸争辩。虽然这是个让人不安，让人惊恐的现实；可这个男人的抚摸给了她安慰。

哈罗把酒瓶拿过来，喝了一口。

"你呢？"他问，"觉得有上帝吗？"

"我心里觉得有，"艾维说，"可我思想中觉得没有。"

"只能选这种或者那种。"哈罗说。

这时，艾维想起了岛上最高处悬崖上的那个十字架。她举目望去，可根本看不见，由于某种原因，月光一点也没有照到它。

哈罗喝完瓶子里的酒。他见她的目光正向他扫过来，就笑了笑，露出那口完美无瑕的小牙齿，除了那颗金色的门牙之外，其他的牙齿都跟月光的颜色一样。"这是个自由自在的夜晚。"他说，把空酒瓶拿回来，准备扔进湖里。

艾维抓住他的胳膊。"我们可能用得着它，"她说，"装水用。"

"你总是想在前头，"哈罗说。他用胳膊肘轻轻碰了碰她的手臂，然后拿着那个空酒瓶回洞里去了。艾维继续留在外面，试图把看到的一草一木、一景一物都记下来，可没过多久，天气就冷得让她无法忍受了。

洞里暖和多了，可能够赤身裸体地躺着吗，有那么暖和吗？艾维觉得没有，可他们还是很快就赤身裸体地躺着了。月亮落了一点点，正好悬挂在洞口的上方，洞里变得更暖和了：很奇怪，月光也发热，他们的皮肤有些湿润，在月光下变得更白，像骨头似的。

后来，他们开始侧身躺着，艾维躺在他身后，手里握着他疲软的部位。此情此景使她想起了托柯警官监控照片上的菲利克斯的形象，他躺在莲蓬头下，脸色苍白，毫无防备，奄奄一息。紧接着，她想起了哈罗告诉过她的：*噢，是莫里斯杀的菲利克斯，确定无疑*。这也是托柯警官在分析录像资料之后的看法。

“还醒着吗？”她问。

“差不多吧。”

“我一直在想菲利克斯。”

“非常不错的小伙子。”

“他们调查清楚了，不是莫里斯杀的他。”

“谁告诉你的？”

“托柯警官。”

“你相信他的话？”

“相信。他——”

“托柯是个笨蛋，”哈罗说，“笨蛋都是骗子。”尽管他一点都不像是在说酒话，说话方式跟平常一样，但他的语气里有一种她从未见过的锋芒。

艾维想起了托柯警官的房子和他家的尖桩篱栅，非常整洁的一栋小房子，只是缺个妻子和几个孩子。她喜欢托柯警官。“他从来没有对我说过谎。”她说。

“为什么不会？”

“什么意思？”

“可——”

“行行好，”哈罗说，“睡觉吧。”

“你不明白，”艾维说，“他——”

哈罗嚯地坐起来，扭过身，俯身看着她。“不要再说托柯了，”他说，“他对你说的全是谎话。”

“为什么呢？”

“理由很多，不值得讨论，”哈罗说，“可我知道真相，艾维。整个过程我都看到了。”

艾维：他以前对她直呼其名过吗？“什么整个过程？”她问。

“菲利克斯被杀死的时候，”哈罗说，“事情发生在体育馆他们保存器材的那个小角落里。”他的眼睛在月光下泛着光芒。“我什么都来不及做，如果你想的是这个的话，”他说，“事情发生得太快了。”

她想起了那些印有时间码的照片：不可能发生在体育馆里。这件事发生的地点和时间根本不用怀疑。“在体育馆吗？”艾维问。

“对啊。”

“你肯定吗？”

“肯定什么？”

“菲利克斯是怎么死的。”

“我亲眼看见的。”

“在体育馆里。”

“我是这么说的啊。”他看着她，眼睛闪闪发亮。他伸出手，轻轻地抚摸着她的脖子。他的声音低了一些，不过，锋芒仍在，如果要说的话，更加锋芒毕露了。“有什么理由怀疑我？”他问。

月亮落得更低了，洞里暗了下来。“没有。”艾维说。

“你在发抖。”

“只是因为冷。”

“可怜的艾维，”他说，“我让你暖和暖和怎么样？”

他爬到她身上。他的身体很暖和，甚至很热，可没有让她暖和起来。过了不久，他把以前做过的所有事情又做了一遍，这次也许做得更好：她知道自己已经学到了多少关于性生活的知识。可这一次效果不佳；这个新情况他似乎没有注意到。

他们并肩仰卧着。

“把经过给我说说。”艾维说。

“什么经过？”

“菲利克斯是怎么死的？”

“你真的想听？”

“想听。”

长时间的沉默之后，哈罗说道：“菲利克斯·巴拉班之死，”他深吸了一口气，“菲利克斯身上发生的事，在某种程度上是我的错。我建议他去体育馆锻炼锻炼，把身体练壮实一点，尽管我知道像那种人无论做什么都不可能真的练得很壮实。像菲利克斯那种人，智力都很发达。”他停下来。艾维有一种奇怪的感觉，好像他脑子里正在胡编乱造一样。

“丹尼摩拉的人把举重房里的器械都搬走了——监狱长对照看这些恶人厌烦了。只有这个小角落里还剩下一条长凳，一个蹬腿训练器，一台锈迹斑斑的‘宇宙’牌健身器，没有自由重量哑铃。我顺道——我过去常常顺道——去打一会篮球。只见菲利克斯躺在长凳上练举重。这时，莫里斯走了进来。你知道如何只从人们的站姿就得到很多信息吗？莫里斯的站姿仿佛在说，轮到我了。菲利克斯的躺姿仿佛在说，再来两下，或者再来一下，或者别的什么，考虑到他和黑社会之间的那些龌龊，有些答案虽然合理却是完全不对路的。我转身走开，投了一个球，回过头来。只见莫里斯正弯下腰，看着菲利克斯。这时传来了腿骨断裂的声音，接着是切割的声音，非常低沉的声音，由于菲利克斯是躺在凳子上的，他的脖子完全裸露在外面。伴随这个声音的是一个很轻的嗖嗖声。是我的球穿过球网的声音，这表明，事情变坏有多么快。”

沉默。

“然后呢？”

“没有了。”

“后来发生了什么事？”

“什么也没发生。”哈罗说。

故事结束之后就什么也没有了。“一定发生了什么事情。”艾维说。

“没什么重要的事情发生，”哈罗说，“周围的人都消失不见了。非常正常的举动。”

他们躺在洞里。哈罗的呼吸起初很浅，后来变得很慢很深。“菲利克斯·巴拉班之死”：一个了不起的故事，性格真实，完全可信，结局必然，细节无误。真是一个了不起的故事，可是，从第一个字到最后一个字都是假的。

已经植根于艾维脑子里的那些东西——线索，如果你愿意用这个词的话——开始土崩瓦解，自己开始鲜活起来，它正在寻找一种新的模式。菲利克斯设计了一个越狱计划，但一直没有付诸实施，只想用这个计划换个缓刑，或者判得轻一点。由于他跟黑社会之间的龃龉，为了保护自己起见，就搬去和哈罗一起住。有人——不是莫里斯——在B区的浴室把他杀了。不是在体育馆。我迟早要出去的。哈罗的这句话当时让她觉得非常有趣，让她觉得他是个以苦为乐、英勇豪侠的人。但是，假设他已经知道了菲利克斯的越狱计划而自己想用这个计划越狱呢。那这句话也许就是对事实的一个简单陈述。如果哈罗已经发现菲利克斯打算利用这个计划来做一笔交易而又不可能有任何效果呢？艾维没有继续往下想。为什么呢？她的直觉已经明白是怎么回事了。

她感觉越来越冷，又开始发抖了。他的皮肤凉了一点点，但摸起来仍然很暖和。“是你杀的菲利克斯吗？”她问。

没有反应。

他可以为了保护自己，保护她，轻易地——太轻而易举了——把别人杀掉，难道矮小的菲利克斯他不能杀？“你不可能把他杀了。”

回答她的只有呼吸声，呼吸声很长，很慢，很低沉。她闻到了杜松子酒的味道。

而如果是他杀的呢？如果他进监狱时是无辜的，而后来却把菲利克斯杀了，那就更可怕了。艾维把整个事情——所有线索——想了一遍，恢复了信心，事实确实如此，他是无辜的这种模式仍然站得住脚。三个蒙面人：曼德雷尔、拉斯科和卡特。只有曼德雷尔活了下来，带着那一麻袋钞票到了那个斜坡，而钱却不见了，贝蒂·安也不见了。曼德雷尔指认哈罗是第三个人，然后作为证人被保护了起来，在被保护期间与贝蒂·安会合，找到了那笔钱，做起了生意。她觉得这个过程有什么不成立，模式有什么混乱的地方吗？没有。

可是由于某种原因，她的思绪总是把她朝那棵柳树上拉，尤其是把她朝哈罗用手电筒仔细查看柳树的情形上拉，当时他一看见树干上的那个椭圆形大洞就停了下来。起初，她以为他在寻找曼德雷尔，可那个洞太小了，躲不下一个人。那个洞使哈罗乐了起来,他笑着说道:那个弗兰克。好像……

好像他推测出了什么东西似的。可推测出了什么呢？树上的一个洞，很小，连一个人都躲不下——它意味着什么呢？他担心曼德雷尔在那里安置了一把枪？在那里安置一把枪有什么意义呢？曼德雷尔身上有一把枪，维克也有一把枪。这时她突然想起来了，很简单，就是A的账单放进了B的插槽里:那个麻袋。他写的那篇短文“那个打我的警察”是怎么结尾的？*弗迪问了一个很重要的问题：那些钱在哪里。我只有放声大笑。*

艾维坐起来。她甚至连所有与此有关的事情都还没搞清楚，就断定，这笔钱很可能被曼德雷尔独吞了。那个装满钞票的麻袋和那棵柳树上的大洞一结合起来，贝蒂·安就被排除在外了——或者说是另一回事了。

是怎么回事呢？

艾维低头盯着哈罗，哈罗躺在流泻的月光中，旁边是装过杜松子酒的空酒瓶。她把他的T恤衫盖在他身上。只见他睡梦中感激地哼了一声。月光中他看起来是那么安详，仿佛年轻了几岁似的。他在一号小屋里找到的牛仔裤堆在一旁。艾维在他的裤袋里摸索着，找到了小货车的钥匙。她穿上衣服，从洞里出来。

三十二

月亮低低地挂在空中，除了左下方还缺一点点之外，差不多是一轮满月了。艾维俯身翻过岩脊，来到岩石铺成的小径，开始下山，地上的雪已经有一两英寸厚，遮蔽了她下山的脚步声。她弯来拐去地从岛上下来，这时的小岛一半沐浴在月光中，一半遮蔽在阴影里。她几次驻足静听，却什么都没听见，只有自己的呼吸声。有一次，她听见一只巨鸟拍打着翅膀从身边飞过，却未见它的踪影。

艾维下到卵石遍地的湖边，推开小船上的树枝，把船翻过来，推进水里，装上桨。她上船划了起来。此时微风阵阵，湖水涟漪，月亮倒映水中，在四周来回跳动。小岛的剪影在她面前越来越小。她还能辨别出那个山脊的水平投影。那里什么动静也没有。或许是积雪的关系吧，此时十字架清晰可见，似银一般，边缘锋利。艾维划桨的力气更大了，每划一桨身体都要从座位上抬起来。当她划到小屋前的沙滩上时，汗水从她脸上流了下来。

艾维跳下船，看了小岛最后一眼，此时的小岛又长又尖，影影绰绰，遥不可及。她跑到小货车旁。小货车发动时发出爆炸般的声音。她开着小货车，经过那段土路，来到那块表面平整的大石头，只剩下一盏前灯的车灯在“你和我”三个字上照了一会。然后车子爬上那片空地，从另一边下去。她来到柏油路上，在离湖五六英里的地方，看见一辆车迎面向她开来。车子越来越近，开得很快，接着从她身边呼啸而过。这是一辆小型货车，一个弯腰驼背的白发老太太手握方向盘，旁边有一只狗，非常警惕：是吉恩·萨瓦德和洛基。

月亮下山了。艾维进入西拉奎特时，是这一夜当中最黑的时候。她沿那面陡坡而下，来到兰塞姆路的尽头，把车停在克劳德特那辆锈迹斑斑的宝马后面的车库里。艾维熄火静听。只见发热的引擎砰砰地响了几声，此后再无其他声响。

艾维从小货车上下来，走到侧门。她抬起手准备敲门，这时屋子里响起了警报的嗡嗡声。但不是防盗警报，而是收音机闹钟的叫醒铃声。随即传来一声呻吟，一两分钟后响起了冲洗马桶的声音。侧面的一扇窗户里亮起了一盏灯。艾维站在车库下面的阴影里，此时她仍站在原地。

屋子里响起了胶鞋的吱吱声，离她不远。门开了，克劳德特走了出来，背对过道的灯光，身穿沃尔玛的工作服。她看见了艾维，眼睛睁得大大的。艾维把一只手放在克劳德特的胸前，把她推进屋，用脚砰的一声把门关上。

“哦，天啊，”克劳德特双手捂着嘴，说，“你上电视了。”她向后扫了一眼厨房，厨房的墙上挂着电话。这个动作激怒了艾维；在她一生中，到这一刻为止，她没有过多少仇恨，可现在她感觉到了。她又推了克劳德特一下，这一次是朝过道的另一个方向。艾维感到力大无比，一点都不怕在体力上斗不过她。克劳德特后退着，退到了过道尽头的浴室里，这个浴室里只有一个马桶和水池。艾维一直把克劳德特推到无路可走的地方。

“你打算把我怎么样？”克劳德特问。

“如果你告诉我实话，不打算怎么样。”艾维说。

“实话？”克劳德特说。

从眼角的余光中，艾维看见墙上有个什么东西。她的注意力转移了片刻。

“什么实话？”克劳德特问，差点要哭了。“别那样看着我。”

可艾维控制不住她脸上的表情。“你为什么要贝蒂·安原谅你？”

“我没有这样说。我说我原谅她。”

“你也说过，‘也许她也会原谅我。’”

“我从没——”

“那天晚上你喝醉了，你说我的书不会有什么用。”

“喝醉了？那我不——”

“我不管你是否记得，”艾维说，“你为什么要她原谅你？你干过什么？”

“什么也没干。我没——”

艾维用手背狠狠地扇了她一巴掌。“别撒谎了。”

克劳德特开始哭,一屁股坐在马桶上。马桶很深,她正好坐了进去。“我没说谎。”

艾维又把手抬了起来。

克劳德特退缩了。“你想让我说什么？告诉你什么？”

艾维盯着她。

“好了，我说，”克劳德特说。可艾维知道为时已晚，现在已时过境迁，物是人非。“正如你以前说过的一样，”克劳德特继续说道，“万斯有权利知道。”

“在抢劫案发生的那天吗？”艾维问。

“抢劫案发生的那天？”克劳德特说。

艾维提高嗓门，克劳德特退缩了。“你告诉哈罗的时候。”

“应该是。”克劳德特说，“操他妈的那天。”她的目光有些游移，“之后我也给弗兰克打了电话，如果你想知道全部真相的话。”

这点艾维不明白。她妹妹和弗兰克在一起的时候被克劳德特撞见了：弗兰克知道她知道。“跟他说什么？”她问。

克劳德特咬了咬嘴唇。“告诉他，我把他和贝蒂·安偷情的事告诉哈罗了。”她避开艾维的目光，“为什么别人都应该免受惩罚？有人伤害了我，我要报仇。我还年轻。我仍然满怀希望。”

艾维好不容易才把拳头放下来。她后退一步，又向墙上扫了一眼。墙上挂着一个椭圆形的相框，相框里有一张照片，照片有些陈旧发黄了：上面是两个穿着裙子的小女孩，一个相貌平平，头发平直；一个美丽漂亮，头发鬈曲。“贝蒂·安是鬈发？”

“她年纪大了些之后就拉直了。”克劳德特抽泣着说。

克劳德特的房子很破旧，没有翻新过，锁着的浴室的门上有一把钥匙。艾维把克劳德特锁在里面，她出来之后，就使尽全力把钥匙扔了出去。

艾维爬上兰塞姆路时夜幕渐渐退去，她转右，行驶了她先前测量过的两点四英里，找到了那条通往树林里的土路。转过一个弯道，爬上一个斜坡，树木环抱之中有一栋小屋，小屋的前面有一块写着“待售”的牌子，字迹有些褪色了：哈罗和贝蒂·安曾经就住在这里。弗迪·加侬来抓他时他正在吸尘。

艾维走着绕到后面，推了推门。门是锁着的，但是门的上半部分是窗玻璃。她捡起一块石头，打碎了一块玻璃：现在成了一扇破窗户，跟一号小木屋上的一模一样。艾维把手伸进去，把门打开。

她进屋，转了一圈，只见所有的房间都是空的，一览无余。她最后来到厨房。一只蜘蛛正在水池上方织网，网很大；晨曦照在这些细丝上。艾维打开通向地下室的门，低头看着胶合板铺成的满是灰尘的楼梯。她按了一下灯的开关，才想起来灯坏了，也想起来她曾经在这里见过些什么。

艾维在黑暗中摸索着走下楼梯。高高的墙上有一扇积满灰尘的窗户，微弱的光线从窗户里透进来，照在地板上的一堆水泥砖上，地板上满是灰尘：这堆水泥砖每四块堆成一摞，盖住了一块长约七英尺，宽约三英尺的地方。艾维把砖一块一块地捡起来，扔到一边。灰尘飞起来，在光线中打着转。砖块下面的泥土露了出来。

艾维环顾四周：没有铁铲，没有任何工具，什么挖掘的工具都没有。她跪下来，开始用手飞快地挖土。她脑子里一片混乱，在一阵狂乱之中她发现自己错了，找到了一种自己能够接受的模式，可是过了一会，她理出了条理。继续挖的想法占据了上风；她一心只想着挖土，简直变成了一台挖土的机器，意识里什么也没有，只有地上的这个坑，只有它的形状、水分含量、质地和颜色，她还想着它会不会自己陷下去。坑越来越大，越来越深，直径约五英尺，深约三英尺，可让艾维容身。她蹲在坑里，笨拙地弯下腰，捧出满满一抔泥土之后，又用手指去挖。这时她的手指碰到了一个不像泥土的东西，很硬。

艾维跪下来，把坑里最深处的泥土拂去。一只手——一只左手露了出来，皮肤、肉之类的不见了，只有一些腐烂柔软的浅灰色的东西。但是指甲上仍然涂着颜料，暗红色，第四根手指的关节之间还戴着一枚金戒指。

不用再看了，也不用再知道什么了。艾维慢慢地，摇摇晃晃地站起来。正如她所预料的那样，在金尘抢劫案中他是无辜的。这个就是他不在现场的证明。哦，这样的证明可惜不能使用。一切都锁定了，最终的模式也找到了。她从坑里爬出来，呕吐不止。眼泪流了下来，呕吐有时候也会让人流泪。她完全错了。现在怎么办呢？哈罗怎么解释呢？

艾维深吸了一口气，转向楼梯。哈罗坐在楼梯中间，大腿上放着那把猎枪。有一瞬间，她以为那是个幽灵。可鲜活的小细节太多了，比如他的脸色是那么苍白，颧骨突了出来，衣服还是湿漉漉的。他是个凭空杜撰的高手，可她不是。他赤着脚，刚刚从冰冷刺骨的湖水里游过来，那可是很长的一段距离啊——在别的情况下这可是个英雄行为。

“我是多么爱她，这点不会改变。”哈罗说，“这在某种程度上已经证明。”

“我不想听这些，”艾维说，“你把吉恩也杀了吗？”

“她是谁？”哈罗问。

“营地的那个老太太。”

“当然没有，”哈罗说，“我只借了她的车，轻轻地把她绑了起来。她没事的。”

“那只狗呢？”

“杀了。”

艾维差点又要吐了。他看着她。

“我发现了曼德雷尔，”她说，“所以你得从监狱出来。”

“有这样的机会，我无法抗拒。”哈罗说。

“你应该待在监狱直到刑满为止，这样她就不会被发现，你就安全了。”艾维说。

“这正是我一直在做的事情，直到你的出现。”哈罗说。

她又呕吐起来。他一直看着她。

“那么，下一步怎么办？”他问。

艾维擦了擦嘴巴。“我要走了。”

“我看还是我们两个人一起走吧，”哈罗说，“而不是你一个人。”

“一起走是不可能的。”艾维说。

他上下打量着她。“我觉得我们是联系在一起的。”他说。

“这种联系是错误的。”

“这点你自己已经承认了。”哈罗说。

“没有，”艾维说，“这种联系是错误的。你把自己伪装起来。我爱上了你伪装的那个人。”

“现在你的情况很复杂了，”哈罗说，“你知道我们两个人在一起的情形。想想将来我们会怎么样。”

“将来？”艾维问。

“当然，”他说，“什么坏事情都还没发生。我们得快点行动，就这么回事。”

什么坏事情都还没发生？艾维摇摇头。“我们之间什么也不存在了。”

“你不相信我？”他问。

“相信你？”她几乎当着他的面笑起来。

“我的才华。”他说。

他的才华？才华有什么关系？“在这点上我也错了。”艾维说。

哈罗的脸涨得通红。他站起来，从楼梯上下来。

“再说一遍。”

“我在你的才华这个问题上错了，”艾维说，“没什么特别的。”

“我希望你不是当真的。”他说。

艾维什么也没说。他走下最后一级楼梯，站在满是灰尘的地板上，周围还有少许灰尘在飞舞。

“你是说真的吗？”他问，“我没有什么特别的才华？”

艾维不说话。

他向她靠近了一点点。“你是认真的吗？是，还是不是。”

这种情形很奇怪，勇敢的选择就是说谎。艾维做出了勇敢的选择；这也是对她所犯错误的一个小小的、部分的补偿。“是的，”她说，“我是当真的。你没什么特别的才华。”

他的脸色变了，苍白、丑陋、龇牙咧嘴。贝蒂·安最后见到的他也是这个样子的吗？“或许你是对的。”他说，声音虽然不大，却突然变得很低沉，她以前从未见过。这就是我们俩的结局。”枪管抬起了一两英寸。

“不要，”艾维说，“够了。”

他点点头。“我一下子想不起一个更好的情节来，”他说，“你能想起来吗？”有那么一瞬间她似乎笑起来，甚至大笑起来。

“什么事那么好笑？”

“你可以及时地用一个离奇的故事情节来救你的命，”他说，“这是对作家写作技巧的一个真正的考验。”

他在耍她吗？他有资格这样做吗？她怎么能犯这么大的错误啊？那种仇恨的感觉又来了，这使她的脸看起来很丑陋。艾维竭力控制着。“我要走了，”她说，“我从没伤害过你。让开。”

可他一动不动。枪管又抬高了一两英寸。她向四周扫了一眼。除了楼梯没有别的出口。

“到边上去。”他说，“一点点。”

意思是到坑口去。艾维没有到坑口去，相反向角落里的火炉退去。她当然不想死，更重要的是，她不想死在那个坑里，和贝蒂·安死在一起。哈罗开始向她走去。

“这是没用的。”他说。

“对，”艾维说，“我不是你的障碍。”

“遗留问题也是障碍，”哈罗说，手指在扳机上移动着。

“不要。”艾维说。

“我非常爱你，”哈罗说，“即将发生的事情也不会改变这一点。”

“会改变，”艾维说，“完全改变了。”

“或许对你来说是这样，”哈罗说。这时枪管又抬起来了一点点，正指着她的胸口。

“也会改变你。”艾维说。

他似乎对这句话产生了兴趣。“哦？怎么改变呢？”

这个问题有正确答案吗？而这个答案会保住她的性命吗？艾维的脑子

里一片空白。她没有想出答案，因为正在这时从上面传来一声巨响，仿佛什么庞然大物砸在房子上似的。接着一名防暴警察冲进了楼梯口，后面跟着另一名防暴警察，两个人都拉开了枪栓。

“放下枪。”第一个警察喊道。

但哈罗没有放下枪。他已经转向他们，向他们挥舞着枪管，动作非常迅速。

*不要，不要。*艾维感觉自己在声嘶力竭地喊，却听不见任何声音。警察开火了，三次，四次，五次，六次，多次。哈罗倒下去，滚到那个坑的边缘，一动不动了，一只手垂在坑的边缘。

更多的警察从楼梯上拥下来，有的身穿制服，有的身着便衣。一个身着便衣的人走近艾维：是弗迪·加侬。他抓住她的一只胳膊。

“你被捕了。”他说。

德拉甘再三劝说，也未能说服丹尼为艾维支付辩护费。于是他在魏尔伦酒吧餐厅组织了一次募捐活动。正在募捐的时候，《纽约客》在新开的小说版面上刊登了“穴居人”。结果，募捐活动取得了巨大成功。赫尔曼·兰道找了一个非常好的辩护律师，他在陪审团的选择上很有天赋，而且号召力极强，能把坐在后排的十号陪审员感动得流泪。艾维获刑七年，这就是说，如果表现好，四年就能出狱。

管教部门把她送到本州南部的女子监狱，一家大出版社的一个年轻有为的编辑找到她时，她才在那里待了几个星期。艾维跟她说起了“测量员”这篇小说。之后不久就签了合同。

在好莱坞，约尔与一名制片人合作，出资五万购买她的小说。艾维拒绝了。他们回头又找过她几次，最后加了一倍的价钱。艾维不再接他们的电话。她读了德拉甘的手稿，不知道怎么跟他说。

当然，监狱里是没有手提电脑的，但是有大量的时间。于是她就用手写在标准拍纸簿上，结果很快她就宁愿用手写而不愿再用键盘了。“测量员”出来得很快。她一勾画出轮廓，头十天就写了一百零九页；她几乎忘了时间的存在，全神贯注于自己的小说创作。小说写得不错，是她到目前为止写得最好的作品，跟之前的比起来高了一个层次。

后来一天中午在自助餐厅吃饭的时候，一个新来的犯人坐在她旁边。她是个美籍西班牙人，块头很大，手臂肌肉发达，像个男人，上面全是文身。

“唷。”她说。

“你好。”艾维说。

“你是老师？”

“我不教书。”

“可你是那个叫艾维的女孩，不是吗？”

“我的名字叫艾维。”

那个女人笑了笑，把椅子拉得更近了。她的前牙没有了，但门牙却又尖又硬。

“赫克托向你问好。”她说。

“赫克托？”

“赫克托·路易斯·莫里斯，”那个女人说，“就是写‘卡马罗’的那个人。他觉得如果你忘了他的话，他会很受伤的。”

艾维写到一百零九页再也写不下去了。

图书在版编目（CIP）数据

特殊学生 /（美）亚伯拉罕斯（Abrahams，P.）著；唐克胜译．—南京：译林出版社，2014.10

（外国通俗文库）

书名原文：End of story

ISBN 978-7-5447-4458-4

Ⅰ.①特… Ⅱ.①亚… ②唐… Ⅲ.①推理小说－美国－现代 Ⅳ.①I712.45

中国版本图书馆 CIP 数据核字（2013）第 223191 号

著作权合同登记号 图字：10-2009-026 号

书　　名 特殊学生
作　　者 〔美国〕彼得·亚伯拉罕斯
译　　者 唐克胜
责任编辑 陆元昶
特约编辑 王晨光　林园林　张兰坡
出版发行 凤凰出版传媒股份有限公司
译林出版社
出版社地址 南京市湖南路 1 号 A 楼，邮编：210009
电子信箱 yilin@yilin.com
出版社网址 http://www.yilin.com
印　　刷 三河市祥达印刷包装有限公司
开　　本 640×960 毫米　1/16
印　　张 18.75
字　　数 240 千字
版　　次 2014 年 10 月第 1 版　2014 年 10 月第 1 次印刷
书　　号 ISBN 978-7-5447-4458-4
定　　价 24.80 元

译林版图书若有印装错误可向承印厂调换